イングリット・フォン・エールハーフェン
&ティム・テイト
黒木章人 訳

わたしは ナチスに 盗まれた子ども

隠蔽された〈レーベンスボルン〉計画

HITLER'S
FORGOTTEN CHILDREN

A True Story of the Lebensborn Program
and One Woman's Search for Her Real Identity

by Ingrid Von Oelhafen & Tim Tate

原書房

３歳間際のイングリット（左）と彼女が弟だと思い込んでいたディトマール（右）。
／ *Courtesy of Ingrid Matko-von-Oelhafen*

ヘルマンとギーゼラのフォン・エールハーフェン夫妻と、イングリットとディトマール。1944年の夏、バンデコウにて。
／ *Courtesy of Ingrid Matko-von-Oelhafen*

11歳のイングリット。
バート・ザルツウフレンにて。
／ *Courtesy of Ingrid Matko-von-Oelhafen*

レーベンスボルン協会の施設〈ハイム・ゾンネンヴィーゼ（陽の当たる家）〉。
1942年の絵葉書より。

21歳のイングリットと、
養母ギーゼラの息子のフーベルトゥス。
／ *Courtesy of Ingrid Matko-von-Oelhafen*

1939年頃のレーベンスボルン
協会のパンフレットに描かれた
〈レーベンスボルン〉ロゴ。

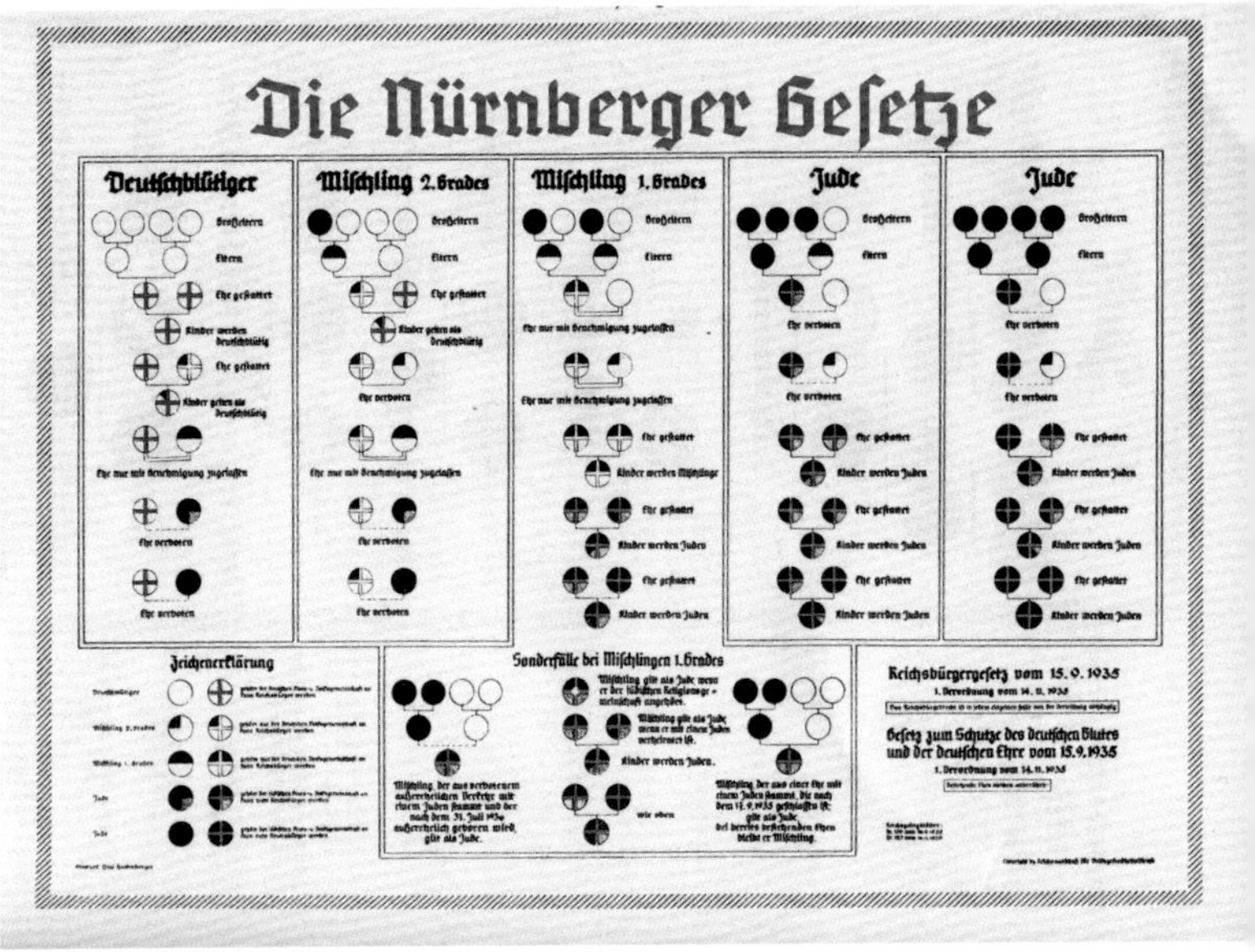

1935年に公布された〈ニュルンベルク法〉の人種識別図。
〈Deutschblütiger（純血ドイツ人）〉と〈Mischling 2. Grades（２級混血）〉、〈Mischling 1. Grades（１級混血）〉、〈Jude（ユダヤ人）〉の４区分が示されている。４人の祖父母が全員ドイツ人でなければ〈純血ドイツ人〉として認められなかった。
／ヴェーヴェルスブルク城博物館蔵

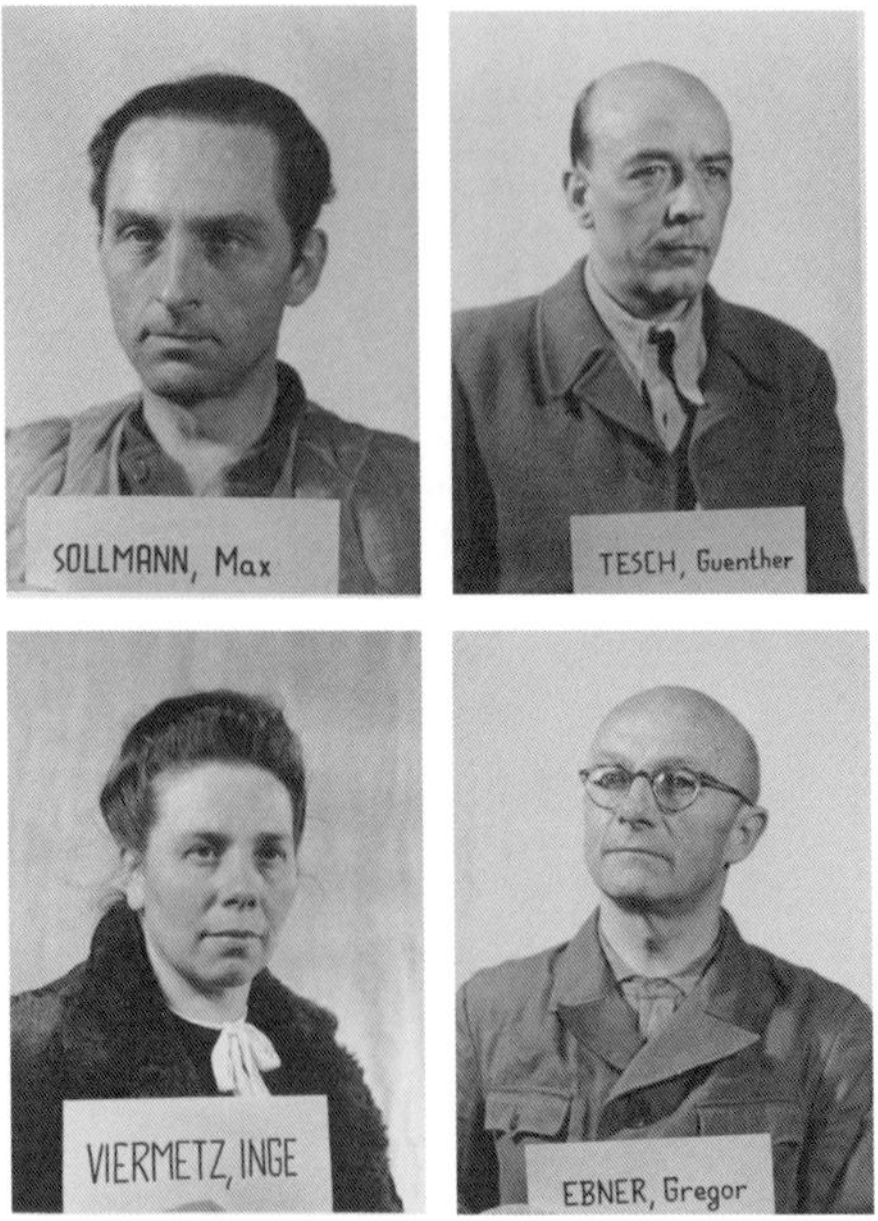

1947年の〈親衛隊人種ならびに移住本部裁判〉の直前に撮影された、レーベンスボルン協会の4人の幹部たち。左上から時計回りに、マックス・ゾルマン、グンター・テッシュ、グレゴール・エープナー、インゲ・フィアメッツ。
／米国国立公文書館蔵

親衛隊員を閲兵する親衛隊帝国指導者ハインリヒ・ヒムラー。／米国国立公文書館蔵

レーベンスボルン協会の施設内で執り行われていた、親衛隊による
〈レーベンスボルンの子ども〉の“命名式（ナーメンスギーボン）”。
／ドイツ連邦公文書館蔵

“命名式（ナーメンスギーボン）”で祝福の言葉を唱える親衛隊の将校。ヒトラーを祀った祭壇の前に〈レーベンスボルンの子ども〉が寝かされている。／ドイツ連邦公文書館蔵

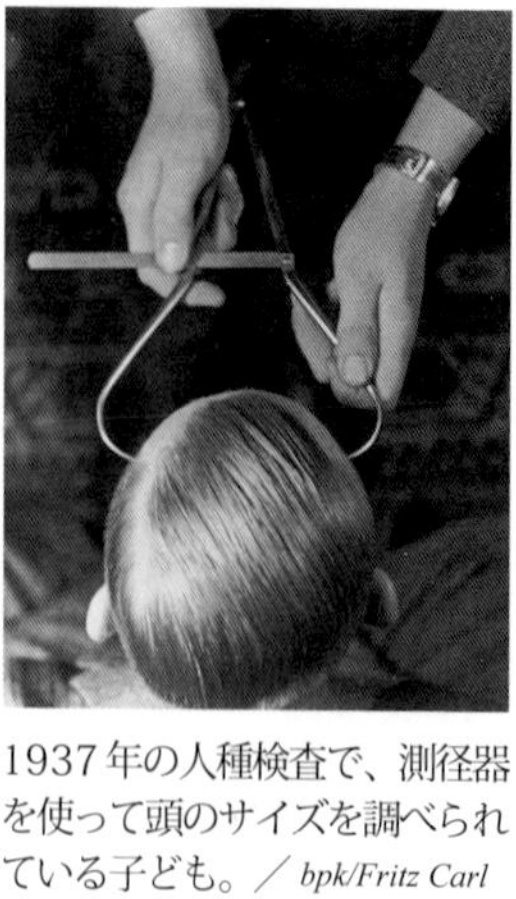

1937年の人種検査で、測径器を使って頭のサイズを調べられている子ども。／*bpk/Fritz Carl*

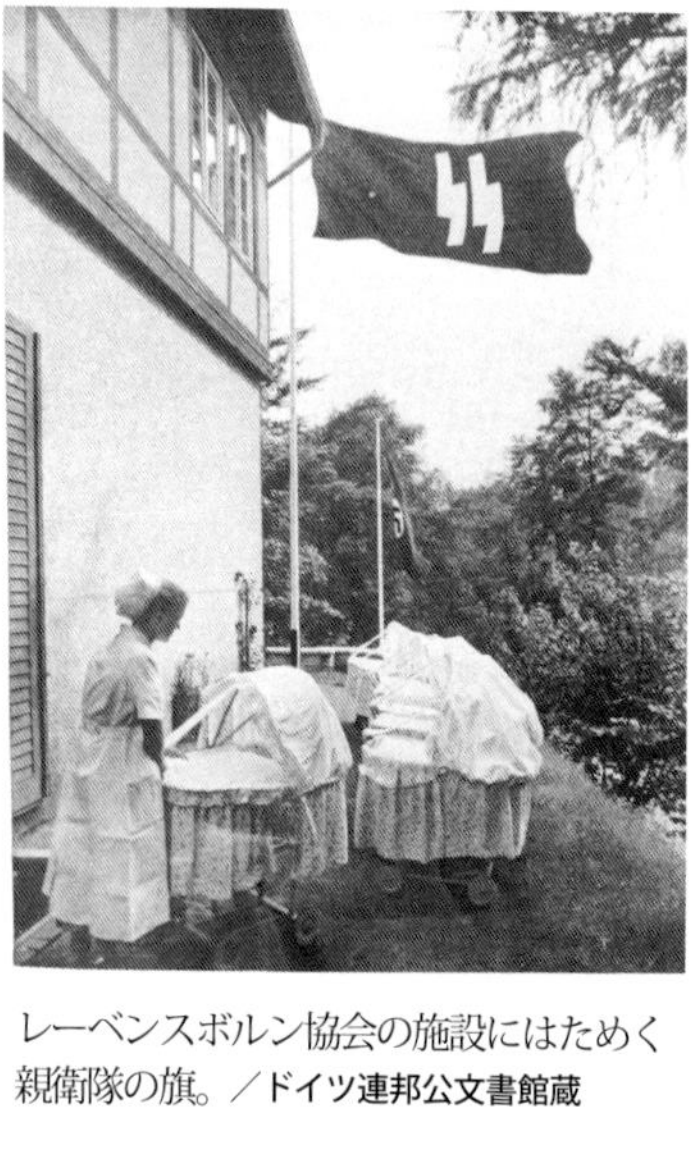

レーベンスボルン協会の施設にはためく親衛隊の旗。／ドイツ連邦公文書館蔵

1942年8月、旧ユーゴスラヴィアのツィリ（現在のツェリェ）の校庭にて。ドイツ兵たちに、子どもを返してほしいと懇願する母親たち。子どもたちは校舎内で人種検査を受けさせられている。このなかにイングリットと彼女の両親がいた。
／ヨシップ・ペリカン撮影、ツェリェ市近代史博物館蔵

1942年夏、ツィリの〈スターリ・ピスカー〉監獄にて。塀際に並ばされるパルチザンたち。この直後、彼らは銃殺された。
／ツェリェ市近代史博物館蔵

1942年夏、ツィリの〈スターリ・ピスカー〉監獄にて。銃殺刑に処されて倒れているパルチザンたち。
／ツェリェ市近代史博物館蔵

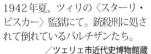

1942年8月、ツィリの学校の校舎内。麦藁を敷き詰めたにわか作りの木枠のなかに入れられ、人種検査を待つ子どもたち。

／ヨシップ・ペリカン撮影、ツェリェ市近代史博物館蔵

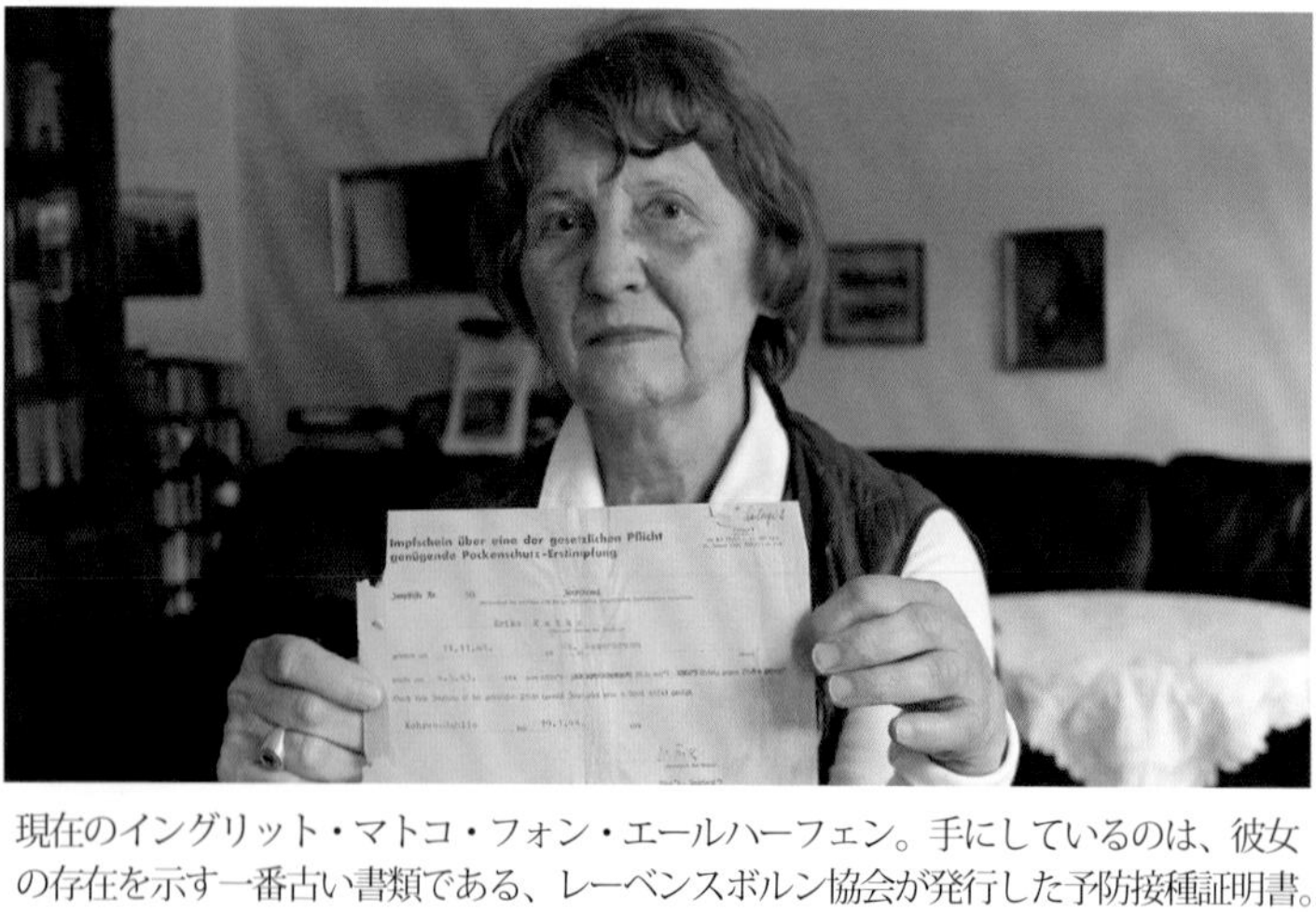

現在のイングリット・マトコ・フォン・エールハーフェン。手にしているのは、彼女の存在を示す一番古い書類である、レーベンスボルン協会が発行した予防接種証明書。

／ *Courtesy of Tim Tate*

わたしはナチスに盗まれた子ども

隠蔽された〈レーベンスボルン〉計画

ナチス・ドイツの犠牲になった老若男女問わずすべての人々と、人種や民族や信条思想に優劣があるとか、特定の色の肌や髪や眼の人間のほうがそれ以外の色の人間よりも価値が高いだとか説く過去の悪霊に現在も苦しめられている世界中の人々に捧げる。

目次

ドイツ
ミュンヘン
ウィーン
バート・ザウアーブルン
ザルツブルク
オーストリア
インスブルック
フローンライテン
ハンガリー
グラーツ
マリボル
ロガーシュカ・スラティナ
（ロヒチュ・ザウアーブルン）
イタリア
スロヴェニア
ツェリェ
（ツィリ）
クロアチア
リュブリャナ

バルト海
グディニャ
グダニスク
ボウツィン・ズドルイ（バート・ボルツィン）
ポーランド
ワルシャワ
ウッチ

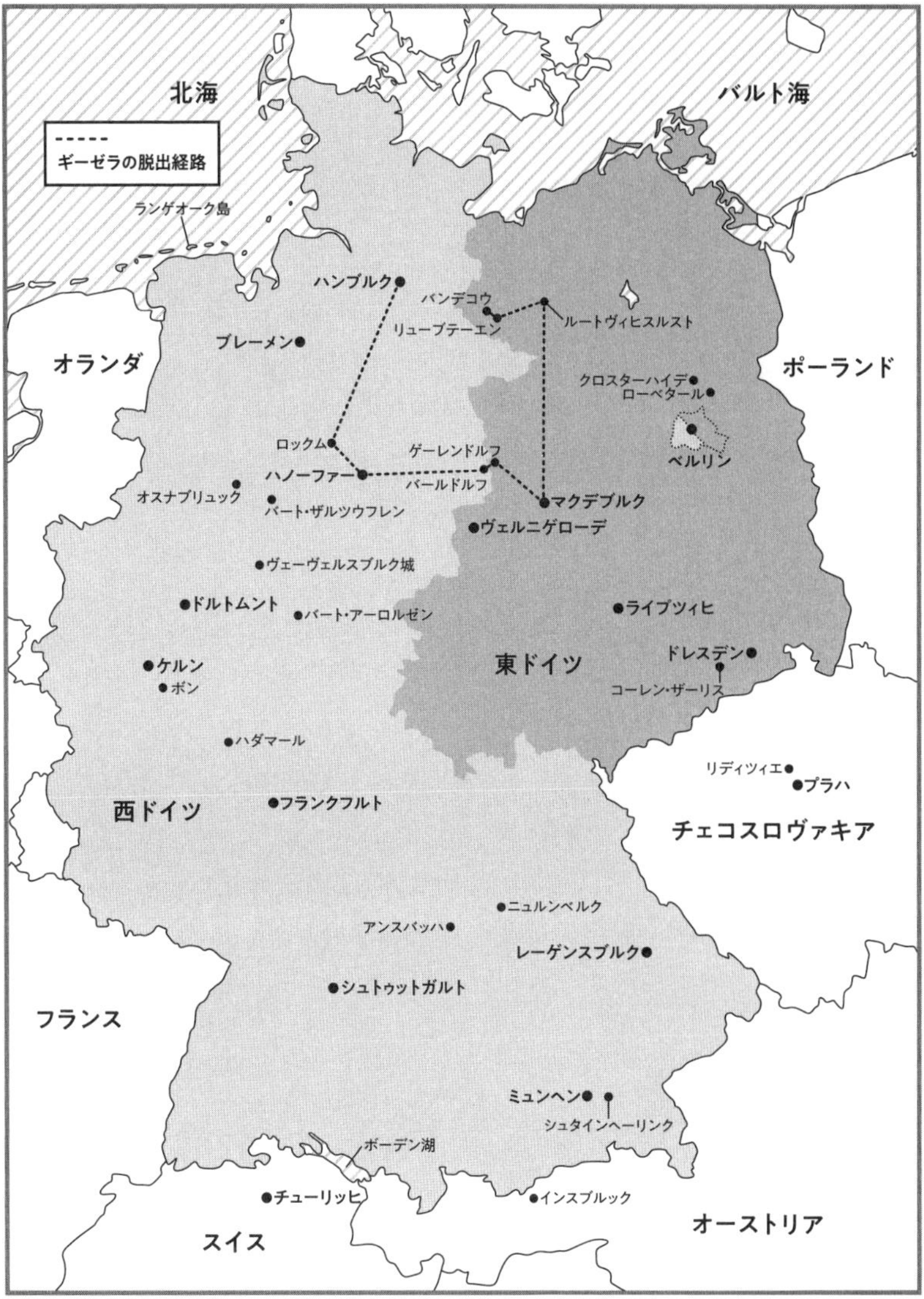

北海
バルト海
ギーゼラの脱出経路
ランゲオーク島
ハンブルク
バンデコウ
リューブテーエン
ルートヴィヒスルスト
ブレーメン
オランダ
ポーランド
クロスターハイデ
ローベタール
ベルリン
ロックム
ゲーレンドルフ
ハノーファー
バールドルフ
オスナブリュック
バート・ザルツウフレン
マクデブルク
ヴェルニゲローデ
ヴェーヴェルスブルク城
ドルトムント
バート・アーロルゼン
ライプツィヒ
ケルン
ボン
東ドイツ
ドレスデン
コーレン・ザーリス
ハダマール
リディツィエ
プラハ
西ドイツ
フランクフルト
チェコスロヴァキア
ニュルンベルク
アンスバッハ
レーゲンスブルク
シュトゥットガルト
フランス
ミュンヘン
シュタインヘーリンク
ボーデン湖
チューリッヒ
インスブルック
オーストリア
スイス

まえがき

血。

この物語は〝血〟で貫かれている。戦場で流された若者たちの血。ヨーロッパ中の都市や町や村の側溝に流された、老若男女の無辜《むこ》の民の血。ホロコーストの大虐殺と絶滅収容所で流された、何百万ものユダヤ人たちの血。本書で描かれているのは、そうした血についての物語だ。

〝思想〟としての血も、この物語を貫いている。つまり高貴で価値の高い〝良質な血〟を追い求め、その血統を維持し拡大するという、現代から見れば愚かで不条理なナチス・ドイツの思想だ。〝良質な血〟が存在するということは、必然的にその対極にある、見つけ出して容赦なく根絶やしにしなければならない〝悪質な血〟も存在するということになる。

わたしは、血のために行われ、血に染め上げられた戦争がもたらしたドイツ人の子どもだ。わたしは、第二次世界大戦の真っ只中にあった一九四一年にこの世に生を享《う》けた。そして大戦の産物である、大戦よりも長く続いた冷戦の幕開けを目撃し、その影の下で大人になった。

わたしの物語は、わたしのような何百万人の男女の物語でもある。わたしたちは、ヒトラーの血に対する妄執の犠牲になった人間だ。同時に、戦争で荒廃した〝のけ者国家〟を現代ヨーロッパの強国に変貌させた、戦後経済の奇蹟の申し子でもある。

　そんなわたしたちの物語は、血と恥辱の陰でひっそりと生きながらも、誠実さと良識を取り戻した世代の物語でもある。

　しかしわたし個人の物語としては、秘密に満ちた過去についての物語でもある。今でもなお沈黙に包まれ、恥に覆い隠されている歴史の一部なのだ。それと同時に、血が人間の価値を決める最大要因だとする信仰に、そして人間が同じ人間に対して行う身の毛もよだつ恐ろしい犯罪行為を、血を根拠として正当化することに警鐘を鳴らすものでもある。

　なぜなら、わたしは〈レーベンスボルン〉によって生み出された子どもだからだ。

〝生命の泉〟という意味の古色蒼然としたドイツ語である〈レーベンスボルン〉は、国家社会主義《ナチズム》という言葉の製錬所に放り込まれ、この上もなく不穏な言葉に捻じ曲げられ、ヒトラーの帝国《ライヒ》の醜悪な大辞典に記された。〈レーベンスボルン〉という言葉は、ナチズムという狂気のなかでどのような意味があったのだろうか？　そして現在においてはどのような意味を帯びているのだろうか？　その答えを見つけるために、つまり自分の物語を繙《ひもと》くために、わたしは苦しみだらけの長旅に出た。わたしが実際にたどった旅路は、ヨーロッパ中を駆け巡るという、本当に長くて辛いものだった。歴史をたどる旅路にしても同様だった。七十年以上も昔の、思い出したくもない過去に何度も何度も立ち戻ることを余儀なくされ、ヒトラーの軍隊に蹂躙《じゅうりん》された国々の苦難に満ちた時代にも足を踏み入れなければならなかった。

　しかしわたしが何者なのか、これまで何者だったのかを知るということは、同時にわたしがこれまで学んできたこと、慣れ親しんできたことすべてを巡る心の旅路に出なければならないことを意味していた。わたしとは一体何者なのか、そもそもわたしはドイツ人なのか、という根源的な問いかけに向き合わなければならなかったのだ。

これからわたしが語る物語は穏やかで愉しいものではけっしてない。読みやすいものでもないだろうし、そうなりそうにもない。それでも読みたいという方は、実際の旅路も心の旅路も穏やかで愉しいものではなかったということだけは心に留めておいてほしい。

もともとわたしは自分の気持ちを表に出す性質《たち》ではない。二十一世紀の現代社会ではごくごく当たり前のことになっている感情の表現に、わたしはどうも馴染めずにいる。それはたぶん、それまでずっと自分の内面を押し殺し、自分の気持ちよりも周囲の状況や自分以外の人間の気持ちや都合のほうを優先させようとしてきたからなのだと思う。

が、この物語に関してはそうではない。絶対に聞いてもらわなければならないと強く信じている。それ以上に、理解してもらわなければならないと思っている。わたしの人生とわたしが生きてきた時代をかたちづくった多くのことに耐えてきた人たちなら大勢いるし、珍しいことではない。それでも敢《あ》えて言わせてもらうならば、〝珍しい〟にも幅があるのだ。わたしと同じように、邪悪で不道徳なレーベンスボルンという実験の犠牲となった人は何千人も存在する。それでも、わたしの七十四年の人生を決定づけた歴史と地理、そして運命のいたずらに、わたしと同じように翻弄された人間は、わたしの知りうる限りにおいてはひとりもいない。

レーベンスボルン。この言葉は、まるで血液のようにわたしの体のなかを駆け巡っている。その川筋も行きつく先も生身の眼ではよく見えない、秘密だらけの急流でもある。通り一遍の調査ではレーベンスボルンは見えてこないし、その意味も理解することはできない。この川の源《みなもと》を、つまりわたしの物語の出発点を突き止めるためには、秘密の場所の奥底の、そのさらに奥を探る、かなり突っ込んだ調査が必要なのだ。

この物語の出発点となるのは、今はもう存在しない、とある国のとある町だ。

I章　一九四二年八月

男たちは全員射殺せよ。女たちは拘束し、強制収容所へ移送せよ。子どもたちについてはそれぞれの母国から引き離し、帝国本土の収容施設へ移送せよ。

一九四二年六月二十五日　親衛隊帝国指導者ハインリヒ・ヒムラー

一九四二年八月三日から七日
ドイツ占領下のユーゴスラヴィアのツィリ（現在のツェリエ）

校庭は人で溢れていた。中庭には女たちが老いも若きも詰め込まれ、子どもたちの手を握り、人だらけのなかで空いたスペースを何とかして見つけようとしていた。周辺の町や村から重い足取りで集まってくる家族たちを、小銃を肩に吊るしたドイツ国防軍《ヴェアマハト》の兵士たちが監視していた。

校庭に集められた女性たちは、ユーゴスラヴィアの支配者となったドイツ人に命じられ、〝医学検査〟を受けさせるために子どもたちを学校に連れてきていた。学校に着くなり母子たちは拘束され、待機を命じられた。そんな母子たちで埋め尽くされた校庭を、この地域の保安警察および親衛隊保安部《SD》司令官のオットー・ルーカーは両手をズボンのポケットに突っ込み、表情ひとつ変えることなく悠然と眺めていた。一九二三年の〈ミュンヘン一揆〉でヒトラーが有罪判決を受けて服役したとき、ルーカーはヒトラーが収監されたランツベルク刑務所の看守を務めていた。その元看守が、今や下《ウンター》シュタイアーマルク地方（現在のシュタイエルスカ地方）で一番偉いヒトラーの子分となっていた。彼の階級は国防軍の大佐に相当する親衛隊連隊指導者だったが、この夏の日は私服のスーツに身を包んでいた。

ユーゴスラヴィアがナチス・ドイツの支配下に置かれたのは一年と四カ月前のことだった。周辺バルカン諸国のハンガリーとルーマニアとブルガリアが枢軸同盟に加盟するなか、一九四一年三月にヒトラーはユーゴスラヴィア王国の実質的な支配者だった摂政のパヴレ・カラジョルジェヴィチに圧力をかけ、同盟に加わるよう迫った。パヴレ摂政とその内閣は受け入れざるを得ず、ユーゴは枢軸国に協力することになった。しかしセルビア人が主体の軍部がクーデターを起こしてパヴレ政権を倒し、摂政の又従弟で十七歳の国王ペータル二世が親政を開始した。

反逆の知らせは三月二十七日にベルリンに届いた。ヒトラーはこのクーデターを自分への侮辱と受け取り、ユーゴスラヴィアを帝国《ライヒ》の敵国に指定する総統布告を発し、〝かの国とその軍を殲滅《せんめつ》せよ〟と自軍に命じた。十日後の四月六日、ドイツ空軍《ルフトヴァッフェ》は爆撃を開始し、ユーゴの各都市を壊滅させた。国防軍は歩兵師団と機甲師団を送り込み、町や村を蹂躙《じゅうりん》した。電撃戦を仕掛けるドイツ軍にユーゴ王国軍は太刀打ちできず、四月十七日にユーゴスラヴィアは降伏した。

王国の痕跡をすべて消し去れというヒトラーの命令を、占領軍はただちに実行した。知識人と民族主義者たちを中心とした六万五千人が追放され、投獄され、そして処刑された。彼らの家屋敷と財産はドイツ人の支配者たちに接収された。スロヴェニア語の使用は禁止された。

が、その後一九四二年の前半にかけて、共産主義者のヨシップ・ブロズ・チトーを指導者とするパルチザンたちが執拗な抵抗戦を展開した。ドイツ側は情け容赦ない弾圧でそれに応じた。秘密警察《ゲシュタポ》はパルチザンの戦闘員のみならず一般市民にも襲いかかり、帝国全土にある強制収容所送りにした。抵抗活動に対する見せしめとして、選別された人々が処刑されることもあった。ツィリでも、一九四一年九月からの九カ月のあいだに三百七十四人の男女が監獄の壁際に並ばされ、そのまま射殺された。処刑の光景は後世のための記録とプロパガンダ用に撮影された。

一九四二年六月二十五日、ナチス・ドイツで二番目に力を持ち二番目に恐れられていたハインリヒ・ヒムラーが、自分が統率するゲシュタポと親衛隊《SS》の将校たちにパルチザンの抵抗活動の排除を命じた。

本作戦においては、反逆者たちを支援し、人員および武器、または住居を提供する者たちの無害化に必要な、ありとあらゆる要素を動員するものとする。そうした支援者たちの家族と、状況によってはその親戚の男たちは全員射殺せよ。女たちは拘束し、強制収容所へ移送せよ。子どもたちについてはそれぞれの母国から引き離し、帝国本土の収容施設へ移送せよ。子どもたちについてはその数と個々の人種的価値についての特別報告書を提出せよ。

こうした血まみれの状況下にあった八月のある朝に、千二百六十二人の人々が校庭に集められ、運命の時を待っていた。その多くは、見せしめとして処刑されたパルチザンたちの、処分を免れていた親戚たちだった。

その千二百六十二人のなかに、〈ザウアーブルン〉近郊の村からやって来た、ある家族がいた。父親のヨハン・マトコの兄イグナツはパルチザンで、同年七月にツィリの監獄の壁に並ばされて射殺されていた。ヨハンもその四カ月前に連行されていて、オーストリアのマウトハウゼン強制収容所に送られていた。せんだってようやく釈放され、妻のヘレナと八歳のターニャと六歳のルドヴィク、そして生後九カ月のエリカが待つ家に帰って来たばかりだった。

すべての家族の確認が終わると、子どもたちと女性と男性の三つのグループに分けられた。ルーカーの命令一下、兵士たちは家族たちのなかに割って入り、母親たちの手から子どもを引きはがした。その痛ましい光景を、スロヴェニア人カメラマンのヨシップ・ペリカンが帝国の偏執的な公文書記録官のために撮影した。何巻ものフィルムに、恐怖に怯える母親と子どもたちの姿が捉えられた。ペリカンは子どもたちが収容された校舎の内部も撮影し、麦藁《むぎわら》が敷かれた木枠のなかに入れられた大勢の幼児たちの姿をフィルムに収めた。

母親たちが外で待つなか、ナチスの担当官たちは子どもたちの検査を開始した。簡単な検査だったが、担当官たちは図表を挟んだクリップボードを手に、子どもたちひとりひとりの容貌と体つきをきめ細かく記録していった。

しかし、この検査は医師たちがやるような〝医学検査〟ではなかった——子どもたちの〝人種的価値〟を大雑把に査定し、四つのカテゴリーに分けるための検査だった。ヒムラーが設定した厳密な基準に照らし合わせ、純血ドイツ人の外見だとされた子どもはカテゴリー1もしくは2に分類され、帝国にとって有益な人材となり得る子どもとして正式に登録された。反対に、スラブ人であることを示す特徴や痕跡があれば――当然ながら〝ユダヤ人の血を引いている〟特徴も――その子どもは人種的価値の低いカテゴリー3もしくは4とされた。3と4の子どもたちは〈劣等人種《ウンターメンシュ》〉の烙印《らくいん》が押され、将来はナチス国家の奴隷労働者になるだけの価値しかないとされた。

この基礎的な選別作業は翌日には終わった。人種的に見て価値がないとされた子どもたちは家族の元に返された。しかしそれ以外の四百三十人ほどの子どもたちは――生後間もない赤ん坊から十二歳の少年少女たちだった――解放されなかった。選ばれし子どもたちはドイツ赤十字の看護師たちによって列車に乗せられ、オーストリアとの国境を越え、グラーツの先に位置する町フローンライテンにある一時収容キャンプに移送された。

一時収容キャンプでの滞在は、その名のとおり一時的なものだった。九月にはさらなる選別が行われた。二回目は、〝良質な血〟の保護と強化を目的としてヒムラーが設立した数多《あまた》の機関のひとつから派遣された、専門の〈人種検査官〉の手によって行われた。

鼻が測定され、定められた理想的な長さおよび形状と比較された。唇と歯と臀部《でんぶ》と性器も同様に測定され触診され、撮影された。ふるいにかけて小麦と価値の低いもみ殻を分けるように、遺伝的に見て価値の高い人間を選別するのだ。子どもたちは一回目よりもきめが細かく厳格な〝ふるい〟にかけられ、さらに四つの人種的カテゴリーに分けられた。

新たなふるいにかけられた子どもたちのうち、年かさの子たちはカテゴリー3もしくは4に分類され、ナチス・ドイツの心臓部であるバイエルンに何カ所かある再教育施設に送られた。より幼い子たちは最上ランクのカテゴリー1もしくは2とされ、親衛隊帝国指導者ヒムラー自らが指揮する秘密プロジェクトに渡された。そのプロジェクトの名称は〈レーベンスボルン〉だった。そしてレーベンスボルンの手にゆだねられた子どもたちのなかに、生後九カ月の女児、エリカ・マトコがいた。

2章　一九四五年——零年

この国家を今後千年存続させることこそ、我々の意志である。
未来はすべて自分たちのものであることをわかっている我々は幸福なのである！

アドルフ・ヒトラー『意志の勝利』（一九三五年）

一九四五年五月七日（月曜日）の午前一時四十一分、フランス北東部のランスにある赤煉瓦《れんが》造りの小さな校舎で、ドイツ国防軍最高司令部作戦部長のアルフレート・ヨードル上級大将がヒトラーの千年帝国の無条件降伏文書に署名した。五段落にまとめられた簡潔な降伏文書には、翌日の午後十一時をもってドイツおよびその全国民を勝者である四つの連合国——イギリス、アメリカ、フランス、ロシア——に明け渡すと記されていた。

一週間前、ヒトラーとその側近たちの大半はベルリンの総統地下壕《フューラーブンカー》の最深部で自決した。が、ヒトラーの一番の子分で、ナチスのすべての恐怖機関の親玉だった親衛隊帝国指導者ヒムラーは逃亡した——灰色の粗いサージ織りの志願兵用の軍服で変装し、自分が一介の曹長であることを証明する偽造書類を持って。

終わったのだ──わたしの母国がヨーロッパ中で殺戮《さつりく》と略奪を繰り広げた、六年におよぶ〝全面戦争〟が、これで終わった。わたしたちドイツ国民は、これから先は平和と秩序のなかで生きていかなければならなかった。

五月のあの日の朝、わたしたちは何者だったのだろうか？　バッハを、ベートーヴェンを、ゲーテを、そしてシラーを生んだドイツという国は、無慈悲な電撃戦と、〈最終的解決〉がもたらした言わずもがなの醜悪な民族虐殺ののちに、どんな国になってしまったのだろうか？〈平和〉とは、勝者の眼にはどのように映るものなのだろうか？　敗者の眼にはどうなのだろうか？　このふたつの問いかけはまったくちがうものなのに、よくある答えで結びついていることが、のちに証明されることになる。

一九四五年のわたしたちの置かれた状況を形容する、〈Stunde Null《シュトゥンデ・ヌル》（零時）〉という言葉が生まれた。しかし煙がくすぶる瓦礫になり果てて、荒廃と恥辱と飢えに満ちていたドイツにとっては、終わりであり始まりでもある〈Jahr Null《イヤー・ヌル》（零年）〉と表現したほうがより的確だと思える。

一九四五年五月八日の午後十一時一分以降の時代に、ドイツ人であることにどんな意味があったのだろうか？　〝マース川からメーメル川まで（ドイツの領土範囲を示す、ドイツ国歌のかつての一番の歌詞の一節）〟のすべての土地とすべての人々の新しい主人になった連合国にとっては、服従と疑いと抑圧を意味していた。それまでのドイツを貫いていた国家社会主義《ナチズム》と軍国主義というふた筋の悪意の大河は二度と流れてはならないし、その毒気をはらんだ川水をヨーロッパ全土に氾濫させてはならない。占領軍はそう考えていた。このときから数時間のうちに、いろいろな仕組みや手続きが動き出し、この高尚な理想を実行することになった。そのときはあまりに幼すぎてわかるはずもなかったのだが、この仕組みや手続きがわたしの人生の方向を決めることになる。

自分たちは何者なのかという実存的な問いかけは、このときのドイツの人々にとってはちがう意味を持っていた。哲学的な意味合いはかなり小さく、むしろ物質的・政治的・心理的な色合いの濃いものだったと言える。そしてこの三つのなかで一番大きく、一番切迫していたのは、まずまちがいなく物質的な意味合いだった。

一九四五年五月のドイツは、破壊された橋とずたずたに寸断された道路と動かなくなった戦車に満ちた、深く傷つけられた不毛の地だった。自分が築き上げた帝国が死に瀕《ひん》していた日々のうちに、狂気とやり場のない怒りに度を失ったヒトラーは〝要塞都市〟を構築する命令を出していた。純血ドイツ人の血が最後の一滴になるまで、ドイツ中の建物がすべて破壊されて煉瓦が最後の一個になるまで、祖国を守り抜かなければならない。ヒトラーは高らかにそう命じた。降伏の二文字はない。あるのは〝神々の黄昏《ラグナロク》〟の炎と、自分が掲げた〝Herrenrasse《ヘーレンラッセ》（支配人種）〟の終焉《しゅうえん》の時を寿《ことほ》ぐための生贄《いけにえ》だ。彼はそう言ってのけた。

結局のところ燃え上がったのは壮大な火葬の炎ではなく、広大な大地を埋め尽くすヒトラーの虚栄のかがり火だった。国中のいたるところで戦うように命令され、連合軍の絨毯《じゅうたん》爆撃でとことん叩きのめされたドイツは、最後の審判が下されたあとの不毛の荒野と化した。強大だった帝国の全土にあった建物は徹底的に破壊された。ベルリンではほぼすべての通りの傍らに瓦礫の山が積み上がり、その量は七千五百万トンにもおよんだ。ベルリン以外の都市にしても同様だった。爆撃と市街戦で焼き払われ破壊された各都市では、全体の建物の七割が損害を受けるか廃墟となった。そして虚ろな眼をしたやつれた人たちが至るところにいた。ちょっと前までは〝劣等人種《ウンターメンシュ》〟と見なしていた人々をドイツの未来という鋼の運命《さだめ》に無理矢理従わせていた、傲慢な人間たちがこのありさまだった。

連合軍のニュース映画と写真は――ドイツの報道機関は降伏した時点で閉鎖された――それまでは考えられなかったドイツの姿を捉えていた。映し出される建物は半壊して外壁が吹き飛ばされたものばかりで、ぽっかりと開いたおぞましい穴からは、暖炉や引き裂かれた壁紙やトイレの成れの果てといった、そこで営まれていた日常が顔をのぞかせていた。そうした建物のまわりで生ける亡霊のようにたたずむ女性たちや子どもたち、そしてそこかしこにいる孤児や難民や老人や怪我人たちの姿もフィルムは捉えていた。通りに名もなき死体が転がっている。ほとんどの人間が眼をそむけるなか、じきにその仲間入りをすることになる骨と皮だけになってしまった人間がじっと見ている。そんな陰鬱なショットもリアルに描写されていた。

そんなドイツで、わたしたちは何をしていたのだろうか？　少なくとも都市に暮らすドイツ人たちは、瓦礫のなかから使えそうなものを掘り出して掘っ立て小屋を建てたり、食べられそうなものを漁ったりしていた。勝利に浮かれる占領軍の兵士たちから身を隠すこともあれば、恐々《こわごわ》ながらも親しく交わることもあった。どちらの場合も好き好んでそうしていたわけではない。そうするしかなかったのだ。日常からなくなってしまったもののなかには、住む場所よりも大切な、生死に関わるものがあったのだから——食料だ。

ナチ党が自分たちの利益になるように動かしてきたドイツ経済は、大戦末期には国中の建物と同じように完全に崩壊していた。皮肉なことに現金だけはたっぷりとあったが、紙幣は紙屑同然になり、硬貨にしても同じことだった。ありとあらゆる資材は軍のために供出されていて、せっかく収穫した農産物にしても、鉄道網が爆撃でずたずたにされていたので全国に輸送することもままならなかった。価値を失ってしまったマルクで買えるものはほとんどなかった。

新しい支配者たちにしても、わたしたちドイツ人の扱いについてはこれといった考えを持っていなかった。一九四五年の七月から八月にかけて、チャーチルとトルーマンとスターリンら連合国の指導者たちはベルリン近郊のポツダムで会合を開き、将来の計画について話し合っていた。第一次世界大戦が終わったとき、負けたドイツには厳しい罰と莫大な賠償金を課せられたが、それでも地図からも政治の世界からも抹消されることはなかった。しかしポツダムでは、ヒトラーに対する戦争が終わった時点でこの国を消滅させるという決定がなされた。ドイツがあった場所は四つの〈占領地域〉に分けられ、それぞれを四つの戦勝国の所有地とされ、それぞれ独自の指針と計画に沿って統治されることになった。

しかし決まったのはそれだけで、ヒトラーとその一味が敗れたあとのドイツを実際にどうするかについては、四カ国の考えはほとんどまとまっていなかった。フランスは帝国を複数の独立国に分ける案に賛成していたし、アメリカはドイツを工業国から農業国に逆戻りさせようと考えていた。のちにワシントンの政府は寛容になり、何千万ものドイツ人に中世の農奴のような暮らしを強いることなどできるはずもないし、好ましくもないと考えるようになった。しかし戦勝国たちは、四つに分けた占領地を充分に機能させる方法をしっかりと考えてはいなかった。おまけに、占領地に暮らす人々と――東方から逃げてきた人たちが流れ込んで、人口は一千万人以上増えていた――平和を押しつけるために駐留している膨大な軍隊への食糧供給という喫緊の大問題への対策も、まったく立てられていなかった。

とにかく食べるものがなかった。それにしっかりと機能する交通網がなかったので、わずかな食糧を最も必要としている場所に運ぶこともできなかった。さらに悪いことに、ドイツ人たちにずっと延び延びになっていた埋め合わせをさせなければならないという心情が、占領軍のあいだに広まっていた――ヨーロッパ中を荒らしまわったナチスは、村や町や都市をわざと飢えに追いやって、しまいには国全体を死に至らしめようとしたのではなかったか？　今こそドイツ人は自分たちが蒔《ま》いた種の報いを受けるべきだ。こんな憤懣《ふんまん》を抱えていたのだ。

国家全体の餓死と強制的な餓死。つまりそれがヒトラーが本当に遺したものだった。男も女も子どもも生きていくために必要な半分のカロリーしか摂ることができない――せいぜいよくてもその程度だった――絶体絶命の危機に陥り、その多くが命を落としていった。ドイツという国は叩きのめされて半死半生の状態になってしまったわけではなかった。完全に抹殺されてしまったのだ。

ドイツに平和が訪れたとき、わたしは三歳半だった。小柄で口数が少なく、ブロンドの髪の典型的なドイツ人の幼児で、ドイツ北部のメクレンブルク地方の片田舎にあるバンデコウという村で、母と祖母と弟と暮らしていた。わたしたちの家は、広大な森があるこの地方独特のハーフティンバー造りの大きな農家だった。わたしたち一家は戦前のドイツのある階級の典型的な家族で、同時に戦後のドイツ人家族の典型でもあったと思う。父方と母方のどちらの実家も格式のある旧家で、崩壊した経済下でも裕福だった。

母のギーゼラはハンブルクの海運界の大物だったアンダーゼン家の娘だった。アンダーゼン家はその歴史をハンザ同盟の昔まで遡《さかのぼ》ることができる、貴族的な特権を持つ支配階級に属する旧家で、ナポレオンの支配下にあったハンブルクが一八一五年のウィーン会議で自由都市に戻ってからは貿易で財をなし名声を得た。

わたしたちが暮らしていたバンデコウの家は、母の家族が代々所有していたものだった。実際の所有者は祖母の兄だったが、一九四五年以前は田舎の別荘のようなものとして使われていた。たぶんそうだったのだろう。当然ながらアンダーゼン家はハンブルクに本邸を構えていて、祖父はそこで暮らしていたが、祖母はふたつの家を行き来する生活を送っていた。

母のギーゼラには姉がふたりと兄がひとりいた。兄のほうは大戦末期に国防軍に招集されて戦死していた。上の姉は、口にするのもはばかられる不誠実な所業をはたらいて名誉ある家名を汚したとして勘当状態にあった。下のほうの姉のイングリットは(まわりからは〝イーカ〟と呼ばれていた)、わたしが子どもの頃はいつもそばにいてくれた。

戦争が終わったとき、ギーゼラは三十一歳だった。特権階級の女性らしくお高くとまったところはあったものの、母は若くて快活で、そして美人だった。結婚してはいたが、結局のところ、その結婚は幸せなものではなかった。

父のヘルマン・フォン・エールハーフェンは職業軍人だった。父は第一次世界大戦に従軍し、一九一四年と一五年に名誉の重傷を負い、一七年の三度目の負傷のときにはその代償として鉄十字勲章を授与された。母と同じように父も貴族の家系の出だった。父方も母方も、その家名に上流階級に属することを示す〝フォン〟の称号がついていた。

ギーゼラを若くて活気に満ち溢れた女性とするなら、ヘルマンはまさしくその正反対の人間だった。父は母より三十歳も年上で、重いてんかん症を患っていた。父の気難しく狭量な性格がこの病気のせいだったかどうかはわからない。わたしにわかっているのは、ふたりの婚姻関係はナチスの悪名高いニュルンベルク法が制定され、ドイツの再軍備が宣言され、ヒトラーが盤石の体制を敷いた一九三五年に始まり、一九四五年に事実上の終わりを迎えたということだけだ。わたしは物心がついた頃から父にほとんど会ったことがなかった。わたしと母たちは北部のバンデコウで暮らしていたが、父はそこから南に五百キロメートル近く離れた、バイエルンのアンスバッハにいた。

おそらくギーゼラのような既婚女性が子どもたちとだけで暮らしている一家は、傍《はた》から見てもさほどおかしなことではなかったのだろう。戦争が終わってドイツという国が消滅してしまってからの数カ月のあいだは、わたしたちのような小さな家族はどこにでもいた。成人男性の大半は老いも若きも軍に動員され、戦死するか消息不明になるか、さもなくばヨーロッパ中の捕虜収容所に捕らわれるかしていた。ドイツという国は——正確に言うとドイツと呼ばれていた国は——女性と子どもたちだけの国になっていた。

父と母の別離は戦争のせいだと思われるかもしれない。しかしのちのちわかることなのだが、戦争は一番の理由ではなかった。ありていに言えば、ふたりのあいだには乗り越えることのできない、深くて大きな隔たりがあったのだ。それは、この国を分断していた四本の溝よりも埋めることが難しく、修復も難しいものだった。しかしそんなことを幼かったわたしにわかるはずなどなかった。当時のドイツ人たちは、政治のせいで陰気で心が寒くなるような状況に陥っていた。それと同じように、わたしの子ども時代も両親の関係のせいで殺伐としたものとなっていた。もしかしたら、わたしのほうがどの子どもよりももっと悲惨だったのかもしれない。

そう、政治なのだ。終戦当時の人々の生活を決めていたのは、政治の力学だった。しかしその政治とは、安定した民主主義の下で政党同士が地位と権力を巡って化かし合いを繰り広げるという、今を生きる人たちが知っている政治とは異なり、誰も見向きもしないものだった。一九四五年の政治は頑《かたく》ななまでに急進的なものだった。

戦争の最後の日々、連合軍はあらゆる方角からドイツめがけて突進して来た。アメリカ軍の戦車と歩兵たちはフランスとベルギーとオランダから東に向かって進軍した。イギリス軍はイタリアとオーストリアを抜けて、北を目指して戦いつづけていた。ソ連の大軍勢は、戦前はポーランドと呼ばれていた土地から西に向かってドイツに急行していた。彼らに与えられていた至上命令は、できるかぎり多くのドイツの領土を征服して自分たちの国の支配下に置くことだった。戦争が終わった時点で獲得した領土がどれほどのものだったとしても、ポツダムで合意に達してしまえば、その取り分が増えることはほぼあり得なかった。一九四五年の春の何週間かに、戦後ヨーロッパの国境線が引かれた。同時に、のちに〈冷戦〉として芽吹くことになるものの種も蒔かれた。

　戦いが終わった時点で、父がいた場所はアメリカの占領地域に組み込まれていた。つまり父の今後の運命はワシントンの政府が新たに獲得した縄張りをどうしたいのか、そしてその所有権をどう見るのかにかかっていた。しかしわたしと母、そしてわたしよりほんのちょっとだけ年下の弟のディトマールと一緒に暮らしていたバンデコウは、ソ連の占領地域の一部になってしまった。モスクワの共産党政府は、ナチス・ドイツの社会基盤の解体方法についても、そして消滅した帝国から分捕った領土の処遇についても、ほかの三国とかなり異なる考えを持っていた。

　ボスと一緒に死ななかったヒトラーの子分たちに法の裁きを下さなければならないという点については、連合国の意見は少なくとも最初のうちは一致していた。四カ国による戦争犯罪法廷が開かれ、国家社会主義のシステムが裁かれることになった。アルフレート・ヨードル、国家元帥でヒトラーの後継者に指名されていたヘルマン・ゲーリング、ナチ党副総統だったルドルフ・ヘス、そして外務大臣だったヨアヒム・フォン・リッベントロップらをはじめとした二十四人の指導者たちはニュルンベルク司法館の地下にある勾留房に収監され、戦争犯罪と人道に対する罪についての裁判を待つことになった。ヒトラー本人と、その内閣で宣伝大臣を務め、終戦時は首相だったヨーゼフ・ゲッベルスは自殺していたが、このふたりに並ぶ重要人物だったヒムラーも裁判に出廷しなかった。親衛隊《SS》を筆頭に、ナチスのすべての恐怖機関を作り上げたヒムラーは変装して逃亡していたのだが結局捕まり、ニュルンベルクに移送される前にやはり自殺してしまった。

極悪非道の戦争犯罪人たちに有罪判決が下され、ニュルンベルクの裁判は終わった。この判決は正義の勝利であることにはまちがいなかったのだが、占領勢力間の協力関係の最高点を示すものでもあった。裁判が終わると、アメリカとイギリスとフランス、そしてソ連は、それぞれが支配する地域とそこに暮らす人々に対して、それぞれにまったく異なる対処法を取った。つまり何千万ものドイツ人が、戦争が終わったときにそれぞれがいた場所に応じて、それぞれ異なる運命の道を歩むことになったのだ。この大きな政治的分断は、ちっぽけなわたしたち一家の生活をあっという間に、そして永遠に変えてしまった。

四つの占領勢力のあいだの相違点が最初に顕著になったのは元ナチ党員への対処だった。大戦末期、アメリカは〈非ナチ化〉という言葉を考えついた。フランクリン・ローズヴェルト大統領とその顧問たちは、ナチ党はその触手を政治から司法まで、そして公共面から個人面に至るまで、ドイツ人の日常のなかのあらゆるところに伸ばしていたと考えていた。一九四五年五月の時点で、全人口の一割近くにあたる八百万人以上がナチ党員だった。その糸を縦横に張り巡らせ、日々の暮らしと密接に関わっていたファシズムのシステムを、一体どうすればよかったのだろうか？

当然のことながら、その答えを見つけなければならなかったのはアメリカだけではなかった。それぞれに広大な元ドイツの縄張りを支配していた四つの占領勢力は、ナチズムを根絶させつつも自分たちの縄張りを機能させつづける方策を、それぞれ探さなければならなかった。

最初に取られた措置はナチ党の非合法化だった。一九四五年九月二十日、米英仏露で構成される連合国管理理事会は、かつての帝国の全域で〝国家社会主義ドイツ労働者党《NSDAP》を完全かつ最終的に解散させ、非合法とする〟布告を発した。

しかし党そのものは、複雑に入り組んだナチスの構造のなかの最も目立つ組織に過ぎなかった。ナチ党には六十以上の下部組織があり、世界的に悪名高い親衛隊やゲシュタポやヒトラー・ユーゲント（ナチス青少年団）以外にも、ドイツ人ですらあまりよく知らなかった〈ドイツ帝国血脈保全委員会〉や〈国家社会主義婦人会〉といった団体もあった。そうした組織もしかるべく非合法化された。しかしドイツの人々にとって非合法化よりも深刻だったのは、そうしたナチ党の下部組織に関わりがあっただけでその一員と見なされたり、党のシンパだと疑われたりすることだった。

わたしの知り得るかぎり、ヘルマンもギーゼラもナチ党員ではなかった。ファシストが言いそうなことや、ヒトラーを支持しているようなことを父と母が言うのを聞いたことはなかった。それでも父は大戦中のほとんどは国防軍の事務将校で、母は〈国家社会主義婦人会〉の元会員だった。なのでふたりとも、それぞれの占領地域の非ナチ化を進める機関の調査対象になっていてもおかしくなかった。


父がいたアメリカの支配地と、母とディトマールとわたしがいたソ連の支配地のあいだの非ナチ化の方針のちがいが、わたしたちが歩む道の行き先を決めることになった。

最初のうちこそ非ナチ化に躍起になって取り組んでいたアメリカだが、しばらくすると占領勢力のなかで一番現実的な方針を取るようになった。元ナチ党員やその疑いのある人物を自分たちの占領地域全体から排除したほうがいいことにはまちがいないのだが、そんなことをすれば、地域の日常の秩序を維持するあらゆる責務は自分たちだけが担うことになってしまう。その事実に、ワシントンの軍上層部はすぐに気づいた。戦争で疲弊し、ヨーロッパ中に展開していた兵力の帰還作業に追われていたアメリカにとっては、とにかく厄介で重過ぎる負担だった。

　そういうわけでわたしの父は、アメリカの占領地域にいた成人全員と同じように調査書《フラガボーゲン》だとか報告書《メルデボーゲン》だとか、いろいろな名前で呼ばれていた質問票に記入し、自分はいかなるナチスの組織の一員でもないし、一員だったこともないと申告することになった。しかしその自己申告の内容は追跡調査されることも詳しく調べられることもなかった。そうした甘い管理のおかげで、申告した人たちのほとんどは、自分がファシズムに染まっていない〝善良なドイツ人〟だということを証明する公式書類を簡単に手に入れることができた。その証明書は〝洗剤の〈ペルシル《Persil》〉で過去をきれいにすることができる〟という皮肉を込めて〈Persilschein《ペルシルシャイン》〉とも呼ばれていた。

　一方、ソ連はアメリカのような暢気《のんき》な手段を取らなかった。モスクワはかなり決然とした対策に出たが、それは連合四カ国のなかで殺された人間の数が一番多く、一番手ひどくやられたからかもしれない。でもそれよりも、スターリンがソ連占領地域の行く末についてはかなり明確な腹案を持っていたからだと思われる。

　その頭文字を取ってSMADと呼ばれていた在独ソ連軍政府は、東はオーデル川から西はエルベ川に至る広大な領域を支配していた。一九四五年四月十八日、スターリン政権下の恐るべき秘密警察〈内務人民委員部《NKVD》〉の長官だったラヴレンチー・ベリヤは、ナチ党員と党の下部組織の幹部を捜査無用で即刻逮捕せよという命令を出した。逮捕は五月から始まり、最終的には十二万五千人のドイツ人が、ソ連占領地域のあちこちに建てられた特別収容所に放り込まれた。

ソ連のゲシュタポにあたるＮＫＶＤが管轄していた特別収容所は（ナチスの強制収容所にもゲシュタポがよく駐在していた）その存在自体が秘密にされていた。外部との接触は禁じられていたので、収容所内部の声が漏れることはなかった。逮捕にしても勾留にしても手当たり次第という感があり、放り込まれた人々全体のなかで本当にナチ党員だったのは、一九四六年二月の時点で半分以下だった。そうした〈沈黙の収容所《シュヴァイゲラーガー》〉に力ずくで連行されるという恐怖は、それでなくともソ連軍による支配に怯えていたドイツ人たちに重くのしかかっていた。

匿名の密告であるとかナチ党の下部組織の一員だったりであるとか、ほかの三つの占領地域と連絡を取ったりであるとか、ソ連軍はとにかくさまざまなことを口実にしてドイツ人家庭のドアをノックして〈沈黙の収容所〉に引っ張っていった。そうした連行は、大抵の場合は片道切符だった――四万三千人近くの男女が、戦後に建てられた強制収容所の有刺鉄線の内側で死んでいった。


母は〈国家社会主義婦人会〉の元会員だったが、そのことが自分自身とバンデコウに暮らすわたしたちの小さな家族に危機をもたらすかもしれないと、絶えず不安に感じていたのだろうか？　わたしにはわからない。フォン・エールハーフェン家は口数の少ない家族だったし、自分の気持ちをおおっぴらに口にすることもなければ、ましてや過去について語られることなど決してなかった。しかし今のわたしには、そのとき知らなかったことが――知ることができなかったことが――わかる。それは、父と母とわたしをナチスの数ある組織のなかで最も禍々《まがまが》しいものと結びつける、わたしの子ども時代の核心とも言うべき秘密だ。そしてそれは、ＳＭＡＤの耳に入ればまちがいなく一家に災いをもたらすような秘密でもあった。

そしてその秘密を抱えていたことでさらに不安が募り、母のギーゼラは心を乱していたのだろうか？　それもわたしにはわからない。それでも、激動の一九四五年の夏が終わって秋が過ぎて冬に入ると、母は恐怖に怯えるようになった。その恐怖には〈レイプ〉という名前がついていた。

一九四五年にドイツ国内に進軍すると、赤軍兵たちは何よりもまず〈Komm《コム》, Frau《フラウ》（そこの女、こっちに来い）〉というドイツ語を覚えた。それは拒否することの許されない命令だった。もっとも、拒否したところで結果はどのみち同じだったが。

ソ連の都市や人々に対するヒトラーの極悪非道の所業の〝つけ〟を、何万ものドイツの女性たちが――たぶん実際にはその十倍だろう――その体で支払うことになった。ソ連占領地域では、レイプはニュースにもならない日常茶飯事になった。まだ初潮を迎えていない少女から老女に至る、あらゆる年代の女性たちにとっての重要事は、レイプされたかどうかではなくレイプされた回数だった。

レイプは半ば公認された行為でもあった。口先だけでレイプの根絶を約束する地区司令官もいたが、実際にはその部下が大きな代償を支払うことになった。たとえば、ある大尉は少女たちに襲いかかろうとした赤軍兵の一団を制止したために裁判にかけられて有罪になり、労働収容所で十年間服役する羽目になった。判決理由は〝ブルジョア的な人道的行為〟をはたらいたというものだった。

当然ながら、実際には収容所もレイプもソ連占領地域に限ったことではなかった。アメリカ軍は何千人ものナチス容疑者を投獄して、最低の環境で何年も収監することもざらだった。フランス兵たちにしても、支配下にあった都市でドイツ人女性たちを頻繁に凌辱していた。赤軍の残虐行為については、大戦末期にヒトラーとゲッベルスがプロパガンダとしてひっきりなしに垂れ流していて、国民の恐怖を煽《あお》り立てていた。そうした最悪の予言の数々を、進軍してきた赤軍兵たちはドイツの地に足を踏み入れた瞬間から次々と実現していった。

わたしたち小さな家族はどの家族に劣らず無力だった——おそらく一番無力だったのだと思う。母は若くて美人で、しかも嫌われ者のブルジョアだった。わたしたちの家は大きくて住み心地がよく、農場で採れる作物で食料の蓄えはたっぷりとあった。しかし人里離れた一軒家で、そして何よりも頼りになる男手がひとりもいなかった。レイプに対する不安と恐怖は、その年の長い冬のあいだじゅう、わたしたち家族の上に垂れ込めていた。母は、自分の胸の内をめったに明かすことのない人だった。そんな母がどういう風の吹きまわしか、珍しくあの当時の思い出話をしてくれたことがあった。赤軍兵が出没したという噂を耳にすると、母は決まってベッドの下に身を隠していたそうだ。

それでも、レイプの恐怖がどれほど気力を消耗させるものであったとしても、わたしたちの暮らし向きはソ連占領地域にいた大抵の人たちよりもずっといいものだった。というのも、爆撃で焼け出された都市の住民たちとはちがい、わたしたちはちゃんと屋根のある田舎の別荘で暮らしていたのだから。

わたしの記憶のなかでは、一九四六年から四七年にかけての冬はとくに厳しかった。気温は零下三十度まで下がり、爆撃で焼けたかつての家の地下室でやっとの思いで暮らしていた何百万もの人たちは、身を切るような寒さになすすべもなかった。おまけに、それでなくとも破壊に満ちた大戦末期にずたずたにされていた鉄道網の成れの果ても、戦争の賠償として赤軍によって瞬く間に解体されて、東に持ち去られてしまった。石炭もほとんどなかったので、何千もの人々があっさりと凍死していった。

しかし一番深刻だったのは何と言っても食料だった――むしろ食べるものがなかったことだと言うべきだろう。食料は、一夜のうちに何よりも優先しなければならない喫緊の問題になった。さまざまな食料を手に入れることができた国発行の配給券は、ナチス・ドイツが解体された途端に使えなくなってしまった。おまけに、戦争が終わった時点でかなり少なくなってしまっていた食料も、SMADに接収されて赤軍兵の腹を満たした。国中の都市で、恐怖と飢えが自分がまだ生きていることを確認する尺度になった。

モスクワの管理下にある地域では、新しい食料配給制度が導入された。新制度は五段階に分かれていて、配給量が一番多い最上位は、おかしなことに知識人と芸術家に割り当てられた。その下の配給券は〈Trümmerfrauen《トゥルマー・フラウエン》（瓦礫の女たち）〉と呼ばれた女性たちに渡された。彼女たちはグループになって力を合わせ、半壊した建物を解体して片づけていた。しかも大抵の場合は素手だけで作業にあたっていた。配給制度の二番目という特権は、何千という煉瓦を片づけて得られる十二ライヒスマルクの日給よりもずっと価値のあるものだった。廃墟と化した国で生きつづける術《すべ》は、きつい肉体労働しかなかった。ドイツの女性たちは瓦礫を掘り起こして家族を食わせていたのだ。

段階が下がると配給量も下がり、最後は驚くほど少なくなった。文字どおり〝墓場行きの切符〟という意味の〈Friedhofskarte《フリードフスカルテ》〉というあだ名で呼ばれていた最下位の配給券は、ソ連の支配者たちの眼には役に立つ仕事をしていないと映っていた専業主婦と老人たちに渡された。

その冬、どんどん分厚くなっていく〝戦後生活の用語辞典〟に、新たにふたつの言葉が加わった。ひとつ目は、〝必要にかられて盗む〟という意味の〈Fringsen《フリンゼン》〉だ。この言葉は、〝生きるための盗み〟という行いを公の場で是認したケルン大司教のヨゼフ・フリングスに由来する。この時代、犯罪は激増していた。赤軍兵による略奪とレイプが数え切れないほど（そもそも件数など数えていなかったが）発生していたソ連占領地域のドイツ人たちは、やがて互いを餌食にするようになった。ベルリンだけでも毎日平均して強盗が二百四十件、殺人が五件発生していた。

メクレンブルクの比較的安全な田舎に暮らすフォン・エールハーフェン家にとって、都市で蔓延する犯罪は余所事《よそごと》で、その恐怖にしても赤軍兵のレイプに比べたら全然大したことはないものだったとしても、ふたつ目の新しい言葉は本当に生々しい意味を帯びていた。その〈Hamstern《ハムスタン》〉という言葉には〝（ハムスターが頬袋に餌を溜め込むように）買い溜めする、買い出しに行く〟という意味があった。実際的な意味は、都市に暮らす人たちが列をなして田舎にやって来て、手元に残っていたなけなしの財産と、都会と比べたら余裕のあった食料を交換することだった。

これが〈Stunde Null《シュトゥンデ・ヌル》（零時）〉の現実だった。〈シュトゥンデ・ヌル〉には常に三つの要素がつきまとっていた。それは飢えと寒さ、そして恐怖だ——とくに赤軍がもたらす恐怖と、その赤軍のヒトラーの戦争に対する報復をドイツ人にしてやろうという固い意志に対する恐怖だ。そして〈シュトゥンデ・ヌル〉は、わたしの祖国ドイツの、そしてわたしの四歳の誕生日でもあった。飢えと寒さと恐怖は、輝かしい帝国の勝利の代償だった。

さらに悪いことが目前に迫っていた。

一九四六年を通じてほかの占領勢力との関係が悪化していくなか、ＳＭＡＤの支配下にあったドイツ人に対するモスクワの意図はさらに明確になっていった。わたしたちから資産と食料を奪ったように、終戦がもたらした希望の光をわたしたちから取り上げようとする動きが始まったのだ。その奪われそうな希望の光とは〝自由〟だった。

四つの占領地域のあいだの行き来はさらに難しくなった。一九四五年七月にＳＭＡＤが名付けた〈ドイツ国内国境線〉がソ連占領地域とほかの占領地域のあいだに敷かれたが、越境の取り締まりは散発的で、それほど厳重ではなかった。〈ドイツ国内国境線〉の行き来には、表向きは〈Interzonenpass《インテルツォーネパス》（地域間通行証）〉が必要だったが、ソ連領から逃れてアメリカとフランスの支配地に渡ったドイツ人は、少なく見積もっても百五十万人はいた。その状況が変化していったのだ。

モスクワの指揮の下、ＳＭＡＤを〈ドイツ民主共和国〉という新しい共産主義国家に変貌させる準備が進むなか、一九四七年の夏には赤軍部隊が公式の国境検問所に新たに配置された。それからすぐに、非公式の越境ポイントは堀と有刺鉄線のバリケードで封鎖されてしまった。冷戦が始まったのだ。そしてわたしたちの小さな家族が暮らすバンデコウは、鉄のカーテンの〝良くない側〟にあった。その年の夏、わたしの両親は五百キロメートル近い距離と破綻した結婚生活で生じた埋めることのでき

ない心の溝で隔てられていたにもかかわらず、ふたりして思いもよらない決断をした。脱出すること
にしたのだ。

3章　脱出

イングリットはとても気丈で、長くて辛い道のりを泣き言ひとつ言わずに歩き通した。
ギーゼラ・フォン・エールハーフェンの日記
一九四七年六月

母は日記をつけていた。

母が日記をつけていることなど、わたしはまったく知らなかった。わたしが成人になったあとでも、そんなことを母は一度も言わなかった。その日記のほんのわずか数ページに、母は幼い頃のわたしの最低限の記録を書き留めていた。その黒革張りの薄いノートには、わたしの八歳までのすべての記憶が詰まっていた。

日記は「バンデコウのイングリット。一九四四年夏」という書き込みのある、半ズボンに裸足というわたしを撮った小さな白黒写真から始まる。ページには一九四四年六月四日と記された封筒が貼ってあり、その中身は（母の書き込みによれば）わたしの数本の髪の毛だ。この一ページ目だけを見れば、我が子の成長を書き留めた、愛情深い母親がいかにも書きそうな日記のように思えるかもしれない。しかしそんな印象は読み進めていくとすぐに裏切られてしまう。そもそも書き込み自体が非常に少ないのだ。五歳までのあいだは年に五回もない。まるでそれ以上書くのは面倒だとでも言わんばかりだ。そしてその語り口も風変わりで、第三者視点が貫かれている。ギーゼラは自分自身のことをドイツ語の〝ママ〟にあたる〈Mutti《ムティ》〉と表現していて、〈わたし〉という言葉は一回たりとも使っていないのだ。

この書き方のせいもあってか、母の日記は読みやすい。あとでわかったことなのだが、日記を第三者視点で書くことは終戦期のドイツでは珍しいことではなかった。とは言え、母は日記を見せてくれたどころか、つけていることすら教えてくれなかったことを考えると、そんな当たり障りのない理由は説得力に欠けるような気がする。むしろ他人事でも書き綴るようなこの奇妙な文体は、典型的な母親を演じることに感じていた母の息苦しさと、わたしが母とのあいだに常に感じていた距離を何となく浮き上がらせているように思える。

それでも母の日記は、わたしがどんな子どもだったのかをそれなりに教えてくれる。わたしの三歳の誕生日にあたる一九四四年十一月十一日にはこんなことが書かれている。「今日、イングリットは三歳になった。歳のわりには背は低いものの、すくすくと育っている。健康にも問題はない。頑固で気性は激しいが、口数は少ない。人見知りなところに、この子の一番の性格と自分の殻に閉じこもりがちなことが見て取れる」

そのひと月後の書き込みには、わたしが何とかして母の愛情を勝ち取ろうとしていたことがうかがえる。理由は書かれていないが、わたしは昼食時にディトマールとふたりきりにされてしまった。家に戻ってきたときのことを、母はこう記している。「イングリットは真剣な表情を浮かべ、ママと同じやり方で弟にせっせと昼食を食べさせていた」

日記が過去を探る旅のガイドブックなのだとしたら、どうやらわたしは母の日記からは自分の過去を見つけることはできなかったみたいだ。一九四五年の十二カ月のうちに、母はたった五回しか日記にペンを走らせていない。そのうち二回は麻疹《はしか》にかかったわたしの病状、家で飼っていた犬をわたしが怖がらなくなったといういいニュースが一回、そしてわたしの言葉の覚えが遅いという書き込みが二回だ。「うちの子はきちんと話すことができない。せいぜい三つか四つの言葉しかつなげることができない」母はこんなことを書いている。幼いわたしがドイツ語をなかなか正しく発音できなかったことについては、至極当たり前な理由があった。それは母でも考えればすぐわかる、知っていて当然と言えるものだった。しかしその理由は日記のどのページにも記されていない。

さらに母は、その翌年にわたしの身に起こった、心の傷になってもおかしくない出来事についてもそんなに詳しく書いていない。一九四六年の夏、母はわたしを（たぶんディトマールも）ベルリン近郊のローベタールの養護施設に入れたと単刀直入に記していた。家から二百キロメートルも離れたローベタールに、わたしたちはどうやって行ったのだろうか？　ほかの多くのことと同じように、そのことについても母の日記は何も語ってくれない。「ママは病気になった。そのあいだ、イングリットは八月五日から十一月一日までローベタールの養護施設で過ごす。そこでおたふく風邪にかかったが、そんなに悪化しなかった」母の書き込みはたったこれだけだ。

母の病気とは結局のところノイローゼだった。少なくともわたしは数十年後にそう聞かされた。その原因は結婚生活が破局を迎えたことと、ふたりの幼子を抱えるという重荷にあったのだろう。たぶんソ連の支配下で暮らすストレスも、赤軍による逮捕と、それよりももっとひどいレイプの恐怖もあったからだろう。もしかすると、わたしには出生証明書がなく、わたしに関する書類はナチスのとある組織が発行したものしかないことをＳＭＡＤに知られたらどうなるのかという不安もあったのかもしれない。まさしく一九四七年の最初の書き込みで、母は脱出する決意を固め、その文字どおり命がけの計画に、気持ちが離れてしまっていた父を巻き込むことにしたことを記している。「一九四七年五月一日、パパが子どもたちをローベタールの養護施設に連れていく。ママはソ連の眼をくぐって境界線を越えたいと思っている」

わたしは、母と仲がよかったということにはしたくはないし、子どもが親から受けて当たり前の愛情のようなものを母に感じていたと言い張るつもりもない。ギーゼラのほうも、そのことをはっきりと自覚していた。母は相変わらずの素っ気ない書きぶりで、わたしがおばあちゃん子だったことを記している。「母は誰からも好かれている。大抵の場合はママよりも。子どもたちも彼女によくなついている」母はわたしのことをあまり愛していなかったのだろう。それでも自由を得るという危険な賭けに出る決断を下した母のことは、この上もなく勇敢な人だったのだと言わざるを得ない。

のちにドイツ民主共和国になる地域とイギリス占領地域を政治的にも物理的にも分断する〈ドイツ

国内国境線〉は、引かれてから二年と経たないうちにSMADの特別な許可がなければ越えることはできなくなった。そして母が境界線を〝ソ連の眼をくぐって〟越えようとしていたことからわかるように、その特別な許可は簡単に得られるものではなかった。そんな企みを記した日記を誰かに読まれでもしたら、取り調べを受けたり〈沈黙の収容所〉に収容されたり、もっとひどいことをされかねなかった。

それだけではない。境界線までの道のりはきつくて複雑で、おまけに危険なものだった。バンデコウからイギリス側との境界線のほとんどをなすエルベ川に架かっていた橋までは、直線距離で十五キロメートル程度しかなかった。が、川までの移動手段はあったとしても渡る手段がなかった。脱出の予行演習を済ませていた母は、バンデコウに一番近いところにあったラウエンブルクとデーミッツの橋が、一九四五年に退却するドイツ軍によって破壊されていたことを知っていたはずだった。無傷で残っていた一番近い橋は、百五十キロメートル南のマクデブルクにあった。

国内の鉄道網は相変わらず混沌としており、自家用車も、ましてやガソリンもほとんどなかった。そんな状況でマクデブルクまで行くことは、健康な成人の単独行であっても難儀なことだった。母はどう考えても健康とは言えない状態だったし、しかも一歩歩くごとに遅れを取ってしまう幼子ふたりを連れての道行きだった。脱出する決意を固めたはいいものの、状況はお先真っ暗だったにちがいない。

わたしとディトマールという重荷を抱えた状態では、母は何も持つことはできなかったことだろう。なので首尾よく無事イギリス側にたどり着くまで、わたしたち三人は着のみ着のままで旅をすることになった。

一九四七年の時点で、ソ連占領地内ですら思い通りに移動することは不可能に近かったことが、母が丹念に書き留めていた脱出経路からよくわかる。日記の記述を地図と照らし合わせてみると、最初は西ではなく東に向かっている。つまりわたしたちが目指していた〝聖域〟ではなく、ソ連占領地域の中心部に向かっていたのだ。

わたしたちの脱出行は六月三十日に始まった。まずは（たぶん）荷馬車に乗って二十五キロメートルほど東に行き、リューブテーエンという小さな町に着いた。ここで母はホテルを見つけて一泊し、翌朝にやって来るはずの共謀者を待った。

父がどうやってアメリカ占領地域からソ連占領地域に入る許可書類を得たのか、わたしにはわからない。その朝にわたしたちが乗り込んだ車を、父がどこで手に入れたのかについても知る由《よし》もない。わたしが知っているのは、さらに東にあるルートヴィヒスルストまでの三十キロメートルの車の旅が、わたしたちが家族として過ごした最後の時間だったということだけだ。


そんなに東まで来た理由はルートヴィヒスルストの駅でわかった。プラットホームにしても、南にあるマクデブルクにわたしたちを運んでくれる列車にしても、人で溢れ返っていたはずだった。その年の夏は一千万人以上の避難民と解放された捕虜たちが一斉に移動していた。その多くが、わたしたちと同じようにソ連側から脱出する方法を必死になって探していた。ここでまた繰り返すが、入手が困難だったはずの切符をどうやって手に入れたのか、わたしにはわからない。母の日記には、父がデイトマールとわたしを列車の窓から押し込んで母に渡したとしか書かれていない。そしてここでもやはり、父がわたしたちと一緒に列車に乗ることはなく――ここからはわたしの想像だが――ひとりプラットホームに残って手を振り、不安を満面に浮かべて妻と子どもたちに別れを告げていたことにも、母は一切触れていない。

南に百五十キロメートルほど下ったところにあるマクデブルクまでの列車の旅は一日かかり、ようやくたどり着いたときはもう夜になっていた。わたしたちは疲れ果てて空腹だったにちがいない。しかし食べ物を見つけることは一筋縄ではいかなかった。一九四五年に激しい爆撃を受けたマクデブルクは、わたしたちが着いたときはまだ廃墟と破壊の爪痕が残っていた。この市《まち》はソ連側にあったのに、それでもなぜかSMAD支給の配給券は使えなかった。不案内な荒廃した街に、たったひとりで小さな子どもをふたりも連れてたどり着いた母は、唯一使える手に出た。闇商人を見つけて、わずかばかりのパンを六十マルクで買ったのだ。

その夜をどこで過ごしたのかについては母の日記には記されていない。混沌の只中にあったマクデブルクで、わたしたちがホテルを見つけたとは思えない。日記には、明くる日も街に留まり、夜になると自由への道の次の段階により近い場所に移動して、そこで寝たとしか書かれていない。

とりあえずマクデブルクから出る列車に乗り、北にあるゲーレンドルフという村を目指すことになった。この村の近くを流れるアラー川は東西を分断する境界線になっていて、川の西岸にあるバールドルフという小さな村はしっかりとイギリス占領地域の内側にあった。わたしたちと安全な聖域のあいだには、川幅が狭く流れも緩やかなアラー川しかなかった。

しかし川には橋もボートもなく、渡るには川のなかを歩くしかなかった。なのでわたしたちは川に入った。

川を歩いて渡り切るまで、どれぐらいの時間がかかったのだろうか？　そんなにかかったとは思えない。アラー川は増水期でも川幅は結構狭く、しかも夏の盛りだったのでかなり浅くなっていたはずだ。健康な成人女性がひとりで渡るのなら造作もないことだったのだろうが、切迫した状況にあって、しかも真夏の昼日中にかなり幼い子どもをふたり連れた若い女性にはかなりの難事だったはずだ。赤軍の国境警備兵に見つかりはしないかと、母はひっきりなしに振り返っていたのだろうか？　ディトマールとわたしが泣き出して、とんでもなく危うい行為をしようとしていることがばれないように祈っていたのだろうか？

はっきりわかっているのは、のちに母が日記に書き記したことだけだ。「すごく暑い。それでもイングリットはとても気丈で、長くて辛い道のりを泣き言ひとつ言わずに歩き通した」

結局、わたしたちは向こう岸の聖域を勝ち取った。空疎な土地を抜ける、長くて困難な旅路の末に、わたしたちはアラー川の土手をよじ登り、イギリス占領地域にたどり着いた。わたしたちは脱出を果たした。わたしたちは自由になったのだ。

東から西への脱出行を語る書き込みは、簡潔ながらも緊迫感と決意を帯びていた。直接知っていたわけではないだろうが、母は鉄のカーテンが引かれようとしている気配を何となく感じ取っていたみたいだ。それでもわたしたちは引かれる直前に脱出することができた。その年の九月、ソ連側と西側のかつての同盟国の占領地域との境界線には内務人民委員部《NKVD》の兵士たちが新たに投入され、警備が厳重になった。そしてしばらくすると、越境を試みる人間は即刻射殺せよという命令が下された。

　あの夏の日の夜、ギーゼラ・フォン・エールハーフェンの眼に、〈自由〉はどのように映っていたのだろうか？　ソ連占領下で二年間を過ごしたのちに安全な場所に逃れたこと、そしてモスクワの厳しい支配の脅威から子どもたちを救い出したことは、母にとってどんな意味があったのだろうか？　今となっては訊くこともできない。


　辛いだけで何事もなかったその日の道のりを終え、わたしたちはハノーファーの西隣にあるヴンストルフという小さな町に到着した。そこが母の実家があるハンブルクまでの母の旅路の、終点のふたつ手前の停車場だった。母の脱出行は用意周到な準備の下に敢行されたものだった。なぜそう言えるのかというと、母は旅の最後の道のりを自分ひとりで行くことにしていたからだ。日記には、ディトマールとわたしの身に降りかかったまったく予想外の運命が、相も変わらず素っ気なく冷淡にこう記されている。「七月四日、ロックムの養護施設に行く」

　たしかに母は、ディトマールとわたしをソ連側からそれほど危険ではないイギリス側に連れ出してくれた。しかしギーゼラの母親としての保護義務はそこで終わりだった――安全な場所に連れてくるなり、今度はわたしたちをお払い箱にして他人に面倒を見てもらうようにしたのだ。

　自由になってから二回目の夜を、わたしは行き場のない子どもたちのなかで過ごすことになった。その夜からの五年間を、わたしは教会の世話の下で孤独と孤立のうちに過ごすことになる。心の寒さと、時によっては体の寒さと恐怖に震えていたかつての生活が実質的に終わった途端、わたしの新しい生活が始まった。

4章　家から家へ

ママ、おねがいだからずっとママのおうちにいさせてください。ママとおばあちゃんとイーカおばちゃんとずっといっしょにいたいです。

養護施設から母に宛てたわたしの手紙

わたしの一番古い記憶のなかにあるのはオレンジだ。

それよりも古い記憶の断片や心象風景はあるが——ブランケットに包まれて列車の床に寝たときの冷たさとか、細長い部屋に並ぶ簡易ベッドとか、足の上を走るネズミとか——今でもはっきりと思い出すことのできる一番古い記憶は、やっぱりオレンジのことだ。

その記憶のなかで、わたしは大きな部屋にある木でできた長いテーブルについている。部屋には大人も子どもも大勢いる。大人たちはホームレスで、その日だけそこにいる。しかし子どもたちはその建物で暮らしている。わたしたちめいめいに渡された皿には果物が盛られていて、そのなかに特別なごちそうのオレンジが一個入っている。

それがいつのことで、そこがどこなのかも覚えている。わたしが六歳だった一九四七年のことだ。

長いテーブルのある部屋とは、ディトマールとわたしが預けられた養護施設のことだ。その日はクリスマスだった。

そこはプロテスタント教会が運営する、直訳すれば〝わたしたちを苦難から救う〟という意味の〈Nothelfer《ノトヘルファー》〉と呼ばれる施設で、六十五人の十歳未満の男児と女児が暮らしていた。

子どもたちのなかには、戦時中や終戦直後の大規模な避難民流入の混乱のなかで両親を失った子たちもいた。わたしとディトマールはちがった。わたしたちには、わたしたちがどこにいるのか知っている母も父もいて、彼らなりの何かしらの事情があってわたしたちを余所《よそ》に預けたのだから。

わたしたちは外界から物理的にも心理的にも隔離されていた。というも、〈ノトヘルファー〉はドイツ本土から八キロメートルほど沖合にあり、ハンブルクからは直線距離で百七十キロメートル離れたランゲオーク島にあったからだ。七月に預けられたとき、〈ノトヘルファー〉はハノーファー近郊にあったのだから、両親としても最初からそんな遠いところにわたしたちを預けようとしたわけではなかったのだと思う。しかしその後の五カ月のあいだのどこかの時点で施設は閉鎖されて、わたしたちはランゲオーク島に移された。

北海に浮かぶ島にあるのだから、当然ながら〈ノトヘルファー〉は寒かった。長い浜辺から冷たく強い風に巻き上げられた砂が両腕と両脚に当たったときの、皮膚が剝ぎ取られるような痛みは今でも覚えている。でも、わたしをより深く切り刻んでいたのは心の寒さだった。〈ノトヘルファー〉を切り盛りしていた修道会のシスターたちは子どもたちに厳しく接することが多かった。わたしたちにとって体罰は日常茶飯事だった。言うことを聞かなかったりおねしょをしたり、規則で禁じられている砂丘でのそり遊びをしたりしたら、罰としてお尻をぶたれた。砂まみれの男の子たちと女の子たちが鬼の形相のシスターたちの前にうつむいて並び、さらけ出したお尻を杖で打たれる光景は今も眼に焼きついている。これが西側での新しい生活だった。

それからの六年間、わたしとディトマールは〈ノトヘルファー〉で過ごした。父と母はたまにわたしたちに会いに島を訪れたが、本当に〝たま〟で、しかもふたり一緒に来たことは一度もなく、来るときは必ずひとりだった。父はアメリカ占領地域からイギリス占領地域に移っていて、ヴェストファーレン地方の温泉療養地バート・ザルツウフレンに新しい家を建てていた。父と母は別れて暮らしていたが、結局最後まで離婚はしなかった。これもたまにしかなかったが、父と母は短いあいだだけ一緒に過ごすことがあった。大抵の場合はディトマールとわたしが外泊許可をもらって、父か母を訪ねたときだったが。しかし母にしてもハンブルクで新しい生活を始めていた。

わたしたちを〈ノトヘルファー〉に預けると、母はさっさとハンブルクの高級住宅街にある実家に帰ってしまった。ブルーメン通りの母の実家は地下室のある三階建てで、その大きな庭の先には、市民がボート遊びや水泳を愉しむ憩いの場のロンデエルタイヒ湖が広がっていた。その豪邸で母は祖母とイーカおばさんと家政婦兼料理人と一緒に暮らしていた。

最初のうち、母の実家は終戦時にハンブルクに駐留していたイギリス軍の将校たちに部屋を供出していた。それがわたしたちを施設に預けた表向きの理由だった。母いわく、わたしたちの部屋が用意できないとのことだった。

その理由が本当なのかどうかはわからないが（イギリス軍がハンブルクから出て行っても、わたしたちが引き取られることはなかった）、夫とふたりの幼子という手枷足枷《てかせあしかせ》から解放された母は新しい人生に乗り出すことができた。母は理学療法士になるべく大学に入った。資格を得ると、今度は実家の一階を施術室に改装して理学療法院を開業した。母の施術を受けに来る患者はどんどん増えていった。

独身同然の身だったのをいいことに、母は恋人を作った。ディトマールもわたしも母の恋人には会ったことはなかったが、母は二年も経たないうちに子どもを産んだ。フーベルトゥスと名づけられたその男児はどう考えても父の子ではなかったが、フォン・エールハーフェン家の子どもとして認知された。

正直なところ、父がランゲオーク島に会いに来ても、わたしたちは嬉しくも何ともなかった。それは父が高齢だったからなのか、それとも気難しくて厳格な人だったからなのかは自分でもわからない。その一方で、母と引き離されたときの心の痛みと、たまに会いに来る母が帰ったあとの悲しみは、今でも思い出すと胸が苦しくなるぐらいはっきりと覚えている。わたしは母が恋しくて恋しくてたまらなかった。

後年わたしは、施設を運営していたシスターたちのなかでも思いやりのあるほうだった人が書いた、母に宛てた短い走り書きを見つけた。そこに母がわたしに与えていた影響が読み取れる。

親愛なるマダムへ

イングリットがあなたに宛てて書いた手紙に、僭越《せんえつ》ながら少々書き添えさせていただきます。ここ数週間、わたしはずっとイングリットのことが心配でなりませんでした。娘さんは心の底から〝ママ〟を恋しがっています。毎日〝ママ〟のことを話し、そしてこう訊いてくるのです。「もう一度ママのところに行ってもいいですか？　ママにすごく会いたいんです。シスター・エミ、島を出て、ママのところにちょっとだけ戻ってもいいですか？」

イングリットは食が細く、ふさぎがちです。思いますに、彼女が悲嘆に暮れているのは〝ママ〟を強く求めているからです。

イングリットは学校では優等生ですし、勤勉です。つまりいい子なのです。

そのことをどうしてもあなたにお伝えしたく、ペンを執った次第です。

シュウェスター《シスター》・エミより心を込めて

母がシスター・エミに返事を書いたかどうかについてはまったくわからない。わたしが書いた手紙に母が返事をくれたかどうかは覚えていないが、それでも母は少なくとも何通かは保管していた。シスター・エミの手紙と一緒に、日付のない手紙も見つけた。それはいつもながらの母の実家への外泊のあとに書いた、子どもらしい筆跡のわたしの手紙だった。

だいすきなママへ

いろんなものをたくさんおくってくれてありがとうね。きょう、すこしだけおへんじを書きます。ママ、おねがいだからずっとママのおうちにいさせてください。ママとおばあちゃんとイーカおばちゃんとずっといっしょにいたいです。ママのことをきいたり、ママのことをかんがえたらいつも泣いちゃいます。（ランゲオーク島に）もどるまでのあいだはなにもたべることができませんでした。ママからもらったチョコレートとニマルクはまだもっています。

ママ、おねがいです。なるべくはやくここの人たちにおてがみを書いて、すぐにこの島から出られるようにしてください。クリスタ（施設にいた女の子）はもうすぐ島から出ていきます。でもわたしはもっとはやく出たいの！

ディトマールはくだものとおかしをたくさんもらったと言いました。ディトマールはこんなことを言っていっぱいからかってきます。「おねえちゃん、どうしてハンブルクにずっといないの？」って。この島からすごく出たいです。だからママ、おねがいです、出られるようにしてください。クリスタも言ってました、お父さんとお母さんのところから帰らなきゃならなくなったときにいっぱい泣いたって。

イングリットからたくさんあいさつとキスを送ります。ママにおてがみを書いてることをパパにはおしえないでください。だいすきなだいすきなママ、はやくつれもどしてください。

母はわたしを連れ戻してはくれなかった。たまに日記に記していた、わたしについての愛情に欠ける書き込みすらも、どうやら一九四九年の夏に突然終わってしまったみたいだった。

一九五二年、十歳のわたしはようやくランゲオーク島から出ることができた。中等学校《ミッテルシューレ》の試験に合格したわたしは、やっとこれで母と一緒にハンブルクで暮らすことができると期待に胸をふくらませていた。が、その思いは裏切られた。父がディトマールとわたしを呼び寄せたのだ。わたしたちはバート・ザルツウフレンの父の新しい家で暮らすことになった。

そのとき六十八歳だった父のヘルマン・フォン・エールハーフェンは、妻との実質的な離婚に憤然としていて、それまで疎遠だった自分の幼い子どもたちの面倒を見る心構えがまったくできていなかった。父が十歳のわたしと九歳のディトマールと過ごした時間は、それまで合わせてせいぜい数カ月ぐらいしかなかった。そんな父が今さら父親になれるはずがなかった。

父がわたしたちをバート・ザルツウフレンに呼び寄せた理由は、今ならわかるような気がする。父はまだ母ギーゼラのことを愛していて、わたしたちを手元に置いておけば、余所《よそ》に男を作っていた母と、ひょっとしたらよりを戻せるのではないか。わたしとディトマールを〝かすがい〟にすれば、壊れてしまった結婚生活を建て直せるのではないか。父はそんなことを考えていたのではないだろうか。

その父の淡い期待は、ほかの多くのことと同じように満たされることはなかった。たしかに母は、ときどき思い出したようにバート・ザルツウフレンのアカツィエン通りにあった父の家にやって来た。豪華ではないものの小洒落た雰囲気の予備の寝室は母専用になり、常にきちんと手入れされていた。しかし父とよりを戻すことなど、母にとってはまったくの問題外だった。

バート・ザルツウフレンに着いた瞬間から、わたしたちの生活は恐ろしいほど不快なものに変わった。ディトマールはまだ九歳だったのに勝気で手に負えない子どもだったが、とくに行儀や素行が悪いというわけではなかった。今だったら注意欠如・多動症《ADHD》と診断されていたかもしれない。案の定、ディトマールと父はよく衝突するようになった。弟は勉強や学校が好きなようにはまったく見えなかったのに、しょっちゅう遅く帰ってきた。機嫌がとてもいいときですら気の短い父は、癪《しゃく》にさわる幼い息子のことを理解しようともしなかったし、我慢もしなかった。そしてあっという間にディトマールに暴力を加えるようになった。

父の折檻《せっかん》は見ていて背筋が寒くなるようなものだった。あるときなどは、ディトマールを部屋の向こう側まで投げ飛ばした。それでもディトマールは父のことを怖がらなかった。それにひきかえ、わたしは父のことが怖くてたまらなかった。一度もぶたれたことはなかったが、それでも父の癇癪という恐怖のなかで暮らしていた。そのうち、父の許しを得なければならないときは、それがどんな些細なことであってもディトマールに代わりに言ってもらうようになった。ある日、わたしとディトマールは泳ぎに行こうとしたのだが、わたしはそのことを父にお願いする勇気がなかった。すぐにディトマールが代わりに訊いてくれて、父に行ってもいいと言われた。しかしそれで何かが変わったわけではなかった。父を怖がるあまり話しかけることができない状態は続いた。

やがてディトマールは家から出ていくことになった。

父がギーゼラと同居していないということは、わたしたちの家には母親が不在だということになり、それはつまりディトマールはこの家で一緒に暮らすことはできない。どこかの誰かが——たぶん役所の児童福祉の担当者か何かだろう――そういう判断を下したのだ。

その決定にはおかしなところがいくつかあった。まず第一に、ディトマールだけが家を離れることになったところだ。年齢という点では、わたしと弟は一歳も離れていなかったが、役人たちはわたしを父の保護から外さなければならないとは考えていなかったみたいだった。わたしとディトマールへの対応のちがいについて、役人たちはこんな説明をした――わたしについては、住み込みで働いている料理人兼家政婦兼雑用人の中年夫婦が面倒を見ることとする。でも、エミーとカールのハルテ夫妻の有料養護の対象にわたしはなってディトマールはならない理由は、誰も説明してくれなかった。

そんなことよりももっと訳がわからなかったのは、ディトマールにわたしたち以外の家族がミュンヘンにいたことだった。あのときわたしがもっと歳を取っていたら、わたしと弟の誕生日が九カ月しかちがわないのだから、わたしたちは腹ちがいのきょうだいだということに当然気づいていただろう。それでも、ちょっと考えればわかるような重大な事実をしっかりと理解できる年齢になっていたとしても、ずっと弟だと思っていた男の子が実は血のつながらない里子だったという事実を呑み込むことはできなかっただろう。

ディトマールには叔父と叔母、そして妹がいて、彼のことをずっと捜していたにちがいないということがわかった。そもそもどうしてディトマールがそうした血のつながりのある人たちではなく、わたしたちの家で暮らすことになったのかについて、誰かが説明してくれた記憶はない。ある日、ディトマールはバート・ザルツウフレンから忽然と消えてしまった。あとでわかったことだが、結局ディトマールは長らく離ればなれだった家族の元に戻ることはなかった――別の養護施設に預けられたのだ。わたしは（ハルテさんたちは別にして）ひとりぼっちになってしまった。その頃に母に宛てた手紙を読むと、わたしが想像を絶する恐怖を感じていたことがわかる。

一九五二年六月二十二日

大好きなママへ！

おねがいだから、封筒と切手を少し送ってください。大好きなママ、今週にはわたしをひきとってハンブルクに連れてってください。これ以上パパとはいっしょに暮らせません。パパのことがどんどんこわくなっているんです。ママのことを思って泣いてたわたしを叱りつけたことだってあるんです。今は毎日泣いてます。

大好きなママ、今すぐわたしをひきとってください。パパといっしょにいるだなんてもうたえられません。それともこっちに来て、ずっといっしょに暮らしてください。でもママもパパのことをこわがってるってハルテおじさんから聞きました。ママ、切手は〝ハルテおじさん〟宛てに送ってください。わたしがママに手紙を書いていることをパパには言わないで。

こんなふうにすればいいと思うの。ママがこっちに来て、わたしをずっとひきとることにするの。パパには、ママがミュンヘンに（児童福祉の担当者に）手紙を書いて、わたしをひきとっていいかどうか訊いてみたって言うの。その手紙は持ってくるのを忘れたってパパにはいいわけして、ハンブルクに戻ったら送るって約束すればいいのよ。

そしてハンブルクに戻ったらタイプライターで手紙を書いて、それをミュンヘンからの手紙だってパパをだますの。とにかくママ、今週こっちに来てほしいの。お願いだからすぐにひきとって。今日もママのことを考えてたら涙が出てきた。ママと一緒じゃないから遊ぶ気分にもなれない。六月二十五日に迎えに来て。大好きなママ、ほんとうに、ほんとうにおねがいです。

こうしたたくさんの〝おねがい〟が聞き入れられることはなかった。母は短期訪問を止めることはなかったけれども、ハンブルクにはいつもひとりで帰っていった。父が許さなかったからだとしても、それともわたしと一緒に暮らすことを母が望まなかったからだとしても、いずれにせよ結果は同じことだった。わたしはバート・ザルツウフレンで、どんどん嫌な人間になり吝嗇《りんしょく》になっていく老人に捕らわれたままだった。

父が母ほどには裕福でないことは十歳のわたしでもわかった。父は皇帝《カイザー》と総統《フューラー》の両方の陸軍将校として国家に奉仕した年月に対して、新たに誕生した西ドイツ政府から恩給を受け取っていた。しかしその恩給は充分なものではなかった。第一、新聞を毎朝配達してもらうこともできなかったのだから。家で新聞を読めない父は街まで出かけ、新聞社の窓に毎朝貼り出される朝刊を立ち読みしていた。時たまわたしもお供することがあった。

父ヘルマンの健康状態は悪化していった。父はもう何年も前からてんかんを患っていたが（どうやら父はこの持病のことを隠して母に求婚したようだ）、それがますます重症になっていった。

父が激しい発作を起こしたところは見たことはなかったが、普通の発作の場合、父は心を失ったみたいにぽかんとした状態になった。こうなってしまうと話しかけてもうんともすんとも言わなくなり、奇妙でぞっとするような行動を取った。ナイフを手に取って振り回すこともしょっちゅうだった。発作を起こした父が病院に担ぎ込まれて入院すると、父と比べると気前のよかったエミーおばさんは朝食にマーマレードを出してくれた。しかし退院して家に戻ってくると、父はマーマレードがどれだけ減っているのか調べて怒った。〝意地汚くて食い意地の張った〟わたしは一週間マーマレード抜きの罰を受けた。

そんなわたしの逃げ場所は学校だった。たぶんわたしが家でどれほどみじめな暮らしをしているのかはわかっていたのだろう、友だちの親たちはわたしに親切で、優しく接してくれた。わたしは友だちの家族と一緒に過ごす時間が大好きで、自分もこんな本物の家族の一員になれたらと思っていた。ところが十一歳のとき、わたしは自分が、これまで考えていた自分ではないことを知ることになった。

ある日の朝のことだ。わたしは目を覚ましたが、眼を開けることができなかった。父はわたしを病院に連れて行った。

わたしたちは待合室に座り、名前が呼ばれるのを待った。医師が診察室から顔を出し、「エリカ・マトコさん」と言った。すると、父が腰を上げ、診察室に入るようわたしをうながしたのだ。そのとき父から健康保険証を手渡されたのだが、そこにも〈エリカ・マトコ〉の名が印刷されていた。

どうして自分が別の名前で呼ばれたのかまったくわからなかった。それでも、その医師にも父にも何も言えなかった。そんな勇気などなかった。とくに父のことはまだ怖くて、何かを訊くことなどできるはずもなかった。問診が終わると、太陽灯を浴びる治療を施された——ビタミン欠乏症に対する、あの時代のごくありふれた治療法だ。どうやらわたしは、ランゲオーク島の養護施設で過ごした日々のうちにビタミン不足の体になってしまったみたいだった。家に帰っても、別の名前で呼ばれるというおかしな出来事は一切話題に上らなかった。それでもわたしには忘れられない〝事件〟だった。

そんなことがあったすぐあとに、わたしはエミーおばさんにこのことを話した。毎週金曜日におばさんと一緒に掃除をすることが習慣になっていて、そのあいだは自分が思い悩んでいることを心置きなく話すことができた。それが当時のわたしにとって、ちゃんとした大人とのまともな関係に一番近いものだった。食器磨きをしながら、わたしはおばさんに、自分の保険証に〈エリカ・マトコ〉と書かれている理由を知っているかどうか尋ねてみた。


エミーおばさんはわたしに、ヘルマンとギーゼラはわたしの産みの親ではなく、赤ん坊のわたしを引き取った里親だと教えてくれた。わたしもディトマールも同じ里子だったのだ。そしてわたしの本当の名前はエリカ・マトコだとも教えてくれた。そのときのエミーおばさんの口調には気後れも躊躇《ちゅうちょ》も一切なかった。戦争はおびただしい数の家族を粉々にしてしまい、両親をなくした子どもはあちこちにいた。なので、わたしたちのような里子は珍しくも何ともない存在だった。

自分についての真実を知ってしまっても、わたしは取り乱さなかったと思う。少なくともそうなってしまった記憶はない。父との仲がよくなかったわたしは、これで父が冷たい理由と母ギーゼラと一緒に暮らすことが許されない理由の説明がつくということにして、この衝撃の事実を消化したのだと思う。

しかし当たり前のことだが、わたしは自分はどこの生まれなのだろうかと考えた。産みの親はドイツ人で、それ以外はあり得ないと勝手に思い込んでいた。そして本当の父と母に何があったのか、あれこれ考えを巡らせた。たぶんふたりとも収容所に入れられたのかもしれない。もしかしたら戦争で死んだのかも。エミーおばさんは、鼻がつんと高いからユダヤ人の子どもではないかと言った。父はおばさんにわたしのことは里子だと教えていたが、おばさんが知っていることはそれだけだった。つまりそれ以外のことは全部ただの憶測だった。

もちろんこのことはヘルマンには絶対言わなかった。そのあとにギーゼラが来たときも、彼女に何も訊かなかった。それでもヘルマンは、わたしが病院にかかったことをギーゼラに教えたとみえて、彼女としても何か言っておかなければならないと思ったにちがいなかった。母は、わたしは本当は里子だと告げ、どうやって養護施設から引き取ったのかを説明しようとした。しかしわたしはすぐに話をさえぎってこう言った。**「知ってる」**どうして説明しようとする母を止めてしまったのか、自分でもまったくわからない。たぶん、今さらそんなことを教えてもらったところでどうしようもないということを、本当のことを教えてもらっていなかったことに傷ついていることを、子どもながらに伝えたかったのだと思う。この一件は二度と話題に上ることはなかった。

この話をしたいと思う相手がいたとすれば、それはディトマールだけだった。ふたりして養護施設に入れられていた年月とヘルマンの家で一緒に過ごした短い日々のうちに、わたしたちは固い絆で結ばれていた。でも彼は余所に引き取られてしまって連絡の取りようがなかった。そもそも手紙を書こうにも住所がわからなかった。

それまで通りの生活が続いた。毎日朝が来ると、生徒名簿にイングリット・フォン・エールハーフェンと記され、その名前で通っている学校に登校して、午後になると実の父親ではない、いまだにすごく怖いと感じている男の人と一緒に暮らすバート・ザルツウフレンの家に帰っていた。


それからの二年間のうちにヘルマンの健康状態は悪化の一途をたどり、わたしが登校する時間になってもベッドから出てこないことが多くなった。そんなときは彼の寝室に顔を出して朝のあいさつをしていたのだけれども、それにはただ単に〝優しい娘〟としての義務を果たしているだけだった。

そして一九五四年四月のある朝にそれは起こった。いつものように行ってきますと声をかけて学校に行こうとしたわたしは、そのときの父が少し錯乱を起こしている様子だったことに気づいた。またいつもの発作だと思ったわたしは、エミーおばさんにもカールおじさんにも何も言わずにそのまま登校した。しかし学校から戻ってくると、父はものすごく具合が悪くなっていた。脳卒中の発作を起こしていたのだ。わたしの父は——もう里親だとわかっていたが——病院に担ぎ込まれ、二週間後に亡くなった。

正直言って、父に死なれてもわたしは悲しくはなかった。むしろ父と、父のとげとげしく容赦のない振る舞いから解放されてせいせいしていた。そして、これでようやくハンブルクで母ギーゼラと一緒に暮らすことができると思い込んでいた。それでもエミーおばさんとカールおじさんに言われたことには心が痛んだ。あの日の朝にヘルマンの様子がおかしかったことをどうして言わなかったのかと、激しくなじられたのだ。

　自分はギーゼラの本当の子どもではないとわかっていても、それでもわたしは彼女のことを自分の〝ママ〟だと思っていた。母とともに暮らす新生活への熱い期待は、すぐには叶えられなかった。ギーゼラが大繁盛の理学療法院と五歳の息子のフーベルトゥスの世話で手一杯だったからだ。

　それから半年という長いあいだ、わたしはヘルマンの家でハルテさんたちの世話になって暮らしつづけた。ようやくハンブルクに引き取られたのは、その年の十月になろうかという頃のことだった。そのときにはもうエリカ・マトコという名前についての辻褄の合わない話と、わたしは本当は何者なのかという疑問は忘れ去られてしまったかのように思えた。

5章　本当の自分

身元を喪失した子どもたちは、目下のところヨーロッパ大陸全体が抱えている社会問題である。

国際難民機関《IRO》の一九四九年五月の内部文書

十五歳のときのことだ。わたしは通りに貼られたポスターのなかに自分の顔を見つけた。

戦争が終わって十一年、ソ連以外の三つの占領地域が〈ドイツ連邦共和国《BRD》〉として生まれ変わってから七年が経っていたが、いまだにドイツは住むところがなくなった身寄りのない子どもたちだらけだった。その間、国連の機関はヨーロッパ全土で行方不明の少年少女の捜索を続けていた。爆撃や兵役、避難、国外退去、強制労働、そして民族浄化などで親と離ればなれになった子どもたちは二百万人もいたのだが、一九五六年の時点で身元が判明したのは、そのうちのわずか三十四万三千人だった。

戦時中にドイツに連れてこられたかもしれない子どもたちの捜索の一環として、赤十字は行方不明になった当時の子どもたちの写真を新聞の広告欄に掲載することにした。ずらりと並んだ顔写真と名前の下には、〝わたしたちが、どこのどの親の子どもなのか知りませんか?〟という一文が添えられていた。赤十字は大きなポスターも印刷して、ＢＲＤ（西ドイツ）中の街角に立つ柱や電柱に貼り出した。そうしたポスターのなかのハンブルクの中心街に貼られた一枚から、幼いわたしがわたしを見つめていた。

どう控えめに見ても衝撃的な出来事だった。誰かがわたしを捜していることも、その誰かがどうやってわたしの昔の写真を手に入れたのかも、わたしはまったく知らなかった。ギーゼラが赤十字に渡したとしか考えられなかったが、そのことを誰も何も言ってくれなかった。

ハンブルクのブルーメン通りにある母の実家で暮らすようになって二年が経っていた。その二年間のうちに、母との幸せな生活というわたしの夢が非現実的なおとぎ話に過ぎなかったことがわかった。それまでの人生の半分のあいだ、わたしは母を心から求めつづけ、愛されて大事にされていると感じたくてたまらなかった。しかし街角のポスターに自分を見つけたときにはもう現実を直視していて、覚悟も決めていた。

もちろん自分は里子で、ギーゼラが産みの親ではないことはわかっていた。つまるところ、わたしは彼女の巣に産み落とされたカッコウの雛《ひな》だったのだ。ギーゼラとヘルマンがいつわたしを引き取ったのかについては、いまだにわからずじまいだった――〝どうして〟と〝どうやって〟についても言わずもがなだった。そうした一切合切の疑問を、わたしは心の片隅に追いやり、自分はギーゼラの子どもで、彼女の家族の一員だという妄想に必死になってしがみつこうとしていた。

それでもギーゼラのわたしへの接し方だけはごまかしようがなかった。ひどい扱いを受けた、というわけではなかったし、彼女のことを残酷な人間呼ばわりすることもできない。ただ、わたしに対しては眼に見えて冷淡で、優しく接してくれることは一切なかった。

しかしギーゼラは、わたし以外の人たちに対してはまったく正反対の接し方をしていた。理学療法士として開業したギーゼラは大成功を収めていて、患者たちに好かれ、彼女も患者たちに愛情をもって接していた。自分の母親や姉のイーカ（わたしはだんだんとイーカおばさんに愛情と理解を求めるようになっていた）、そして息子といった身内に対しても同様だった。八歳年下のフーベルトゥスはとびきりハンサムな男の子で、わたしとちがって言葉の覚えが早く、しかも流暢《りゅうちょう》に話すことができた。この子のことをあっさりと嫌いになることはできたのかもしれない。何しろギーゼラの実子で、ヘルマンが死んでからハンブルクに引き取られるまでの半年のあいだもずっと彼女と一緒に暮らしてもいたのだから。ギーゼラはわたし以外の人間ならほぼ誰にでも愛情を示すことができるらしいという事実に腹を立てたわたしだったが、彼女の愛情を一身に受けていたフーベルトゥスのことはものすごく愛おしく思うようになっていた。わたしたちは強い絆で結ばれていた。

しかしわたしとフーベルトゥスの関係は、めったに射し込んでこない希望の光のようなものだった。いつの時代も十代は微妙な年頃で、とくに女の子にとっては難しい時期だ。そのなかでも十三歳から十五歳までのあいだは漠然とした不安を抱えて精神的にも不安定な、とても大切な三年間だ。何かにつけて大人のことをやたらと批判する年頃でもある。こうした思春期という大人になる過程に見られる少年少女たちの心の乱れは、一九五六年のドイツでは国家的危機が原因でより激しいものになっていた。

連合軍の爆弾と戦車は、ドイツの家々と橋と鉄道を破壊し尽くした。それとまったく同じぐらいにナチスと戦争は、かつては強い絆で結ばれていたドイツの家庭生活を壊してしまっていた。捨て鉢になったヒトラーの最後の抵抗は、数え切れないほど多くの孤児を生み出した。それに加えて、負けが決まっている戦いにうら若い少年兵が大量投入されてしまったせいで、子どもと大人の区別も曖昧になっていた。

終戦直後の時代に、新しいドイツを担う世代が抱える問題に対処するため、心理学者とソーシャルワーカーたちが世界各国から大勢招集された。連合国救済復興機関《UNRRA》と、その跡を引き継いだ国際難民機関《IRO》の担当者たちは、一九四〇年代末から五〇年代初頭にかけての十代の少年少女たちの多くは、個人としても新たに誕生した国家の一員としても必要な情緒的安定を欠いたまま大人になりつつあるという判断を下した。四九年五月のIROの内部文書は、この危機的状態をこんな殺伐とした言葉で強調している。

> 身元を喪失した子どもたちは、目下のところヨーロッパ大陸全体が抱えている社会問題である。

壊滅状態にあったドイツの（と、それ以外のヨーロッパ諸国の）社会基盤と経済を再建すべく、アメリカのジョージ・マーシャル国務長官は莫大な経済支援計画を導入したが、同じ時期にUNRRAとIROはそうした子どもたちを対象にした〈心理学的マーシャルプラン〉に着手した。

彼らが最初にやらなければならなかったのは、わたしたち〝身元を喪失した子ども〟の身元の特定だった。新聞広告やポスターと並行して、他国から里子を引き取った親たちは地元の青少年福祉局に申し出るようラジオで呼びかけた。それを聞かされたわたしたちの気持ちをわかっていただけるだろうか？　このラジオの呼びかけを聴いたギーゼラがしたことは、とてもではないがここには書けない。その事実を知ったのは、それから何十年もあとのことだった。しかしポスターのなかの幼い自分と面と向かったとき、わたしの胸の内でさまざまな感情が錯綜していた。

自分の本当の両親は誰なのだろうという疑問は当然ながらあった。もしかしたら父親のほうはヘルマンのような国防軍の軍人で、わたしと母を残して出征したのかもしれない。そして母親のほうはわたしを育てたくなかったか、それとも女手ひとつで育てることができなくて里子に出したのかもしれない。それが、わたしなりの筋の通った推測だった。この推測は期待と不安の両面を併せ持っていた。期待は、わたしの本当の母親がポスターを見て、わたしを見つけ出して引き取ってくれるかもしれないというものだった。不安のほうは、その名乗り出てくれたわたしの本当の母親が、実際にどんな人なのかわからないということだった。ギーゼラよりももっとひどい人だったら？　わたしのことを嫌っていたら？　で、結局のところ、あれこれ悩むぐらいならいっそのこと考えないほうがいいということにした。日々の暮らしは愉しくないし、フォン・エールハーフェン家の人たちもアンダーゼン家の人たちも自分の親戚ではないことはわかっていたが、それでもわたしは両家とどこかで血がつながっているのだと固く信じていた。

自分がどこの誰なのかという疑問がまったく話題にも上らなかったなど、おかしな話だと思われるかもしれない。たぶんそうなのだろう。しかしその理由は単純なものだった。ギーゼラとちゃんとした関係を築けていなかったので、彼女が抱えていた難しい問題について尋ねることができなかっただけだった。それに、彼女には彼女なりのちゃんとした理由があって、過去を掘り起こさずにそっとしておきたかったのだろう。ずっとあとになって、わたしはそう考えるようになった。

理由はどうであれ、わたしの出自についての話が持ち出されることはなかった。事実上、わたしは学校の生徒名簿に記されているとおりのイングリット・フォン・エールハーフェンであり続けた。連邦政府は一九五一年から新しい身分証明書を発行していたが、わたしはまだ持っていなかった。当時の法定成人年齢だった二十一歳になるまでは必要ないと、みんな考えていた。

ところがわたしの出自についての問題は意外と早い段階で浮上した。わたしの学校の成績は良くなくて、とくに数学は苦手だった。自分としては保育士か獣医師になろうと決めていたのだが、わたしの将来についてはギーゼラは別のことを考えていた。彼女が受けさせてくれた大学適性試験で、わたしはAランク判定を受けた。それでもギーゼラは、わたしにできるだけ早く働きに出てほしいと思っていた。なのでわたしは十六歳で学校を去ることになった。

わたしはこのギーゼラの決定に悲しくなった。結局何もかも自分が里子だからなんだ。そう信じて疑わなかった。それでもギーゼラに思い直してほしいとは言わなかった。事実、わたしは絶対彼女に何もお願いしないことにしていた。拒否されるのが怖かったからだ。思い返してみると、それはヘルマンの家から引き取ってほしいと何度乞うても聞き入れてもらえなかった頃に身につけた、自己防衛本能のようなものだったのだろう。

ギーゼラとしては、わたしに理学療法士の勉強をさせて自分の理学療法院で働かせる心づもりでいた。しかしあと二年待たなければ大学で理学療法士の養成課程を受講することができなかった。なのにどうして二年も早く学校をやめさせられたのかは今もってわからない。結局、大学入学までのあいだのつなぎとして、ドイツとスイスとオーストリアの国境が接するボーデン湖の近くで農業を営んでいた、祖母の友人の息子さんの家に預けられることになった。

そこに預けられた目的は家事全般の習得だった。その農家はハイリゲンホルツという家もまばらな小さな村にあった。到着するなりホームシックにかかり、最初の三週間は毎日泣いてばかりいたが、それでも徐々に馴染んでいった。農家には娘が六人いて、わたしは十二歳の六女と十四歳の五女と仲良くなった。奥さんは優しくて温もりのある人で、理想の母親とは彼女のような人なのだろうと思ったものだ。この一家と十一カ月一緒に暮らしたが、与えられた日々の仕事といえば食器洗いと畑仕事の手伝いだけで、家事も料理も身につくことはなかった。みんな優しく接してくれたが、わたしが身分証明書のような公式書類を持っていないことをどうにかしたほうがいいとギーゼラに忠告したところだけは余計だった。

この〝ホームステイ〟中のあるときのことだ。一家は休みの日にスイスに行くことにした。が、わたしは国境を越えるときに必要な身分証明書もパスポートも、出生証明書すらも持っていなかった。誰もが持っているはずの書類で唯一わたしが持っていたのは、エリカ・マトコという謎の名前が記された、国から発行された健康保険証だけだった。

一九五七年当時のそうした公式書類には、両親の書類に子どもの名前を併記することが可能だった。このままではわたしをひとり残して遊びに行くことになるので（もしくはスイス行きそのものを中止せざるを得ないので）、ご主人はわたしを自分の娘のひとりということにしてごまかした。結局わたしたちは何事もなく国境を越え、そして戻ることができた。

しかしこの一件のあとご主人は、わたしの身分証明書を何とかしてほしいという手紙をギーゼラに宛てて書いた。国境警備が厳しい場所に短いあいだであっても娘を預けるのであれば、それぐらいは用意しておくべきだと、ご主人は強く求めた。

大学に入って理学療法士になる勉強を始めるまで、まだあと一年近くあった。ハンブルクに連れ戻すよりはまた余所に預けたほうがいいということになり、わたしはイギリスの家庭でホームステイしながらその家で働く〈オペア〉をすることになった。そうなるとパスポートが必要だった。

ギーゼラがどうやってわたしのパスポートを用意したのか、これも今もって謎のままだ。そのパスポートはわたし名義のものではなかった。その後に起こったさまざまなことを考えると、わたしはまちがいなくパスポートを発行してもらえなかったはずだ。それでもどういうわけだかわたしは長い旅に出ることができて――今回もひとりきりだった――ロンドンから北に五十キロメートルほど離れたハートフォードシャーの小さな村に向かった。

わたしが一緒に暮らすことになった一家はどこからどう見ても裕福だった。ご主人は銀行家で、毎朝ロンドンまで長距離通勤していた。奥さんはご主人よりかなり年下で、普段は飼っている馬の世話をして過ごしていた。

子どもは三男一女で、上のふたりの男の子は王室御用達の名門寄宿学校〈ゴードンストウンスクール〉に入っていた。下の八歳の子も、わたしが来てすぐに同じ学校に入った。ひとり残った五歳の娘はわたしが面倒を見ることになった。このお屋敷で過ごした半年間を、わたしは心ゆくまで満喫した。

夫妻はとてもよくしてくれて、バスルーム付きの素敵な寝室を用意してくれた。わたしはこの家の一員になったような気分だった。

ずっと求めてきた家庭の温もりは、かつての敵国の地にあった。その皮肉に、あの頃のわたしが気づいていたとは思えない。何しろまだ十七歳で、自分が生まれてからの歴史をあまり意識していなかった。幸せな思い出を胸に、わたしはハンブルクに戻った。

わたしは自分の出自のことを考えないようにしていた。ところが自分のまったく与《あずか》り知らないところで、そのことがまたぞろ問題になっていた。しかも今度は深刻なものだった。理学療法士の養成課程が始まる日が近づくと、大学が学生登録に必要な出生証明書の提出を求めてきたのだ。ここでもまたギーゼラはどうにかして切り抜けたみたいだった。それから何十年も経ってから、ギーゼラがわたしの問題について地元のさまざまな官庁とやり取りした何通もの手紙を見つけた。そうした手紙のなかに、本当の自分を探る最初の手がかりが隠されていた。しかしギーゼラが役人たちに何を言ったにせよ、まったく嘘がなかったとは思えない。

わたしという人間の存在は、一九五九年に初めて正式に登録された。発行された出生証明書の氏名欄にはエリカ・マトコと記載されていた。発行してくれたのはベルリンの〈シュタンデスアムト1〉という連邦政府の登録局で、おもに東方からドイツにやって来て（もしくは強制的に連れてこられて）身分証明書のたぐいを一切持っていない人たちに書類を作るために設立された役所だった。しかしそれでもおかしなことに、わたしの出生証明書に記された出生地はオーストリアの〈ザンクト・ザウアーブルン〉になっていた。この登録内容は、何年も経たのちにわたしの本当の身元を見つけ出すときの障害となった。

あの頃のわたしは、出生証明書に記載された名前のことなどお構いなしに、自分はイングリット・フォン・エールハーフェンだと頑なに言いつづけていた。呼ばれて返事をするのも、大学の友人たちに知られているのもこっちの名前だった。しかし大学当局にとっては、わたしはその名前の人間ではなかった。学生名簿にはエリカ・マトコの名で登録されていたので、三年後に卒業したときに授与された学位証書にはこっちのほうの名前が記されていた。証書の名前をイングリット・フォン・エールハーフェンに変更してほしいと大学に願い出たが、却下された。イングリットだということを証明する公的な書類がない以上、わたしはエリカ・マトコだというのが大学側の言い分だった。

一九六二年、わたしは法的に成人になり、社会人としての第一歩を踏み出そうとしていた。そして税金と社会保障積立金を初めて払うことになった。最初の職場は黒い森《シュヴァルツヴァルト》にあった、とある機関だった。その頃はもうハンブルクの家を離れていても全然平気になっていた。そもそも十六歳で中等学校を出てからというもの、ギーゼラとはほとんど一緒に暮らしてはいなかった。いつのまにかわたしは、ギーゼラともハンブルクでの生活につきまとっていた複雑な問題とも切り離された暮らしを存分に愉しむようになっていた。しかしその幸せは長くは続かなかった。

大学生活の最後の年の、わたしの二十一歳の誕生日の少し前のことだ。ギーゼラが階段から転げ落ちて、意識不明の重体になったのだ。昏睡状態が半年続いたのちにようやく意識は戻ったものの、重篤な状態は続き、入院生活はそれからさらに一年続いた。入院中は祖母と伯母のイーカが介護にあたったが、退院して家に戻ってくるとわたしの手が必要になった。わたしは後ろ髪を引かれる思いでシュヴァルツヴァルトを去り、ハンブルクに戻った。

そのときギーゼラは四十九歳だった。まだまだ若いと言える年齢で、しかもまだ幼い男の子の母親だったのに重い障害を抱えてしまった。階段から落ちたせいで脳に損傷を負い、歩くこともままならなくなった。理学療法院の再開は望むべくもなかった。そこでわたしに仕事を引き継いでもらおうということになったのだ。

わたしは一番やりたくないことをやらされることになった。あのギーゼラの仕事なんか引き継ぎたくもなかったし、それにわたしは新しい治療技術を学ぶためにアメリカに行こうと考えていたのだけれども、それも断念しなければならなかった。アンダーゼン家の人たちとのややこしい関係も一筋縄ではいかないこともわかっていた。

わたしはブルーメン通りの家のかつての自分の部屋に戻った。祖母にとっても伯母のイーカにとってもフーベルトゥスにとっても、そしてわたしにとっても、これまでとはちがう環境と状況への――それとギーゼラの病状への――対応を強いられた、大変な時期だった。とくに幼いフーベルトゥスにとっては、重い障害を負った母親を眼にすることはものすごく辛いことだった。しかしギーゼラは庭を歩けるようになるまで回復し、たまにだがわたしたちと一緒に笑うことができるようになると、この子の惨めな気持ちも和らいでいった。

厄介な問題はほかにもあった。フーベルトゥスとイーカはそりが合わず、しょっちゅう言い争いをするようになった。ふたりともわたしを味方につけようとしたので、結局板挟みになってしまった。

そんな家の空気が嫌でたまらなかった。厄介と言えばギーゼラもそうだった。彼女は子どもに逆戻りしてしまったような感じになった。そんな妹に、姉のイーカは厳しい教師が聞きわけのない生徒にするように話しかけることが多くなった。当然ギーゼラは腹を立て、頑固になってしまった。

フーベルトゥスとわたしは若かったので、子どもになってしまったギーゼラをそれほど苦にせず受け入れることができた。しかしわたしは、折あるごとに自分が不当な扱いを受けていると感じていた。自分はしょせん里子なんだとさんざん思い知らされた挙げ句に、自分の権利はほとんど尊重されないのに責任だけは重くのしかかっていたのだから。そんな状態は公正でもなければ公平でもなかった。それでも、ここは折り合いをつけて頑張るしかないということはわかっていた。

ところがここに来てギーゼラとの関係が好転した。憶えているかぎり、そんなことは初めてだった。話をすることはそれほど多くなかったのだけれども、それでもわたしの子ども時代を悲惨なものにしていた、わたしに対する冷淡な態度はいくらか和らいでいた。もちろん彼女のこの改心の理由はわかっていた。障害を抱えてしまって気が弱くなり、だんだんと姉のイーカよりもわたしに頼るようになっていたギーゼラは、わたしを必要としていることを見せつけていたのだ。

別の状況にある別の家族だったら、こうした関係の雪解けは、わたしの過去と、ギーゼラとヘルマンがどうやってわたしを里子として引き取ることになったのかをざっくばらんに話すきっかけになったことだろう。

しかしそんなことにはならなかった。わたしとギーゼラはヘルマンのことは一切話さなかった。ヘルマンが亡くなると、ギーゼラもわたしと同じように（その理由はまったく異なるが）彼から解放され、彼との結婚が失敗だったという心の苦しみが消えてしまったのだと思う。結局最後までヘルマンと離婚することができなかったギーゼラは、たぶん夫にずっと縛られつづけているように感じ、同居を頑なに拒む言い訳をしつづけなければならないことに悩まされていたのだろう。

もしくは、今となってはそう思えるかだ。何しろギーゼラは、わたしの出自のことと同じように、自分の結婚生活のこともひと言も話してくれなかったのだから。

ヘルマンの束縛とはちがい、わたしはどこの何者なのかという問題は消えてしまうことはなかった。一九六〇年代も半ばになった頃、ついにわたしはこの問題を自分の手で何とかすることにした。わたしはイングリット・フォン・エールハーフェンと名乗っていたが、正式な本名はエリカ・マトコのままだった。自分の名前を正式に変えるときが来たのだ。

ところが、その手続きは思っていた以上に難しいものだった。ドイツの法律では、この氏名変更にはフォン・エールハーフェン家の許可が必要だった。ギーゼラが認めたとしても、彼女は結婚してその姓を名乗っていただけで、法的にはフォン・エールハーフェン家の人間ではなかった。つまり直系の血筋に生まれついた人間しか、その家名を使うことはできないのだ。またもやドイツに古くからある〝血〟を神聖視する信仰が出てきたということだ。

皮肉なことに、フーベルトゥスはまちがいなくヘルマンの息子ではなかったのに、生まれたときからフォン・エールハーフェン家の人間として役所に登録されていた。つまり理屈の上では、彼はわたしがこの家名を名乗ることを許可できる立場にあったのだ。しかしまだ法的には未成年だったので、公的書類にサインすることはできなかった。どうしてなのかはわからないが、フーベルトゥスには法定後見人である弁護士がついていた。わたしはその弁護士に手紙を書き、自分の訴えを伝えなければならなかった。最終的に弁護士はわたしの願いを聞き入れてくれた。しかしそこにはひとつただし書きが添えられていた——あなたはフォン・エールハーフェン家とは血縁関係にないので、イングリット・フォン・エールハーフェンを名乗ることは許可できない。ただし〈イングリット・マトコ＝フォン・エールハーフェン〉であれば許可する。つまり外部に対しては、わたしは傍流の分家の人間のようなものとして示すということだった。腹立たしい対応だったが、わたしにはどうすることもできなかった。わたしは書類に署名して、新しい名前を手に入れた。新しい証明書の発行には百マルクかかった。

その頃、わたしはパスポートの交付を申請しなければならなかった。ところが申請したとき、役所がわたしのことを〝無国籍者〟扱いしようとしていることを知り、心の底から驚いた。わたしはどこの何者なのかという未解決の問題がここでも障害になって、正真正銘のドイツ国籍の人間として認めてもらえなかったのだろう。わたしは愕然とした。まるで自分が何者でもなければ何の価値もない、まったく取るに足らない存在だという思いにさせる裁定だった。わたしを無国籍者にしたがる理由もわからなかった。第一、もう三年以上も税金を払っていたのだから。しかももっと悪いことに、無国籍者とされてしまうと選挙で投票できないし、自由に海外に行くこともできなくなってしまう。それでもわたしはイーカの友人の弁護士に助けてもらい、何カ月もかけて政府と折衝した。そしてとうとう向こうが折れて、わたしが本物のドイツ人だということを示してくれるパスポートを晴れて発行してもらえることになった。

しかしそのときはわからなかったのだが、もしギーゼラの障害が軽かったら（もしくは何年も前に包み隠さず話していいてくれたら）、わたしは彼女が二十年以上も隠し持っていた書類を手にすることができて、それを使ってパスポート交付のあまりにも煩雑に過ぎるお役所仕事を全部すっ飛ばすことができたのだ。しかしギーゼラはわたしに対して誠実ではなかったし、昔からそうではなかった。彼女が隠していた重要書類のなかにその決定的な一枚を見つけるまで、それからさらに三十年待たなければならなかった。

その三十年のあいだの出来事で、この物語に大きく関わるようなことはほとんどない。わたしはギーゼラの家で六年間過ごし、理学療法院を切り盛りしていた。そこでの仕事は取り立てて愉しいものではなかった。ギーゼラの患者たちの多くは高齢者で、わたしが診たい対象とは異なっていた。

あるとき、歩行が困難な三歳の幼女が療法院を訪れた。わたしはその子の助けになりたかったのだが、子どもに理学療法を施す資格を持っていなかった。それ以来、わたしは子どもの療育の仕事をしたいと思うようになった。

わたしは障害のある子どもを対象にした新しい理学療法技術を学ぶことのできる学校を探し、オーストリアのチロル地方のインスブルック市に見つけた。その講習課程には十週間通わなければならなかったので、ハンブルクを留守にしているあいだにギーゼラの療法院を預かってくれる人が必要だった。家を離れることをイーカは反対したが、わたしは絶対にインスブルックに行くと固く心に決めていた。

講習課程が終わりに近づいた頃、わたしはインスブルック大学の診療所で働かないかと誘われた。イーカに言われそうなことを考えると憂鬱だったし、ギーゼラがどうなってしまうのかも心配だった。それでも結局その申し出を受けた。煩わしさから解放された居心地のいい場所で、わたしは自分のやりたいことをするという幸せな一年を過ごした。

インスブルックで働いているあいだに、わたしはオスナブリュックから来ていた若い男性と恋仲になった。オスナブリュックはヘルマンの家があったバート・ザルツウフレンに近いところにある市《まち》で、インスブルックと比べるとハンブルクにぐっと近い。わたしはその人のいるオスナブリュックで暮らすことにしたが、暮らすアパートメントは別々だった。

結局その人との関係は長続きしなかった。別れることになった理由は自分でもわからない。わたしには、大人の男性との関係を続けることは難しかったということだ。簡単だったことなど一度もなかった。その原因がわたしの子ども時代のことに関係があることなのかどうかについては、何とも言えない。断わっておくが、わたしは恋愛が面倒だとは思っていない。ただ言えるのは、わたしがよく惹かれる男の人たちのわたしに対する思いや見方はさまざまだ。わたしに何かしらの魅力を感じてくれた人たちだっていたのだが、わたしのほうはそうした人たちを好きになることは一度もなかったみたいだった。それだけのことなのだ。

だからといって同情してほしいわけではない。わたしはもともと恋愛下手だし、仲睦まじい結婚生活を送ったこともなければ子どもを産んだこともない。それでも幸いなことに、わたしのことを支えてくれる女友だちならいつも身近にいたし、彼女たちと素晴らしい友情を築くこともできている。

それに、本当に大勢の子どもたちの助けになるという喜びも感じてきた。あちこちの病院で実績を重ねたわたしは、一九七〇年代の初めに障害のある子ども専門の理学療法院を開業した。それからは子どもたちの治療に没頭し、週に六日、毎日十二時間働いた。毎年ヨーロッパ各地やイギリス、そしてアメリカに行き、自分の理解と技術を磨くスペシャリスト講座を受けた。子どもを対象にした理学療法はこの上ない幸福感を与えてくれる、やりがいのある一生涯の仕事となった。


で、ギーゼラと、フォン・エールハーフェン家とアンダーゼン家の人たちはどうなったのだろうか？　わたしがいなくなったあとのハンブルクの家のことは？　そして、わたしの出自と里子になった経緯についての奇妙な謎のことはどうなったのだろうか？　家族とはずっと連絡を取りつづけていて、とくに伯母のイーカとは仲良くやっていた。それでもハンブルクに戻って一緒に暮らすことも、ギーゼラの療法院で働くこともなかった。

わたしが（短いあいだだが）ハンブルクにもどったのは、東西ドイツを分断していた壁が崩壊した後のことだった。

6章　壁

当女児はドイツ民族の血を引くものであり、よって親衛隊帝国指導者の命によりドイツ人家庭で養育するものとする。

グンター・テッシュ親衛隊大隊指導者

一九八九年十一月九日（木曜日）の午後十時四十五分、鉄のカーテンの最も目立つ、ゆるぎない象徴だった〈ベルリンの壁〉が崩れ始めた。そのときわたしは四十七歳だった。半世紀に近いわたしの人生は――そしてすべてのドイツ人の人生は――母国の東西分断という〝型〟にはめ込まれたものだった。

母国の分断は過酷で厳しいものだった。分断を一番わかりやすく示すものは東西ベルリンを隔てる壁だったのかもしれないが、東ドイツはその壁以外の国境も堅固なものにして、硬直したイデオロギーが支配する警察国家のなかに国民を閉じ込めていた。わたしとディトマールを連れてギーゼラがやったように西側に逃れようとした人たちの前に、有刺鉄線と検問所と、自由を求めて脱出を試みる人間は全員射殺せよと命じられていた兵士たちが立ちはだかった。男も女も子どもも含めて、共産主義の鉄の拘束から逃れようとした千人以上の人々が命を落とした。

その国境がなくなってしまったのだ。混乱と噂ばかりだった十一月九日が終わる頃、ベルリンの壁の東側の主要な国境検問所の隊長たちは、ゲートを開けて市民を通した。大挙してゲートを抜けてきた何百人もの東側《オッシス》の人々を、西ベルリンの人々は花束とシャンパンで歓迎した。

やがて大勢の西側《ヴェッシス》の人々も壁によじ登り、東側の若者たちと合流した。彼らは歓喜の踊りで新しい自由を祝福した。数時間のうちに、テレビカメラはハンマーやノミを使って壁を粉々にしていく人々の姿を捉えた。彼ら〈壁キツツキ《マウアーシュペヒト》〉たちは忌み嫌われてきた壁を全部突き崩し、非公式の国境通過所をいくつか設けた。

あまりの急展開に東西ドイツの両政府は唖然とした。それでも実際には、変化の気運は数カ月前から漂っていた。始まりの地はハンガリーだった。モスクワが作り上げた東欧衛星国のひとつだったハンガリーは、その年の五月にオーストリアとのあいだの鉄条網の撤去を開始して、実質的に国境を開放した。それから数週間のうちに、一万三千人のオッシスがハンガリーを経由してオーストリアに脱出した。ブダペストの政府がオッシスの流入を止めようとすると、彼らは西ドイツ大使館に向かい、国に戻ることを拒んだ。五十年ものあいだずっと共産主義の支配者たちの言いなりだった国で起こった、前代未聞の市民反抗運動だった。そしてこれはほんの始まりに過ぎなかった。

初秋に入ると、東ドイツのいたるところで大きなデモが毎日のように起こった。デモの参加者たちは、〈Wir wollen raus!《ヴィ・ヴォーレン・ラウス》（この国から出してくれ！）〉と〈Wir sind das Volk!《ヴィア・ジンド・ダス・フォルク》（わたしたちこそが人民だ！）〉というスローガンを声を揃えて叫びながら通りを行進した。新聞とテレビは平和革命が始まったと大々的に報じた。

この運動を止められないことが誰の眼にも明らかになった十月、エーリッヒ・ホーネッカーがドイツ社会主義統一党の書記長を辞任した。ホーネッカーは単なる国家元首ではなかった。一九七〇年代の初めから東ドイツを牛耳ってきた彼は、共産主義国家の権化だと見なされていた。

前兆はあったものの、それでも東西国境の崩壊は予想外の出来事で、大混乱をもたらした。十一月九日の夕方にテレビ中継された東側の記者会見で、〝旅行許可の規制緩和〟が行われる可能性が初めて示された。ところがこの中継を見たオッシスはベルリンの壁にあった六つの国境検問所に大挙して集まり、警備兵たちにゲートを今すぐ開けるよう詰め寄った。不意を突かれた警備兵たちは、西側へ行こうと殺到したおびただしい数の人々に腰を抜かし、慌てふためいて電話をかけて指示を仰いだ。

しかし崩壊しかけていた東ドイツ政府には、自分が責任を取るから越境者は射殺しろと命じる人間はひとりもいないことがすぐにわかった。結局、国境警備兵たちは脇に退き、ものすごい数の人々に手出しをせずにそのまま西側に出ていかせるしかなかった。十一時少し前、西ドイツのテレビはドイツ民主共和国が臨終のときを迎えたと告げた。


今日は歴史に残る一日となりました。東ドイツが、ただちに国境をすべての人々に開放すると宣言したのです。ドイツ民主共和国は国境を開いたのです……ベルリンの壁のゲートはすべて開け放たれています。

ベルリンの壁が開放され打ち壊されると、当然の結果として東西ドイツ国境のすべての検問所の廃止がそれに続いた。一九九〇年七月一日には東ドイツのあらゆる場所でドイツマルクが使えるようになった。三カ月後の十月三日、ドイツ民主共和国という国家はドイツ連邦共和国に吸収されて、消えてなくなってしまった。

この一連の出来事は、わたしにとってどんな意味があったのだろうか？　たしかにわたしは大戦初期に生まれたが、一九五〇年代から六〇年代にかけてが少女期と青年期だった。その二十年のあいだ、西ドイツは分断と波乱の現実のなかで過去の罪を必死に隠そうとしていた。母国の再統一が、わたしにとっては同世代の大部分の人々以上に大きな意味があるものだったと言うつもりはない。わたしたちは鉄のカーテンの〝良いほうの側〟で育てられたことを単純にありがたがり、いずれ歴史は自然で正しい方向に流れを変えていくのではないかと、何となくそんなふうに思い込んでいた。経済面の不安があったことは確かだ。生まれ変わったドイツの国家運営にどれだけかかるのか、誰にもまったく見当がつかなかった。おまけに、開発が遅れていた――そして破産していた――かつての隣人を支援しなければならないので、長らくヨーロッパ諸国の羨望の的だった〝奇跡のドイツ経済〟は危機に立たされるだろうという悲観的な予測がしょっちゅう流れていた。

けれどもそんなことに怯えていたのはもっぱら政治家たちだった。ニーダーザクセン州で開業した療法院が繁盛していて、何不自由なく暮らしていた理学療法士にはどうでもいい話だった。

東西統一が達成されたとき、わたしは四十八歳になっていた。結婚は一度もしたことはなかったが、それでもまったく問題のない、安定した生活を送っていた。経済的にも恵まれ、素敵な家も買い、そして以前にも増して仕事に励んでいた。ところが、そんな順風満帆なわたしの人生に暗雲が立ち込めてきた。やがて来ることになる嵐の中心にいたのは、案の定ギーゼラだった。

ギーゼラの障害の程度は年を追うごとに悪化し、とうとう重度障害者になってしまった。そしてさらなる悲劇がハンブルクのアンダーゼン家を襲った。わたしの知っていた美少年のフーベルトゥスは、長じて魅力的なゲイの男性になっていた。そして一九八〇年代の中頃に、必ず死に至る恐ろしい未知の病気に、ドイツで初めてかかったドイツ人男性のひとりとなった――ＡＩＤＳに感染してしまったのだ。この死の病は一九八八年にフーベルトゥスの命を奪ってしまった。

障害が重くなったギーゼラの面倒を見てもらうために、わたしたち家族はフルタイムの介護士を雇うことにした。それが老い先短い彼女にとっては一番だと、そのときは思えた。彼女の理学療法院は充分な儲けをもたらしていたし、それにフォン・エールハーフェン家もアンダーゼン家もどちらも裕福だったので、経済面の問題はなかった。ところが、わたしたちが雇った介護士の女性はそこに目をつけた。フーベルトゥスが亡くなってからいくらも経たない頃、その介護士は息子の死で心が弱っていたギーゼラを丸め込み、カナリア諸島のグラン・カナリア島にふたりして移住することにしてしまったのだ。介護士が言うには、ドイツより温暖なところで暮らしたほうがギーゼラにとってはいいということだった。そしてふたりは家族から三千五百キロメートルも離れた地に家を構えた。

介護士がやったことはそれだけではなかった。あの手この手を尽くしてギーゼラからわたしたち家族全員を遠ざけ、完璧に切り離してしまったのだ。誰もギーゼラと連絡が取れなくなり、話すことも許されなかった。

わたしがグラン・カナリア島を訪れることを許されたのは、ギーゼラが認知症を発症させてしまったときだけだった。そのとき眼にしたギーゼラの様子に、わたしは少なからずショックを受けた。彼女に死なれてしまう前にお金を搾れるだけ搾り取ることばかり考えている女に、すっかり頼り切っていたのだ。これは何とかしなければ。わたしはそう思った。

わたしと伯母のイーカは、ギーゼラの生活に介入できる許可をドイツの後見人裁判所に願い出た。が、わたしたちの申し立ては一旦は却下された。理由は、わたしが彼女の里子であって実子ではないというものだった。またしてもドイツ古来の血筋へのこだわりが持ち出されて、どこからどう見ても今すぐ必要な弱者保護よりも重視されたということだ。もともとわたしは気の強いほうではないのだけれども、このときばかりは自分の主張を押し通し、判事にこう言った。「わたしの言うことを聞いていただけるまで、ここから動きません。あなたがたがこっちの言い分に耳を傾けてくれるまでは、てこでも動きませんからね」

すると裁判所はようやくわたしの話を聞くと言ってくれた。わたしは立ち上がって説明を始めた——ギーゼラが介護士の女の言いなりになっていること。その女は自分の立場を巧妙に利用して、まんまとギーゼラの遺言状の第一相続人のひとりとして名を連ねてしまったこと。わたしはギーゼラの利益の保護を請願した。が、あくまで判事はわたしの話を聞いてくれただけだった。結局、裁判所はわたしたちの訴えを却下した。

残る手段はイーカが出した和解案しかなかった。それが通ればギーゼラをある程度保護することはできるものの、介護士のほうにも最終的にはなにがしかのお金を渡さなければならなかった。和解は成立したものの、それで失われたものが帰ってくるわけではなかった。ギーゼラは二〇〇二年に亡くなったが、わたしたちがひとつの家族に戻ることはなかった。

それでも、ギーゼラのグラン・カナリア島への移住はひとつだけいい結果をもたらした。イーカとわたしは、ギーゼラはもうハンブルクには戻ってくることはないと悟った時点で彼女の部屋の整理に取り掛かった。わたしの幼い頃のことを記録したギーゼラの日記を見つけたのは、この片づけの最中だった。

母の日記を手にしたときのことを、わずかなページに記された母の字を読んだときに胸にこみあがってきたものを、わたしは生涯忘れることはないだろう。本当に心の底から神に感謝した。日記のなかにはわたしと、幼いわたしがいた——その記述がどれほど少なくて途切れ途切れであったとしても、わたしは初めて自分の過去に、文字どおり手を伸ばして触れることができたのだ。

たぶんわたしは、自分の謎だらけの子ども時代に対する思いを四十年近くものあいだ封印してきたことに気づいていなかったのだと思う。母ギーゼラの書き込みの少ない日記をむさぼるように何度も読んでいくうちに、子どもの頃にずっと抱いていた喪失感と不信感が甦ってきて、わたしは呑み込まれてしまった。どうして彼女はこの日記を見せてくれなかったのだろうか？　どうしてこんなに長いあいだ隠していたのだろうか？　この日記が持つ意味が、どうしてわからなかったのだろうか？

しかしこの日記を見つけることができたのは、ひとえにギーゼラがふたたび家族を棄《す》ててしまったからだった。それがわかっていたからこそ、わたしの心の痛みはいや増した。たとえギーゼラが、自分がまた家族を棄てたという事実を理解できる状態ではなかったとしても、介護士が策を巡らせて彼女の家族を食いものにしたのだとしても、それでも彼女と直接話をして、日記がもたらしたさまざまな疑問に答えてもらうことはできないことに変わりはなかった。

甦った喪失感と心の痛みはあまりにも強いものだった。だからだろう、わたしはギーゼラの部屋で見つけた日記以外のものをあまりよく調べなかった。ざっと確認したところ、それはギーゼラとヘルマンがわたしを引き取った過程についての法的文書みたいだった。ちゃんと読んでみるべきだったのだが、わたしは頭のなかから振り払って仕事に専念した。その書類のことを思い出したのは、二十世紀も終わろうかという頃のことだった。

一九九九年の秋のある日のことだ。いつものように療法院で仕事をしていると、電話が鳴った。患者か、それとも紹介を受けた新しい患者からの電話だと思った。しかし受話器の先から話しかけてきた女性はそのどちらでもなかった。最初にその女性は、あなたはイングリット・フォン・エールハーフェンですかと尋ねてきた。それから自分はドイツ赤十字の職員だと名乗った。初めのうち、わたしはぽかんとしていた。どうして赤十字の人間がわたしに電話を？　赤十字とは仕事上のつながりはなかった。赤十字からの紹介でうちに来た患者はひとりもいなかった。

そして、次にその女性が発した言葉に、わたしは心の底から驚かされた――あなたの本当のご両親を捜すことに興味はありませんか？

その瞬間に体のなかを駆け抜けたさまざまな思いは筆舌に尽くしがたい。わたしはもうかなり長いあいだ、自分はどこの誰なのかという疑問を心の奥にしまい込んでいた。ルーツ探しよりも障害のある子どもたちのための仕事のほうがもっと大切だと、自分に言い聞かせてきた。それでも本当のところは、この問題をずっと避けてきたのは、その先にある事実を知ることが怖かったからなのだと思う。だからこそ、そのとき感じたさまざまな思いのなかで一番強かったものが心からの興奮だったことに、わたし自身が驚かされた。自分の出自を探るチャンスが、長い長い年月を経てとうとう巡ってきたのだ。このときようやく事実に向き合う覚悟が決まったのだろう。

でも、どうして？　何十年ものあいだ避けてきた過去への旅路に、どうしてこの期に及んで乗り出す気になれたのだろう？　その理由をよくよく考えた末に、この気持ちの変化を生んだのは年齢だという結論に達した。この運命の電話がかかってきたとき、わたしは五十八歳になっていた。そして今になって考えてみると、わたしは歳を取るにつれて自分の生い立ちにつらつらと思いを巡らせることが多くなっていた。これはわたしだけのことではないと思う。歳を取ると過去を振り返りたくなるのが人間の性《さが》というものだ。過去は歳とともにどんどん重みを増していくのだ。

現実的な問題も頭にあったのは確かだ。これもまた歳を重ねるにつれて少しずつ多くなっていくものだが、病院に行くと、決まって自分の家族の病歴を訊かれるようになるのだ。当然わたしはわかりませんと答えるしかなかった。

どこで、どうやってわたしを捜し出したのかは赤十字には尋ねなかった。わたしが自分の本当の家族を知らないことをどうやって知ったのかも訊かなかった。はい、是が非でも知りたいです。そう答えただけだった。でも赤十字がその答えを見つけてくれることができると思っていたかどうかは、正直言ってわからない。そのときのやり取りはほとんど上の空で聞いていたのだが、赤十字としてはわたしの出自については一切教えることはできない、と言われたことだけはしっかりと覚えている。どうやら秘密を知っていても漏らすことはできないし、そのヒントすら与えてくれることはなさそうだった。しかしその代わりに、知りたければマインツ大学のある歴史学者と連絡を取るように言われた。その歴史学者のゲオルク・リリエンタール博士には、わたしは言葉では言い尽くせないほど大きな恩を感じている。しかし机について彼への手紙を書いていた時点では、博士がどんな人なのか見当もつかなかった。ましてや、わたしと〈レーベンスボルン〉の両方の物語でどれほど重要な役回りを演じることになるかなど知る由もなかった。そのときわかっていたことと言えば、その赤十字の人が教えてくれたことだけだった――その人は、あなたの過去を探る旅の水先案内人になってくれるはずです。

リリエンタール博士がわたしの手紙を待っているのはわかっていたので、ずっと自分の親はどこの誰なのか知りたいと願っていて、でもどこからどう手をつけていいのかわからなかったということを率直に、そして誠実に書き綴った。

手紙を書き終えてポストに投函すると、わたしはいてもたってもいられなくなった。次の日にでもマインツに車で向かいたい気分だった。でもここは待ったほうがいいと思い直した。その人がどんなことを知っているにせよ、その情報を整理してまとめる時間が必要なはずだった。結局気長に返事を待つことにして、それまではギーゼラの部屋で見つけた書類をくまなく調べてみることにした。

ギーゼラとヘルマンの里子になった経緯がわかる一歩手前まで来たのだと思うと、わたしはじれったい気持ちに駆られると同時に、いまだに何ひとつわかっていないことに歯がゆさを感じてもいた。それでも自分の過去を探る旅に乗り出すまで五十年も待ったのだ。そこからさらに数週間待たされたところで死ぬわけでもないし。そう考えることにした。

わたしはギーゼラの書類をしまっておいた箱を引っ張り出してきた。もう何年も前に彼女の部屋を整理中に見つけて以来、その書類を眼にしたのはそのときが初めてだった。わたしの関心は、自分の人生の最初の数年間が記された日記で占められていた。そんな貴重な記録が綴られた日記と一緒に隠されていた色あせた書類の束を、わたしは一通一通丹念に眼を通していった。

最初の書類は、端が少しめくれたピンク色の伝票サイズのものだった。それは予防接種証明書で、一九四四年一月十九日という日付とライプツィヒ近郊の町コーレン・ザーリスの名が記されていた。よく読んでみると、一九四一年十一月十一日にザンクト・ザウアーブルンという町で生まれたエリカ・マトコは天然痘の予防接種済みと書かれていた。

一九四四年一月十九日から数カ月後にわたしはギーゼラとヘルマンに引き取られたので、この日付には大きな意味があった。しかしあとは医師の署名があるばかりで、予防接種がどこで、誰の依頼で行われていたのかについては何も記されていなかった。コーレン・ザーリスにあった機関とは何なのだろう？　さらに言えば、ザンクト・ザウアーブルンという町はどこにあるのだろうか？

二通目の証明書には、天然痘以外の予防接種についての記録が記載されていた。裏返してみると、疑問に対する答えのひとつになる公印が押されていた。そこには〈Lebensborn Heim Sonnenwiese《レーベンスボルン、ハイム・ゾンネンヴィーゼ、》 Kohren-Sahlis《コーレン・ザーリス》〉とあったのだ。

〝Heim《ハイム》（家）〟が養護施設を意味するということは子どもの頃から知っていたし、ヘルマンとギーゼラがそこからわたしを引き取ったということであれば、たしかに辻褄は合う。しかし〈レーベンスボルン〉とは一体何なのだろう？　聞き覚えのない言葉だったが、エリカ・マトコと医療面で何かしらの関わりがあるのはまちがいないように思えた。だとすれば、わたしの謎だらけの過去にも関わりがある言葉のはずだ。

二通目の書類はさらに謎めいたものだった。それは一九四四年八月四日にわたしの里親に発行された、契約書とも受領書とも思えるようなものだった。

ミュンヘン市ゲンツ通り五番地のヘルマン・フォン・エールハーフェンおよびその妻は、一九四四年六月三日に民族ドイツ人《フォルクスドイチェ》のエリカ・マトコ（一九四一年十一月十一日生）を同家に引き取った。当女児は民族ドイツ人の血を引くものであり、よって親衛隊帝国指導者の命によりドイツ人家庭で養育するものとする。

当方と養父母の双方とも、当女児の養育についての条件は一切付与しないものとする。女児本人には資産および収入源は一切ない。よって当女児の養育義務は養父母のみが有するものとする。

この謎の書類が発行された場所はシュタインヘーリンクというミュンヘン近郊の小さな村になっていたが、発行した機関や組織については一切書かれていなかった。唯一の手がかりは書類の一番上に印刷された文字だけだった。ところどころ切れ目が入っていてパンチ穴もあけられていて、おまけに経年劣化で消えかかっていたが、それでもかろうじてこんな文字を読み取ることができた――〈ドイツ民族性強化国家委員本部L〉だった。

この言葉が何を意味するのかまったくわからなかった。調べてみるとナチスの組織だということがわかった。しかし実際にどんなことをしていた組織なのかはすぐにはわからなかった。

わたしが一番注目したのは、書類の一番下に記された〈テッシュ〉という署名だった。その人物は〈Sturmbannführer《シュトゥルムバンフューラー》（大隊指導者）〉を名乗っていた。終戦直後のドイツで育った人間なら、誰でもこの肩書きの意味することを知っている。これは第三帝国の準軍事組織だった親衛隊《SS》の将校だけが名乗ることを許された、国防軍の少佐に相当する階級だ。死を象徴する髑髏《トーテンコップ》をシンボルマークにしていた、ハインリヒ・ヒムラーの悪名高い組織の将校が、どうしてわたしの里子縁組と関係があるのだろうか？　わたしはもう一度書類に眼を通してみた。そこには〝〈Reichsführer《ライヒスフューラー》（親衛隊帝国指導者）〉の命により〟、わたしはドイツ人家庭に預けられることになったとあった。ここにもまたヒムラーだ。ヒトラーの副官で、ナチス・ドイツで最も恐れられた男は、わたしの子ども時代にとってどんな意味を持っていたのだろうか？

一体全体、これはどういうこと？　わたしはギーゼラにそう問い詰めたくて仕方がなかった。こんな書類を、何十年ものあいだ隠し持っていた理由も是が非でも聞きたかった。しかしギーゼラはグラン・カナリア島にいて、末期段階の認知症に苦しめられていた。彼女に答えてもらうことはできないことはわかっていた。

ゲオルク・リリエンタールからの返事は一週間経っても届かなかった。わたしは、彼は出張中なのか、それとも何らかの理由で赤十字が言っていた情報をわたしには教えたくないと思っているのか、ひょっとしたら手紙に書いたわたしの話を疑っているのかもしれないなどと、いろいろと考えてしまった。とにかく返事を待っているあいだは自分で調べてみることにした。わたしはドイツ連邦公文書館に手紙を書き、イングリット・フォン・エールハーフェンもしくはエリカ・マトコの名前が記された書類を保管していないかどうか問い合わせた。

そのときわたしは、連邦公文書館はすぐに返事を寄こしてくれるはずだと甘く考えていた。今はありとあらゆる情報がコンピューター化されたデータベースに保存されているのだから、わたしのふたつの名前なんか簡単に検索できるはず。そう思い込んでいたわたしは、東西統一を果たした新しいドイツが抱える矛盾のひとつに直面することになった。新生ドイツは、かつての東ドイツの支配者たちが犯してきた恐ろしい罪をとことん暴き立て、〈シュタージ〉と呼ばれた秘密警察に関わっていた人間を躍起になって公職から排除していた。その一方で、ヒトラーの千年帝国の犯罪行為には積極的に向き合おうとはしてこなかった。

この矛盾は終戦初期の負の遺産のひとつだ。西ドイツの初代首相だったコンラート・アデナウアーは、連合国の非ナチ化政策に強硬に反対し、ニュルンベルク裁判で有罪判決を受けたナチスの戦犯たちの釈放を働きかけていた。さらに彼は、さまざまな反ユダヤ法の制定に関わったハンス・グロプケを自分の右腕として連邦首相府長官に任命すらした。

つまり最初から、誰も過去にしっかりと眼を向けようとはしなかったのだ。ヨーロッパ連合《EU》の中軸国として得意の絶頂にあったドイツは、二十世紀も終わろうとする頃になってもまだ歴史のクローゼットの奥に過去の遺物をしまい込んでいた。その遺物とは、何かを言う心構えも言うつもりもない骸骨のようなものだった。

ドイツを分断していた障壁はベルリンの壁だけではなかった。たしかに東西統一は果たされたが、わたしたちドイツ人全体の過去の記憶はひとつにまとまることはなく、どうしようもないほどまばらなままだった。それから数カ月のうちに、わたしは謎めいた〈レーベンスボルン〉につながりがあるありとあらゆる情報には、記憶喪失の発作を繰り返し誘発する作用があるらしいことを発見した。その情報にしても、ほんのわずかしか公表されていなかった。しかしかろうじて入手することができたそのわずかな情報は、国家としての恥ずべき事実と、秘密のヴェールに覆われたままの過去の遺物についての物語をこっそりと語りかけてきた。

ゲオルク・リリエンタールと連邦公文書館からの返事を待っているあいだ、わたしは赤十字の職員との電話でのやり取りを振り返ってみた。結局その女性は、わたしが何を訊いてもほとんど答えてくれなかった。自分の過去を本気で調べたいのかと逆に訊いてきたのは、そんなことをすればさまざまな問題に直面することになるという警告のつもりだったのだろうか？　たぶんそうだったのだろう。それでもわたしは、どれほど難しいことであってもやってみる覚悟を決めていた。しかしそのときはまだわかっていなかった。自分の過去を探す旅が、ドイツの苦難に満ちた歴史を、そして侵略と略奪を繰り返していたかつてのドイツの忌まわしい歴史をさかのぼる苦しい旅になってしまうことを――

7章　生命の泉

民族の純血性を維持する普遍的な自然の法則は、国家社会主義運動がドイツ国民に授けつづけてきた遺産である。

一九三五年のナチスのプロパガンダ映画

ザンクト・ザウアーブルンという場所は存在しなかった。

自分で調べてみることにしたものの、手がかりはほとんどなかった。なので、とりあえずわたしが存在していることを示す一番古い記録をもう一度調べてみることにした——わたしが天然痘と猩紅熱《しょうこうねつ》とジフテリアの予防接種を受けたことを示す、ピンク色の小さな予防接種証明書だ。そこに記されていた出生地はザンクト・ザウアーブルンになっていたので、普通に考えればそこから手をつけたほうが一番いいように思えた。ところが、いろいろな地図や昔のドイツの地図、そしてヒトラーが侵略したすべての国の地図を全部調べてみたのだが、そんな名前の町も村も見つからなかった。

それっぽい名前の町なら見つかった。ハンガリーとの国境に近いオーストリアの温泉保養地、バート・ザウアーブルンだ。わたしはオーストリア外務省の住所を探して長い手紙を書き、バート・ザウアーブルンに近いどこかの町か村にマトコという家族が暮らしていた記録を探したいので手伝っていただけないかと頼んでみた。

そのときのわたしは少しイライラし始めていた。連邦公文書館からの返事は全然返ってこなかったし、情報もほとんど入手できていなかった。ゲオルク・リリエンタールにしても、〈レーベンスボルン〉についての調査の過程でわたしに関する何かしらの記録を見つけたみたいなのに、その内容を教えてくれる手紙はまだわたしの元には届いていなかった。

一体全体、〈レーベンスボルン〉とは何なのだろう？　わたしとどんな関係があるのだろう？　この謎に包まれた組織についての情報を、わたしは探してみることにした。

ところが、〈レーベンスボルン〉についての情報はほとんど公表されていないことがあっという間に判明した。そのあまりの少なさに、わたしは愕然とした。戦争が終わって五十年以上が経ち、そのあいだに第三帝国の醜悪な歴史とその犯罪行為は徹底的に検証され、本当に些細なことまで掘り返されてきた。それなのに、〈レーベンスボルン〉をグーグルで検索してもほんのわずかな件数しかヒットせず、そのほんのわずかな情報にしても、まったくと言っていいほど同じ内容だった。

〝生命の泉〟という意味の〈レーベンスボルン《Lebensborn》〉とは、新たに誕生した帝国が直面していた急激な人口減少に対応するために、ナチ党によって一九三五年に設立された協会で、ドイツ各地で産院を運営していた。表向きは、いわば福祉団体のようなものだった。ヒトラーが実権を掌握した一九三〇年代の時点で、ドイツの人口はもう何十年ものあいだ減りつづけていた。一九〇〇年には三・五八だった出生率は三二年には一・四七にまで落ち込んだ。当然ナチス政権は、その発足当初から人口減少の流れを食い止め、逆に増加させる政策に取り組んでいた。

ナチスは〈正しい家族像の回復〉といったもっともらしい旗印をいくつも掲げ、結婚貸付や子ども助成金や家族手当といった支援制度を導入して大家族作りを奨励していた。〝母親崇拝〟も正式制度として確立され、毎年のヒトラーの母親の誕生日には子沢山の母親たちが顕彰され、〈母親十字章〉を授与された——四人産むと銅章が、六人産むと銀章が、そして八人以上産むと金章が与えられた。この施策ではなかなか成果が上がらないことがわかると、次は新しい法律が作られ、避妊具の広告と店頭陳列が禁じられ、避妊指導所も全部閉鎖された。堕胎は〝ドイツ民族の未来を阻害する行為〟だとして非合法化された。

この〈ドイツ民族の未来〉という言葉が、一見したところ何の問題もなさそうな〈レーベンスボルン協会〉の裏側へと導いてくれる最初のカギだった。堕胎しなければならないかもしれない女性を保護し、安全に、そして内密に出産させることでドイツの人口増加の一助となる——それが協会の表向きの目的だった。にもかかわらず、協会が受け入れる女性は限られていた。

ナチスが人種と民族という観念に取り憑かれていたことはもちろん知っていた。ヒトラーとその圧政的な政権は、ドイツ民族という祭壇に六百万人以上のユダヤ人を生贄として捧げたのだから。それでも、ドイツ民族の〝純血性〟を護るために設立された組織が張り巡らせていた、複雑怪奇に絡み合ったクモの巣の存在には気づいていなかった。

自分なりに調査を進めていくうちに、わたしは国家社会主義者の狂気という穴にひきずりこまれていくような気分になった。その穴の奥底にいたのは、ハインリヒ・ヒムラーという邪悪な人間だった。

ヒムラーは一九二三年八月にナチ党に入党した。党の設立から三年後の入党ということは、ヒムラーは古参の熱心な党員というわけではなく、党員番号も１４３０３だった。しかしそれから六年も経たないうちに、ドイツ最強の準軍事組織〈Schutzstaffel《シュッツシュタッフェル》（親衛隊）〉の――むしろその頭文字を取った〈ＳＳ〉という悪名のほうがよく知られていた――最高指導者に任命されたのだ。

〈Reichsführer-SS《ライヒスフューラー・エスエス》（親衛隊帝国指導者）〉になったヒムラーは、ナチ党を管理監督する組織の設立に着手した。当時流行《はや》っていた優生学という疑似科学に関心を抱いていたヒムラーは、太古の昔には純血の北方人種の戦士たちがヨーロッパの大半を征服していたという怪しげな神話にのめり込んでいった。そして親衛隊は、復活を果たしたアーリア人という〝超人種《ユーバーメンシュ》〟の前衛となる組織だと考えるようになった。

ヒムラーの指示の下、親衛隊の入隊志願者は民族としての〝質〟を徹底的に調べられた。その手順について、ヒムラーはこんなことを言っている。「不純な種と交雑してしまって劣化した在来種を甦らせて、優良な苗木を育てる園芸家のようにやるのだ。手始めとして、植物の間引きのルールを適用する。そこから発展させ、親衛隊の強化に役立つとは思えない志願者を臆することなく排除していく」

一九三一年、ヒムラーは〝間引き〟作業を円滑に行うための部署〈Rasse und Siedlungshauptamt《ラッセ・ウント・ジードルングスハウプトアムト・》 der SS（親衛隊人種ならびに移住本部）〉を親衛隊内に作った。〈ＲｕＳＨＡ〉という略称で呼ばれていたこの部署に与えられた任務とは、親衛隊の〝人種的純血性〟の保護と維持だった。その業務のひとつが親衛隊員の婚姻の管理監督だった。ヒムラー直々の指示により、ＲｕＳＨＡは親衛隊員とその婚約者の血筋を一八〇〇年までさかのぼって徹底的に調べ上げ、他民族の血が一切混ざっていない〝純血アーリア人種〟だということが証明された場合のみ婚姻を許可した。
少ない情報を読み進めていくうちに、レーベンスボルン協会はRuSHAの旗振りで設立されたことがわかった。一九三六年十二月十三日付の回覧文書で、ヒムラーは新たに作った組織の由来とその目的をこう説明している。

レーベンスボルン協会は親衛隊帝国指導者の直轄下に置くものとする。同協会は親衛隊人種ならびに移住本部にとって必要不可欠な機関であり、その目的は以下のとおりである。

一．民族的・遺伝的に価値のある大家族の支援
二．親衛隊人種ならびに移住本部による本人の家族および胎児の父親に対する精査の結果、民族的・遺伝的に価値があると判断され、母体と同等の価値がある子どもを産むことが予想される妊婦の受け入れおよび扶助
三．二．に相当する子どもの扶助
四．三．を出産後の母親の扶助

戦時中に生まれ、ヒトラーの歪んだ妄想に折り合いをつけようとし続けてきた国で半生を過ごしてきたドイツ人女性のわたしから見ても、この記述は正気の沙汰とは思えない代物だった。

まさしく〝そんな馬鹿な《ウングラウブリッヒ》〟という言葉がぴったりとくる、常軌を逸した戯言《ざれごと》だとしか言いようがない。〝民族的・遺伝的な価値〟とやらを、一体どうやれば証明できるというのだろうか？　たとえ証明できたとしても、実際問題そんな奇っ怪な試みにどんな意味があると言うのだろうか？

さらに調べていくと、このレーベンスボルン協会についての説明に面食らっているのはわたしひとりではないことがわかった。グーグルで検索すると、レーベンスボルン協会の施設にまつわる噂に言及している情報がいくつも出てきた。その一部は戦時中のもので、協会が運営する産院を一般市民が不安視していたというものだった。いわく、産院とは名ばかりで、実際にはヒムラー配下の親衛隊の精鋭たちがしかるべきアーリア人種の女性たちに引き合わされ、帝国にとって人種的価値の高い子どもをもうける〝種付け場〟だというものだ。結局のところ根も葉もないデマだったのだが、レーベンスボルン協会を覆っていた秘密のヴェールのせいでその噂は何年経っても消えることはなかった。ナチスをテーマにしたさまざまなB級映画や低俗な本がこの噂を何十年にもわたって拡散してきて、伝説化していることもわかった。その代表例が一九六一年にドイツ人が監督した、〈ナチスの性奴隷にされた女性たち〉という煽情的な副題の『Ordered to Love（命じられた愛）』（邦題は『第三帝国の野望』）という映画で、今でもインターネットで視聴することができる。

わたしは恥ずかしさに言葉もなかった。親衛隊の種付け場という噂は愚にもつかない絵空事で、大抵の場合は下品な映画や小説を売らんかなの不誠実な努力がもたらしたものだということはわかった。それでも、それがレーベンスボルン協会についての世間一般の認識なのだとしたら、現代のドイツにこの協会についてのすべてを語りたがらない風潮があるのもうなずける。連邦公文書館がなかなか返事を寄こさない理由も、これで説明がつくのかもしれない。結局二カ月待っても手紙は来ず、わたしは諦めかけていたところだった。

自分ひとりの力だけではレーベンスボルン協会のことをほとんど調べることはできないし、ましてやわたしがどこの誰なのかという謎に協会がどのように関わっていたのかも解明できるはずもないことはわかっていた。何かしらの協力が必要だったが、ナチスの歴史のこの領域は、沈黙という壁に四方を囲まれているみたいだった。

二〇〇〇年二月、わたしの淡い期待はさらに望み薄になった。バート・ザウアーブルンにマトコ家という家族がいた記録はないかという問い合わせに、ようやくオーストリア政府が返事を寄こしてくれたのだが、そんな家族は当時もそれ以前にもいなかったとのことだった。わたしの旅は、始まる前に頓挫してしまったかのように見えた。オーストリア出身ではないのだとしたら、わたしは一体どこで生まれたのだろうか？

その数日後、今度はマインツ大学のゲオルク・リリエンタールからの手紙が届いた。レーベンスボルンについての確固とした歴史的情報に基づいた手がかりと、そのピースがわたしの物語のパズルのどこに当てはまるのかが記された手紙が、初めてわたしの手元にやって来たのだ。が、リリエンタール博士の手紙の書き出しには慎重さがうかがえた。ここでもまた苦痛に満ちた秘密がわたしを待ち構えていることを感じ取れる内容だった。

親愛なるフラウ・フォン・エールハーフェンへ

まず最初に、お手紙のなかでご自身の出自についての疑問をすべて打ち明けていただき、それほどまでの信頼をわたしに寄せていただいたことを感謝いたします。となれば、この件をことのほか慎重にあなたに伝えてくれたドイツ赤十字のフラウ・フィッシャーのご配慮にも感謝しなければなりません。返事が遅くなってしまい、誠に申し訳ございません。わたしからの便りを待っているあいだ、ご自分の質問が果たして正しいものだったかどうか、さぞかし気を揉まれていらっしゃったかと思います。そうしたご不安はもう不要です。

返事がここまで遅くなってしまった理由のひとつは、この件に関する文書を見つけ出してその内容をまとめるまで、思いのほか時間がかかってしまったことにあります。その一方で、あなたのご質問の答えは簡単なものではないこともわかっていました。その答えがあなたにとってどのような意味があるものなのかわかっていたからです。なのでわたしは、一月の初旬からあなたへの返事を書いてはペンを止め、書いてはペンを止めを繰り返していました。しかし却ってそのおかげで、この先であなたを待ち受けている運命について、冷静かつ感情を差し挟むことのない書き方で説明することができたように思えます。自分の一方的な感情であなたの気持ちを左右することはあってはならないと、わたしは考えていました。

それではご質問にお答えしましょう。手紙にお書きになっていたように、あなたに〈エリカ・

マトコ〉と〈イングリット・フォン・エールハーフェン〉というふたつの名前があることは、以前から知られていた事実でした。おそらく、一体どうして自分には名前がふたつもあるのかずっと疑問に感じていらしたのだと思います。どうやらあなたの養父母は、自分たちが知っていたあなたについてのごくわずかな情報ですらも、洗いざらい打ち明けていなかったと見えます。

このリリエンタール博士の手紙を読み終えたときに覚えた、不安と惧《おそ》れと期待が同時に入り交じった感情を、ここで正確に表現することはできない。

もちろんわたしは、ヘルマンもギーゼラもわたしの出自につながることを一切教えてくれなかったことはわかっていた。終戦直後という時代の張りつめた空気がふたりの口を封じていたのではないのだとしたら、きっとふたりともわたしの物語をほとんど知らなかったのだ。わたしはそんな感じに自分をいくらか納得させていた。それでも本当はヘルマンもギーゼラもちゃんと知っていて、わざと何も教えてくれなかったのかもしれない。そんな可能性に、博士の手紙を読んだわたしは初めて直面させられた。

かくしてわたしがずっと待ち望み、半ば予想してもいたことが明らかになった——長いあいだ忘れられていたレーベンスボルン協会の記録文書のなかから、リリエンタール博士はエリカ・マトコの名前を見つけ出したのだ。彼女は協会の養護施設のひとつの、コーレン・ザーリスにあった〈Heim《ハイム》・Sonnenwiese《ゾンネンヴィーゼ》（陽の当たる家）〉という施設で育てられた。わたしがエリカ・マトコだということならーーもしくはかつてはそうだったのだとしたら——わたしは〈レーベンスボルンの子ども〉だということになる。さらに博士は、この情報をヘルマンとギーゼラは意図的に隠していたにちがいないと書いていた。

わたしの心は千々に乱れた。養父母が自分の出自の秘密を不当に隠していたという――結局はそういうことになる――悲しい事実を突きつけられたからだけではない。いまだにどう見てもドイツの恥だとしか言いようがない、異様なナチスの組織がわたしに関わっていたことを示す、信頼度の高い証拠書類が見つかったことも理由のひとつだった。しかもその組織は親衛隊の直轄下にあった。

それでもわたしの全身を満たしていたのは衝撃ではなく、むしろ高揚感だった。こんなことを知らされて心がときめくなど、まったく信じられないことのように思えるのだけれども、それでも自分がどこの誰なのかという謎についてのさらに多くの情報を得る機会が、ようやく巡って来たと思えたのは確かだった。それに、ある意味ささやかな心の平安ももたらしてくれた。レーベンスボルン協会の真の姿はまだわからないままだったが――わかったのは何年もあとのことだ――自分が里子だということを知って以来ずっと心に抱えてきた不安から、一部ではあってもようやく解き放たれた。

自分が里子に出されたのは、実の両親がただ単にわたしを育てたくなかったからだという嫌な思い込みに、わたしはずっと心を痛めてきた。しかし自分で調べてみてわかったとおりに、被支配者たちの気持ちなど斟酌《しんしゃく》しなかったナチス政権がレーベンスボルン協会を設立したのだとしたら、わたしが協会に預けられた理由は政治的なものだったのかもしれない。そう考えると、かつての不安と苦しみはずいぶんと軽くなったような気がした。リリエンタール博士の手紙はそれなりの安堵をもたらしてくれたが、同時に一抹の懸念も生んだ。親衛隊の存在だ。終戦とともに消滅してしまった親衛隊は、六十年近く経ってもまだ恐怖と嫌悪を呼び起こしていた。そんな組織とわたしは、何らかのかたちで関わり合っていたのだ。わたしは一体どんな過程を経て、ヒムラーが作った恐ろしい組織の手で育てられることになったのだろう？　どんどん膨れ上がっていく調査が必要なナチスの関連組織のリストに、わたしは親衛隊をつけ加えた。

リリエンタール博士の手紙には、さらに驚くべきことが記されていた。わたしがレーベンスボルン協会の活動をほんの少ししかわかっていないと察した博士は、子どもたちがコーレン・ザーリスの〈ハイム・ゾンネンヴィーゼ〉に連れてこられた過程を説明してくれた。この施設に送られた子たちのなかには、帝国の人口を増やすというヒムラーの計画に基づいて協会の産院で生まれた子どももいた。しかしそれ以外の子どもたちは、明らかにどこかから無理やり連れてこられたのだ。

協会の産院で生まれた子どもたちは、レーベンスボルン計画の一環として里親に預けられたり養子縁組に出されたりする、ドイツ人の私生児たちでした。しかしコーレン・ザーリスで育てられた子どもたちのなかには、ドイツが占領した国でゲルマン化の対象として拉致された子たちもいたのです。

〈ゲルマン化〉という未知の言葉が出てきた。どういう意味の言葉なのだろうか？　そして、どうしてナチスは、自分たちが侵略した国の子どもたちをドイツに連れてきたのだろうか？　ヒトラーとその子分たちは、征服した国々の人たちのことをまさしく文字どおり〈劣等人種《ウンターメンシュ》〉と見なしていたと、わたしはずっと教わってきた。そして何よりも、あまりわかっていないわたしの里子縁組とどんな関係があるというのだろうか？　この疑問にもリリエンタール博士は答えを用意してくれていた。

ドイツ人の里親たちは、戦争が勝利のうちに終わったあとで養子として引き取る段取りでレーベンスボルン計画に協力していました。しかし第三帝国は崩壊してしまい、そうした養子縁組はご破算になってしまいました。里子たちの大半は生まれた国に帰されましたが、ドイツの里親たちの元に残った子たちもいたのです。

ドイツに残った理由はさまざまです。里子を愛してしまったからということもあります。自分の里子が外国人だということを隠して、本人にも教えていなかったという例もあります。自分の里子がまたどこかに移されたり、生まれ故郷に帰りたいと言われることが怖かったからです。つまるところ、里子から嫌われたり愛想をつかされたりするのを恐れたから本当のことを言わなかったのです。里子たちが白い眼で見られたり敵意を向けられたりしないようにするためでもありました。

戦争が終わっても養子に出されることがなかった子の裏側には、大抵の場合そんな理由があります。そうした子たちにしかるべき書類がない理由もそこにあります。

一部の連合国は里子たちの意思を尊重して、生まれた国に戻りたくない子たちの強制送還を避けました。実の家族がひとりもいなくなってしまったので、本国の当局の許可を得てドイツの里親の元に残った子たちもいました。

そしてここで、リリエンタール博士は一番強烈な爆弾を投下した。

フラウ・フォン・エールハーフェン、あなたは、ご自分がドイツ人であるご両親の本当の子どもではないと考えていらっしゃるのではないでしょうか？　実は、〈エリカ・マトコ〉というあなたのお名前も〈フォン・エールハーフェン〉というご両親のお名前も、わたしはもう何年も前に連邦公文書館に保管されている書類のなかに見つけていました。わたしはかれこれもう二十年以上レーベンスボルンについて研究しつづけていますし、大勢のレーベンスボルンの子どもたちのその後の人生も知っています。

そうした子どもたちの名前は、レーベンスボルン協会が作成した、ひとくくりに〈東方《オスト》の子どもたち《キンダー》〉と呼ばれていたポーランドとユーゴスラヴィアとチェコスロヴァキアからゲルマン化のために拉致された子どもたちのリストや、協会の元職員の記録や証言に出てきます。

あなたのご不安を一気に解消させる出生証明書などはありませんが、あなたがユーゴスラヴィア出身なのではないかということがわかる書類なら持っています。

この手紙をお読みになられたら、これからどうすればいいのかと思われるかもしれません。それについてはわたしとしては何とも言えませんが、ご自分の出自についての調査をこれからもお続けになりたいのであれば、喜んでお手伝いいたします。ご連絡はいつでもお待ちしております。

リリエンタール博士の手紙を読み終えたとき、わたしの心は渦巻いていた。拉致、ゲルマン化、東方の子ども《オスト・キンダー》たち……こんなまったく耳慣れない言葉に出会ってしまうなど、自分の出自を探る旅に踏み出したときは想像だにしていなかったし、どう理解すればいいのかもわからなかった。

そしてさらにユーゴスラヴィアのこともあった。バート・ザウアーブルンにもその近郊にもマトコ家という家族はいないとオーストリアの当局から言われてはいたものの、それでもわたしは自分の過去を探る旅の目的地はオーストリアなのではないかと何となく考えていた。そう考えたほうがいくらか気が楽だったのはたしかだった。インスブルックで十カ月過ごしたことがあるので親しみはあったし、ドイツ語を話す国なので言葉の障害もない。それなのに、また振り出しに戻って、今度は耳にしたこともない言葉でやり直さなければならないとは――それだけならまだしも、ユーゴスラヴィアという国そのものがすっかり変わってしまっていた。鉄のカーテンの向こう側に最後まで残っていたこの国は、血なまぐさい内戦を繰り広げた挙げ句にいくつかの国に分裂してしまっていた。どこから、どうやって手をつければいいのだろうか？

わたしはリリエンタール博士の言葉に甘え、彼に手紙を書いて助言を求めることにした。自分の過去に分け入る旅のあいだじゅう、わたしは何度もつまずき、足を止めた、しかしそのたびにわたしのために喜んで時間を割き、専門的な情報を惜しみなく与えてくれる人たちが現れるという幸運に恵まれた旅でもあった。リリエンタール博士は、わたしにとっては最初の、そしておそらく最も重要な案内人だった。まず博士はドイツ外務省と連邦内務省に手紙を書くべきだと言ってくれた。

わたしは博士のアドバイスを受けつつ両省に宛てて手紙をしたため、自分の身の上と戦時中に〈レーベンスボルン計画〉によって旧ユーゴスラヴィアから連れてこられたのではないかという考えを説明した。そして東欧の同等機関と連絡を取る手助けをしてほしいと頼んだ。

わたしの要望はにべもなく却下された。外務省も連邦内務省もつっけんどんで役に立たない返事を寄こした。いわく、協力は一切できないが、ひとつだけ言えるとすれば、スロヴェニア政府に連絡したほうがいいとのことだった。スロヴェニアとは、かつてはヒトラーの帝国の支配下にあったユーゴスラヴィアの北西部に誕生した新国家だ。

同じ頃、連邦公文書館からも返事がようやく届いた。これもまた何の役にも立たないもので、わたしの過去と関連のある文書は一切保管していないと向こうは言い張った。どうやら、どの政府機関もわたしの過去のことなどどうでもいいと考えているみたいだった。ここにひとつのパターンができつつあるような感じがしてきた――リリエンタール博士がエリカ・マトコと〈ハイム・ゾンネンヴィーゼ〉について記された文書をまさしく連邦公文書館で発見していることはわかっていたので、ドイツ政府当局はレーベンスボルンについて話すことを渋っていることがだんだんとわかってきた。それからの数カ月のうちに、わたしはそうした消極的な態度に再三再四遭遇することになる。

リリエンタール博士は、連邦公文書館以外のあまり知られていない二カ所の文書館ならレーベンスボルンの情報が見つかるかもしれないと言ってくれた。そしてスロヴェニアの連絡先を探してくれる人間も紹介してくれることになった。

今にしてみれば、ここがわたしの過去を探る旅の転換点だった。この先に進めば、もう後戻りはできないことはわかっていた。ドイツのあちこちにある文書館で埃《ほこり》を被っていた書類箱を開けたとき、どんな過去の亡霊を目覚めさせ、どんな秘密を掘り起こしてしまうのかわからなかった。しかしそれは今になってそう思えるというだけのことだ。そのときはほんの一瞬でも足を止めたくはなかった。自分に関することなら、ひいては自分を育ててくれた人間についてのことなら、わたしは何でも見つけてやると心に決めた。誰かを不快にさせる質問をすることになっても構わない。このまま旅を続けたい。その行く手を阻むものは何とかしたい。わたしの心は燃えていた。

その旅路の果てに待っていたものを、わたしは知る由もなかった。そしてどんな苦痛を味わされることになるのかも。

8章　バート・アーロルゼン

アドルフ・ヒトラーの導きにより、北方人種が世界で最も独創的かつ価値の高い人種であることをドイツ国民は知った。したがって、この貴重な北方人種の血脈の維持はドイツ国民に課せられた最も重要な義務なのである。

ハインリヒ・ヒムラー『人種政策について』（一九四三年の親衛隊の刊行物より）

バート・アーロルゼンはドイツ中部の風光明媚な小都市だ。

この市《まち》は二百五十年以上にわたってヴァルデック・ピルモント侯が統治していた、現在のヘッセン州とニーダーザクセン州にまたがる豊かで広大な農地を有した侯国の中心地だった。侯爵家はバロック様式の大邸宅を中心にして、格子状の通りが縦横に走る都市を作ろうとした。が、その壮大な計画は資金不足で半分しか完成せず、開発されなかった街区には低木が植えられた。

市《まち》を東西に真一文字に貫く目抜き通りのグローセ・アレーには、八百八十本のオークの木が整列した兵隊のようにきっちりと並んでいる。通りのちょうど真ん中には戦後建築様式の殺風景な建物があるが、通りから奥まった生け垣の先にあるので、市《まち》をふらりと訪れた人間の眼にほとんど留まることはない。

しかしその建物こそが、ヒトラーの帝国を理解するうえで最も重要な場所のひとつ、〈国際《I》追跡《T》サービス《S》〉の公文書館だ。ここには国家社会主義者たちによる犯罪行為の犠牲となった三十万人以上もの人々の個人ファイルが所狭しと並び、別館にまで溢れている。

ナチスが〝記録魔〟だったということは現代史では常識になっている。ITSに保管されている、並べると二万六千メートルにもなる文書と二十三万二千七百十メートルのマイクロフィルムが、その常識が正しいことを物語っている。そうした膨大な記録のどこかに、わたしがレーベンスボルン計画に組み込まれた過程を記した文書がある可能性が高いとリリエンタール博士は言った。

二〇〇〇年の早春、わたしは自分の出自に関する文書を探しているので協力してほしいという旨の手紙をITSに宛てて送った。そもそもITSはこうした要請に応えるために設立された機関なので、わたしが手紙に書いたことは〝建前上は〟何の問題もない当たり前のことだった。しかしだんだんわかってきたのだが、建前と現実のあいだには大きな隔たりがあった。そしてふたつのあいだを隔てているのは、大抵の場合は政治の力だった。

一九四三年、イギリス赤十字国際部は連《S》合《H》国《A》遠《E》征《F》軍最高司令部の要請を受け、行方不明者の登録と追跡業務を開始した。

戦争の中盤期から、ワシントンとロンドンの政府は戦後計画の立案に着手していた。さらに両国政府は、ナチスによる恐怖支配の影響で避難民と行方不明者がヨーロッパ全土で確実に大量発生すると考えていた。その予測を受け、一九四四年二月に〈中《C》央《T》追跡《B》局〉が設立された。戦線が東に移動し、ドイツ軍に支配されていた地域が次々と解放されていくにつれて、ＣＴＢは拠点をロンドンからヴェルサイユ、そしてフランクフルトに移し、一九四六年にバート・アーロルゼンに落ち着いた。この市《まち》で調査員たちはナチスの記録文書の保管業務を開始した。

かつての帝国の隅々から記録文書がバート・アーロルゼンに送られてきた。強制収容所や絶滅収容所、国防軍の前線司令部やナチスの登記所から連合軍が押収した記録文書は一枚一枚精査された。そうやってＣＴＢは、強制労働に駆り出されたり投獄されたり、もしくはホロコーストで殺されたりした老若男女問わず何千万もの人々の人生を再構築していった。

この前代未聞の大事業に、連合軍は最初からふたつの相反する目的を持って臨んだ。ひとつ目の目的とは、〈ニュルンベルク戦争犯罪裁判〉の証拠になり得る文書類の収集だった。この裁判で、敗戦国の指導者たちが歴史上初めて公判にかけられることになった。その罪状は、人道に対する罪と積極的に戦争を推し進めた共同謀議罪、そしてユダヤ人や東欧人といったさまざまな人々に対する産業レベルと言ってもいい大量虐殺を主導した罪だった。

ふたつ目の目的は長期的な展望に立ったもので、ホロコーストを中心として戦争を生き延びた人々の家族を見つけ出し、可能であれば再会させる仕組みを作り上げることだった。かくしてＣＴＢは押収した膨大な文書を基にして、そこに出てくる人々全員の人名索引を作成し、それを核にしてナチスの恐怖政治の被害者をひとりひとり特定していった。

自分たちが手をつけた作業の規模をあらかじめ把握していたかどうかはわからないが、連合国はすぐに膨大な量の件数に圧倒されてしまった。何しろ人名索引だけで五千万人分もあり、そのひとつひとつにそれぞれの人生が収められることになったのだから。その五千万の人々の名前が手書きで記された索引カードを作り終えたあとには紙の山が出来上がっていた。

時が経つうちに、戦争被害者の名簿作成という難事業の管理と、そして何よりも資金の責任はさまざまな機関でたらい回しにされた。一九四七年七月には、設立されたばかりの国際難民機関《IRO》がＣＴＢの管理業務を引き継ぎ、その名称を〈国際追跡サービス《ITS》〉に変更した。それから四年も経たないうちに、ＩＴＳはアメリカとイギリスとフランスの占領軍からなる連合軍高等委員会の管轄下に置かれた。一九五四年にドイツの占領状態が終わると、ＩＴＳは赤十字国際委員会《ICRC》の下部組織になった。すぐさまＩＣＲＣは、ＩＴＳのすべての日常業務を担当する専任管理者を任命すると宣言した。さらに言うと、その専任管理者はスイス人にしなければならないことにした。膨大な戦後処理の記録保管所を作るという使命の資金面と管理面の責任のなすり合いが繰り返された結果、ＩＴＳは継子《ままこ》扱いされることを運命づけられてしまった。

一九五四年に結ばれたパリ協定が五五年に発効し、新国家西ドイツの主権が認められると、ＩＴＳを巡る状況はさらに悪化した。協定の条項のなかに、ナチスの元被害者とその家族を傷つけるおそれのある情報の公開は一切禁じるというものが含まれていたのだ。善意に基づいて加えられたものだったとしても、その一文は結果的にバート・アーロルゼンの公文書館を世間の眼から隠してしまった。歴史学者もジャーナリストも、色あせた書類の山を調べることを禁じられた。それでもヒトラーの圧政の犠牲になった人々なら、理屈の上では自分に関する情報を問い合わせることができたはずだが、ここでもまた理念よりも利害を重視する現代ヨーロッパの〝現実政治《レアルポリティーク》〟が絡んできた。

二〇〇〇年の初め、つまりわたしがＩＴＳに宛てて手紙を書いた頃、ドイツ連邦議会はナチスの強制労働計画の犠牲になった人々に補償金を支給する基金を設立する必要に迫られていた。東欧から強制的に連れてこられ、ヒトラーの戦争機械を機能させるべく工場で重労働を課せられた男女は、まだ百万人は存命していると推測された。基金設立の法律がただちに可決され、〈「記憶・責任・未来」基金〉が立ち上げられ、被害が認定された人々に補償金が支給されることになった。が、認定の根拠となる証拠の大部分はＩＴＳにあった。基金側の調査依頼が殺到し、それ以外の依頼は無視されるかおざなりに処理された。そのなかにわたしの手紙が紛れていた。その結果、わたしの名前は一切見つからなかったという旨の、のちにまったく事実に反した調査内容だということが判明する短い返事がきた。

ＩＴＳのすべての保管文書が完全公開されたのは、それから七年後のことだった。失われた七年という年月は、わたしの実の家族探しに大きな影響をもたらすことになる。ずっと探し求めていた数枚の書類のことを明かすのは、わたしの物語のなかでしかるべき時が来るまで待っていただく。レーベンスボルンの起源を説明するにはわたしの物語からいったん離れて、まずはバート・アーロルゼンを覆っていた秘密のヴェールを取り払わなければならない。

ナチスの戦争機械から押収した無数の文書のなかに、ハインリヒ・ヒムラーに関するものが多数含まれていた。ヒムラー関連の文書はＩＴＳに送られ、親衛隊帝国指導者が作った数多くの組織と、それらを支えていた奇怪で妄執に満ちた信念体系に応じたフォルダーに振り分けられた。

十九世紀末、ある人種や民族がそれ以外よりも優れているという邪悪な思想が芽吹いた。この思想に基づく〝科学〟である優生学は、一九二〇年代初頭に西洋世界全体に広まっていた。優生学では、人間のあいだには優劣があるのだから優れた人間たちの生殖率を高めることで人類全体の遺伝的血統を改良し、その結果あまり好ましくない人間の生殖率が低くなるのは当然正しいことだとされた。今からすればとんでもない考え方なのだが、当時は各界の著名人から支持されていた。支持者のなかにはイギリスの作家H・G・ウェルズ、近代的な産児制限を提唱したマリー・ストープス、そしてウッドロー・ウィルソンとセオドア・ローズヴェルトというふたりのアメリカ大統領もいた。

さまざまな優生学協会が誕生し、その多くを資金援助していたのはアメリカの財力のある財団だった。そうした優生学協会の目的は、一九一一年に発表されたカーネギー財団の支援による研究論文の言葉を借りれば〝人類中の欠陥のある生殖質を削除する、最も有効な実用的手段〟の推進だった。最も推奨された手段は断種手術と安楽死だった。

優生思想はナチスにおあつらえ向きの信念体系だった。ナチスは優生思想を巧みに利用し、ドイツ人は超人種《ユーバーメンシュ》であるアーリア人（北方人種とよばれることもあった）の末裔であり、ふたたび世界の覇者になることを運命づけられているという欺瞞に満ちた思想を編み出した。一九二五年、ヒトラーはこの戯言を高らかに謳う自伝的な宣言の書『わが闘争』を著した。

> われわれが今日、人類文化について、つまり芸術、科学および技術の成果について目の前に見出すものは、ほとんど、もっぱらアーリア人種の創造的所産である。だが外ならぬこの事実は、

アーリア人種だけがそもそもより高度の人間性の創始者であり、それゆえ、われわれが「人間」という言葉で理解しているものの原型をつくり出したという、無根拠とはいえぬ帰納的推理を許すのである。*1

われわれが闘争すべき目的は、わが人種、わが民族の存立と増殖の確保、民族の子らの扶養、血の純潔の維持、祖国の自由と独立であり、またわが民族が万物の創造主から委託された使命を達成するまで、生育することができることを目的としている。*1

四年後、ヒトラーは党集会でこの考え方を繰り返し述べている。

ドイツで年に百万の子どもが生まれ、七十万から八十万の劣等人種を取り除くことができたなら、最終的にドイツ民族はさらに強化されるかもしれない。

この言葉は、ナチ党内の権力の梯子《はしご》を一気に上って総統《フューラー》の一番の子分となったハインリヒ・ヒムラーの常套句《じょうとうく》となった。親衛隊の最高指導者に任じられたヒムラーは、その年に親衛隊の幹部たちに対してこう述べた。

我々はドイツの内外において北方人種の復活を果たさなければならない……この苗床から二

百万の北方人種を生み出せば、世界は我々のものとなるだろう。したがって、我々には次の世代が歴史を創造し得る基礎の構築が求められている。

基礎の構築は一九三三年にヒトラーが政権を掌握するとただちに開始された。最初の一手は〈遺伝性疾患子孫防止法〉の制定だった。この〝断種法〟は妊娠可能年齢にある女性患者に遺伝性疾患が確認された場合は必ず申告することを医師たちに義務づけ、違反すると相当額の罰金が科せられた。この新法の冒頭には、ナチスから見た問題点と根本原因が示されている。

民族革命（ヒトラーが法による支配を獲得した強硬的な政府転覆活動）以降、人口政策に対する疑問と出生率の低下に世論は沸き立っている。

しかしながら、深刻な不安をもたらしているのは人口減少だけではない。徐々に顕著になりつつあるドイツ国民の遺伝的構成もまたしかりである。

元来、健全な伝統的な家庭ではほとんどの場合、ひとりもしくはふたりの子どもしか産まないという方針を採用してきた。その一方で、無数の劣等者と遺伝性疾患を有する者が際限なく増殖している。そうした疾病と障害を有した子孫は社会の重荷となっている。

ナチスの考えついた解決策はあからさまなものだった——断種だ。優生裁判所が各地に設立され、民族的基準を満たしていないと判断された人間は強制的に去勢された。この措置がどれほど暴力的で野蛮なものだったのかは、優生裁判所の決定に対する異議申し立ての件数とその結果を見ればよくわかる。法の施行から一年も経たないうちに四千件の異議申し立てがなされたが、そのうちわずか四十一件しか異議は認められなかった。五年後に第二次世界大戦が始まるまでのあいだに、少なくとも三十二万人がこの法律の下に無理やり断種手術を受けさせられた。

この残酷な新法は、〝劣等者〟がドイツ国民の血統を汚し劣化させるという喫緊の課題に取り組むことを目的としたものだったが、何をもって劣等者とするのかについては具体的に示されていなかった。そこで一九三五年九月の党大会で、帝国医師会会長のゲルハルト・ヴァーグナーが〈帝国市民法〉と〈ドイツ人の血統と名誉を守る法律〉という新法が近々制定されると発表した。数日のうちに、世に言う〈ニュルンベルク法〉が制定された。

ニュルンベルク法はナチス国家の国民を四つのカテゴリーに分類した。父方と母方の祖父母が全員ドイツ人の人間は〈Deutschblütiger《ドイチュブルティガー》（純血ドイツ人）〉とされ、四人の祖父母のうちひとりもしくはふたりがユダヤ人の人間は〈Mischling《メシュリンク》（混血）〉とされ、その度合いに応じて一級と二級に分けられた。三人もしくは四人全員がユダヤ人の場合はただ単に〈Jude《ユーダ》（ユダヤ人）〉とされた。〈純血ドイツ人〉に連なる人間だと正式登録された人間のみが〝人種的に好ましい〟とされ、〈Reichsbürger《ライヒスブルガー》（帝国市民）〉の資格を得ることができた。〈混血《メシュリンク》〉はそれより劣る〈Staatsangehörige《シュターツアンゲホリガ》（国籍所有者）〉とされた。ユダヤ人は法律の制定後はあらゆる市民権を剝奪され、アーリア人種と非アーリア人種間の結婚は非合法化された。

こうした人種的区分の形式化をナチスは推し進めた。正真正銘のアーリア人種であると証明された人間には〈Ariernachweis《アーリアナファイス》（アーリア人証明書）〉が発行された。そのうち家系を一八〇〇年までさかのぼり、〝父方と母方の祖先ともユダヤ人もしくは有色人種の血が流れていない〟という基準を満たす者には〈Grosser Ariernachweis《グローサー・アーリアナファイス》（上級アーリア人証明書）〉が、本人と両親、そして父方母方双方の祖父母の計七通の出生もしくは洗礼証明書と三通の結婚証明書しか提出できない者には〈Kleiner Ariernachweis《クライナー・アーリアナファイス》（下級アーリア人証明書）〉が発行された。

　狂気の行政制度はこれだけにとどまらない。ナチス国家では、さらに二通の証明書が重要なものとされた。一通目は〈Ahnenpaß《アーネンパス》〉で、祖先の人種的特徴を教会の記録から引き写した、まさしく〝祖先の通行手形〟だった。二通目の〈Ahnentafel《アーネンタフェル》〉は、祖先のことをこと細かに記した〝家系図〟だ。

　ニュルンベルク法と、この法律が生んだ異様な人種証明書を第一の礎《いしずえ》として、ナチスはユダヤ人問題の〝最終的解決〟策——つまりホロコースト——を策定していった。しかしニュルンベルク法と人種証明書はユダヤ人根絶政策と表裏をなす計画の要石でもあった。その計画とは、ヒトラーの千年帝国を統《す》べる純血アーリア人という〝支配人種〟を生み出すことを目的としたもの、つまり〈レーベンスボルン計画〉だ。そしてこの計画の図面を引いたのはハインリヒ・ヒムラーだった。

　レーベンスボルン協会の必要性を説明する文書のなかで、ヒムラーは協会設立の動機は私心のない良識あるものだと主張している。

　本官がレーベンスボルン協会を立ち上げた理由は、婚外子を身ごもってしまった不幸な女性が世間から爪弾き者にされることは正しくないという考えからくるものだ。そうした女性をとがめ、ひどい扱いをしてもいいという風潮を生み出している、ありとあらゆる道徳観念を、本官は疑問視している。また、そうした女性たちに救いの手を差し伸べる政府機関がないのに、彼女たちが罰せられることも正しいことだとは思えない。

レーベンスボルン協会が運営する施設では、すべての女性はフラウ・マリアだとかフラウ・エリザベスであるとかの洗礼名で呼ばれる。施設に収容された女性たちは既婚未婚を問われることはない。施設では彼女たちを教育し、保護し、出産後も扶養を与える。

このヒムラーの説明が事実だったとしても、レーベンスボルン協会の産院は望まない妊娠をしてしまった女性全員に開かれた施設ではなかったことを忘れてはならない。ヒムラーが人種的に見て価値がないと見なしていたユダヤ人と〝混血《メシュリンク》〟の女性たちは、当然ながら除外された。

戦争の暗雲が立ち込めてきた頃のヒムラーの文書は、レーベンスボルン計画の目的に変化が生じたことを示している。もはや計画の目標は純血アーリア人の血統の増産だけにとどまらなくなったのだ。近い将来のことを見据えていたヒムラーは、一九三九年十月に未来の支配人種についての計画に大きな脅威が立ちはだかっていることに気づいた。

戦争というものは、すべからくおびただしいほどの最良の血が流される。軍事力によって得られた勝利は、国家の活力と血統に壊滅的な敗北をもたらしてきた。しかし最悪なことは、戦争の勝利に必要不可欠な最高の兵士たちの嘆かわしくも悲しむべき死ではない。戦死したものは言うに及ばず、従軍中の兵士たちはその間は子どもをもうけることができないという点こそ憂慮すべきなのだ。

かくしてヒムラーは自分の配下の男たちに驚天動地の命令を下した。親衛隊員と警察官全員に出された〝機密〟命令書には、帝国に対する〝神聖なる義務〟を完遂せよと書かれていた。その〝神聖なる義務〟とは、既婚者も未婚者も帝国の次代を担う子どもをもうけるべしというものだった。

一九三九年十月二十八日、ベルリン

ドイツ人として正しい血統につらなる成年および未成年女性たちが、生還できるか否かは運命のみぞ知る戦争に出征しドイツのために戦う兵士たちの子どもを産むことは、たとえその子が軽率な判断からではなく真摯な思いから生まれた婚外子であったとしても、高貴な義務だと言えよう。平時であれば必要とされるブルジョア的な法律や慣習の枠組みも、有事においては超えなければならないこともあるのだ。

先の大戦においては、数多《あまた》の兵士が決然とした責任感を抱き、銃後に残された妻が困窮と悲嘆の暮らしを余儀なくされないように配慮し、戦中は子どもをもうけないように努めた。そうした不安を、諸君ら親衛隊員は抱く必要はない。以下に記す規則により、そうした懸念は払拭されるからだ。

一．本官が選んだ特別委員会が親衛隊帝国指導者の名において、戦死した兵士の子どもの嫡出・非嫡出のいかんを問わず全員の後見人となり、その保護にあたる。

我々はそうした子どもたちが成人年齢に達するまでその教育を代行し、物質面の扶養を行う。そうすることによって、夫を亡くした母親たちが貧困に苦しむことはなくなる。

二．戦時においては、親衛隊はそのさなかに生まれた嫡出子および非嫡出子全員と、必要に応じて妊娠中の母親の扶養にあたる。戦後においては、帰還を果たした兵士のなかでしかるべき根拠に基づいた申請がなされた者には、追加の物質的支援を惜しみなく提供する。

親衛隊員および母親たちは、総統《フューラー》に対する信頼に応え、そして我々の血統とドイツ国民の利益に対する勇敢さと、ドイツのための新たな命を創造する心構えを示すことを求められる。

この命令書では、つまりフリーセックスを公認するどころか要求しているのだ。純血人種の男女は婚姻関係にあろうがなかろうが性交を命じられて子どもをもうけ、国家としての〝正しい血統の資源〟を保護する。それが目的だった。そうやって婚外子が生まれても、罰金が科せられることも社会的不名誉とされることもなかった。

何もこのヒムラーの命令書の過激な部分を大げさに表現しているわけではない。ただ、この時点で実権を掌握してから六年を経ていたナチスは、その間に古くからあるドイツの家族観を根底から弱体化させていたが、それでもドイツ社会は宗教的に保守的なままだった。婚外性交渉をタブー視する社会的道徳観を、国民も教会も捨てられずにいた。

このヒムラーの新たな人口政策に対して、ナチ党内部からも国防軍からも異論が噴出した。それでもヒムラーは頑として譲らなかった。〝生殖推進命令書〟から三カ月後、彼は自らの信念を絶対に曲げないことを自分の配下に対して示した。

一九四〇年一月三十日、ベルリン
親衛隊帝国指導者および帝国警察長官より
全親衛隊員および全警察官への命令書

諸君らは、本官が一九三九年十月二十八日に発した、戦時下においても可能な限り子どもをもうけることは諸君らの責務であるという命令書を承知しているものと思う。現実の問題に言及し、率直に議論しているこの命令書は、良識を持って発案され、同様に良識を持って受け入れられた。しかしこの命令書は、一部からではあるが誤解と意見の不一致を生んでいる。それゆえ本官は、どのような疑念や誤解が生じており、それについてどういわれているのかを諸君らひとりひとりが把握しておく必要があると感じた次第である。

本官の命令書に対する異論とは、それはつまり婚外子が誕生することにほかならず、それには未婚かつ独身の成人および未成年女性の結婚に基づかない出産が必然的に伴う、というものだ。その点については議論する意味などない。なぜなら、その答えは、とある未婚の母親に宛てた副総統の手紙のなかにしっかりと記されているからだ。その内容を、一九三九年十月二十八日の命令書と共に同封しておく。

副総統とはルドルフ・ヘスのことだ。一九三九年のクリスマスに、ナチ党の日刊機関紙〈Völkischer Beobachter《フェルキッシャー・ベオバハター》（民族の監視者）〉は、ヘスが架空の未婚の母に〝新しい道徳規範〟を説く公開書簡を掲載した。

> 国家社会主義体制では、国家が特別非常事態にある場合は、わたしたちの基本原則とは相容れない特別措置が取られることがあります。その特別措置は、国家に対する家族の役割についても及びます。わたしたちの正しい血統につらなる多くの兵士たちの死を伴う戦時下においては、新たに誕生する生命は国家にとって特別な意味を持っています。だからこそ、人種的に何ら問題のない若い男性が、同様に遺伝的に健全でしかるべき年齢の女性を通して、その血脈を次の世代につなげることができるのであれば、この貴重な国家の富を護る措置が取られることになるのです。

ヒトラー政権で自分よりも上位にいるヘスの言葉を引き合いに出した背後には、それなりの大義名分を得ようとした意図がまちがいなく見て取れる。しかし自身が絶対的な指揮権を有する親衛隊が帝国の次世代にとって極めて重要な役割を果たすというヒムラーの信念は揺るぎないものだった。

本官の命令書に対する最大の誤解は、〝平時であれば必要とされるブルジョア的な法律や慣習の枠組みも、有事においては超えなければならないこともある〟という一節に関するものだ。これを誤解する向きは、あたかも親衛隊員たちに出征兵士の妻たちに言い寄ることを奨励しているかのように読んでしまうのだ。まったく度し難い考えなのだが、それでもこの点については論じ合わなければならない。

そうした理解に苦しむ言説を繰り返し世に拡げようとする一派は、一体ドイツ女性をどのように考えているのだろうか？　八千二百万もの人口を抱える国家において、たとえ恥ずべき動機や相手の弱みにつけ込んで既婚女性に言い寄る男性がいたとしても、両者のあいだには誘惑というものが存在しなければならない。一方が他方を誘惑しようとし、他方はその一方からの誘惑を受け入れなければ関係は成立しない。

我々親衛隊には同志の妻には言い寄ってはならないという掟がある。それは別にしても、ドイツ女性はどんなことがあっても貞節を貫くものだと我々は考えている。それ以外の意見はドイツ女性に対する侮辱として、すべてのドイツ男性から満場一致で否定されるべきである。

ヒムラーは断固とした反論を展開するが、それでも彼が婚外性交渉を推奨しているという批判を完全に否定するには程遠いものだった。実際にはその三年前からナチスの性道徳に対する懸念は広がっていた。一九三七年の夏、ナチスの宣伝大臣に宛てた体《てい》の『ゲッベルスへの公開質問状』という数千部のパンフレットが全国に出回った。〈ミヒャエル・ゲルマニカス〉というペンネームの作者の手によるこのパンフレットは、ナチスに蔓延していた性的乱交についてあからさまに言及していた。

そうした性的不品行は田舎の別荘やヒトラー・ユーゲントのキャンプでも繰り広げられた。風紀の乱れた悪しきキャンプは、ドイツ女子同盟の少女たちを〝若い母親〟にしてしまった……

『ゲッベルスへの公開質問状』を持っていた者を逮捕し投獄しても、ヒムラーが自分の〝生殖推進命令書〟を擁護しても、それでもレーベンスボルン協会の施設は親衛隊員がしかるべきアーリア人女性と情交を結ぶ場所として使われているという根深い懸念を完全に払拭することはできなかった。それどころか、ヒムラー自身の発言がこの根も葉もない噂に拍車をかけることもままあった。とくにレーベンスボルン計画における親衛隊員の役割を説明した際の「〈Zeugungshelfer《ツィグンシェーファー》（生殖補助者）〉として推薦されるのは価値の高い、人種的純血の男性のみだ」という不適切な発言は火に油を注いだ。この言葉が結果的に〝親衛隊の種付け場〟というレーベンスボルンの神話の根拠となったことは容易に想像がつく。

しかしそうした噂はさておき、親衛隊はまぎれもなくレーベンスボルン計画で中心的役割を果たしていた。一九四〇年一月の声明で、ヒムラーはこの計画における親衛隊の父親としての役割を示した。

なぜ親衛隊員と警察官の妻だけが特別な待遇を受けるのかという疑問が生じているのはたしかだ。しかしその答えは極めて単純なものだ。なぜなら、親衛隊員はその自己犠牲の精神と同志意識の発露により、指導者から平隊員に至るまで自発的に献金し、何年にもわたってレーベンスボルン協会に必要な資金を提供してきたからだ。

本官のこの声明が発せられたのちは、あらゆる誤解は解消されるはずである。しかしイデオロギー的な見解を受け入れてもらわなければならない場合はいつもそうであるように、この神聖なる問題が安っぽい冗談や嘲笑の対象とならないようにし、ドイツの男性と女性の双方からの理解を勝ち取ることは、諸君ら親衛隊員に与えられた責務なのである。

レーベンスボルンを理解し、それによってわたしがどこの誰なのかという謎の真相に迫りたいのであれば、終戦から五十年以上を経てもなお恐怖と憎悪と嫌悪感を植えつける力を保ちつづけているこの組織の歴史と本質を深く掘り下げなければならなかった。さらに言うと、親衛隊の研究にも没頭しなければならなかった。

9章　命令

親衛隊の基本原則は唯一無二の絶対的なものである――我々の血脈に連なるものに対しては誠実で、信義に厚く、仲間意識を抱かなければならない。

ハインリヒ・ヒムラー
親衛隊将校たちに向けた一九四三年十月六日の演説

ノルトライン＝ヴェストファーレン州の鬱蒼とした森となだらかな丘陵地帯を見下ろす谷の上に、ヴェーヴェルスブルク城は建っている。中世期にパーダーボルンの市《まち》を支配していた領邦司教によって建てられたこの城は、三基の円塔を巨大な城壁でつなげた三角形の形状をしている。

一九三三年十月、ハインリヒ・ヒムラーはこの地を訪れた。親衛隊帝国指導者のヒムラーは、親衛隊のイデオロギー面の養成所と精神面の司令本部にふさわしい場所を探していた。ヴェーヴェルスブルク城を一目で気に入ったヒムラーはこの城を接収した。

この接収の背景にはヒムラーの仰々しい計画があった。ドイツ神話に取り憑かれていたヒムラーは、ヴェストファーレン地方こそがまったくの架空の存在である超人種《ユーバーメンシュ》アーリア人の本貫地だと信じ込んでいた。一九三四年九月にヒムラーが正式に城を支配下に置くと、〈民族の監視者〉紙はドイツの古代史と神話の研究を〝イデオロギー的・政治的修練〟の基本とする親衛隊学校の設立を記念する豪奢な式典が催されたと報じた。

ナチスの日刊機関紙はヒムラーの真の目的までは伝えなかった。ヒムラーはこの城を、彼の言葉を借りれば〝最終的勝利を得たのちの世界の中心となる〟砦《とりで》にするつもりだったのだ。その最終的勝利をもたらす存在が親衛隊なのだから、ヴェーヴェルスブルク城は親衛隊の得体の知れない〝兄弟愛の絆〟を賛美し涵養《かんよう》する要塞に変えなければならない。ヒムラーはそう考えていた。

親衛隊は、ドイツ南部を拠点にしていたナチ党が街頭で政敵たちと小競り合いを繰り広げていた騒乱の一九二〇年代に、ヒトラーの護衛を目的とした寄せ集め的な小規模準軍事組織として誕生した。一九二九年にそのトップに上りつめたヒムラーは、親衛隊の全面改革を断行した。それまでの野暮ったい制服は、意図的に禍々しさを醸し出す黒ずくめのものに替えられた。新しい隊則が導入され、喫煙は禁止され軍事教練が行われるようになった。

ヒムラーが親衛隊帝国指導者になると、親衛隊の規模は急速に拡大し、一九三二年には隊員数は五万を数えるまでに至った。新しい入隊基準も設けられた。身長は百七十センチメートル以上で、入隊から一定の訓練期間を経て正式に隊員として認められる。佐官への昇進は入隊から十二年、将官なら二十五年待たなければならなかった（例外もあった）。こうした厳しい基準があったにもかかわらず、入隊志願者は何万人もいた。

しかし身長基準も昇進の年齢制限も単なる手始めに過ぎなかった。親衛隊の実権を掌握した瞬間から、ヒムラーは将校以上の階級を人種的・民族的に健全な血統を引く者たちのみで構成するようになっていった。

ヒムラーは志願者ひとりひとりの〈Erscheinungsbild《アッシャイヌゥンクスビルト》（表現型）〉を査定する〝人種委員会〟による評価制度を導入し、志願者を五つのカテゴリーに分けた。最上位のカテゴリーは〈純粋北方人種〉で、次いで〈圧倒的に北方人種であるかファーレン人種〉、三番目は〈上位ふたつのグループにアルプス山地人種、ディナール人種（南欧）、地中海人種が少々混ざっている人種〉、四番目は〈圧倒的に東欧人種〉、そして最下位は〈非ヨーロッパ人種との混血〉だった。上位三つのグループのみが親衛隊にふさわしい人材と見なされ、残りはただちに除外された。

ところがこの評価にしてもひとつ目のハードルに過ぎなかった。人種という関門をくぐり抜けた志願者たちは、今度は人種的特徴以外の身体的特徴を徹底的に調べられ、一から九までランク分けされる。一から四のカテゴリーに入った者は無条件に入隊を許された。体力的にも体格的にも七以下とされたものは入隊の断念を促された。その中間の五と六の志願者は、身体的欠点を補って余りあるほどのナチ党への熱狂的な傾倒ぶりを見せれば寛大な措置を受けて入隊を認められた。

こうした難関を見事突破しても、さらにもうひとつの基準が厳しく適用された――下士官は一八〇〇年、将校なら一七〇〇年代中頃までさかのぼることができる家系の出であることを示す証拠の提出が求められたのだ。ナチス・ドイツの一般市民である〈帝国市民〉が上級と下級の〈アーリア人証明書〉を発行されることになったように、親衛隊の全隊員は自分が人種的に〝健全な〟家系に連なる人間であることを証明する〈Sippenbuch《シッペンブッフ》（家系書）〉を携行することになった。

わたしは、親衛隊の根底にある思想を形容する言葉をなかなか見つけられないまま、この組織について書いている。〝おぞましい〟であるとか〝グロテスクな〟という言葉を使うことができれば楽なのだけれども、それで本当に伝わるとは思っていない。ヒトラーの帝国の手で育てられた女性であるわたしは、ナチスの〝血〟への執着ぶりはとどまるところを知らなかったことは痛いほどわかっている。当然、世界を巻き込む戦争とそれがもたらした破壊だけでなく、アウシュヴィッツやトレブリンカやベルゲン・ベルゼンといった絶滅収容所のことについても同様だ。

しかし言葉では正しく表現することは望めないとしても、この歴史から眼を逸らしてはならないことは最初からわかっていた。わたし自身の過去の歴史も、ヒムラーと親衛隊に密接に関わり合っている。彼らの人種に対する歪んだ思想のどこかにレーベンスボルンの真実が、そしてわたしの出自の謎を解くカギが眠っているはずだ。わたしはそう確信していた。

親衛隊帝国指導者のヒムラーは、ただ単に純粋人種の軍団を作ろうとしていたわけではなかった。親衛隊を新たな世代の基礎として、支配人種の父親にしようとしていたのだ。この計画を最初に発案したのはヒムラーではなく、彼が〈親衛隊人種ならびに移住本部《RuSHA》〉のトップに任命したリヒャルト・ヴァルター・ダレだった。アルゼンチンからドイツに帰国して養鶏に携わっていたダレは、一九三〇年に『血と土』という著書をナチ党の出版社から出した。

> 親衛隊の人材を利用して、我々は新たな貴族階級を創出していく。創出に際しては、かつての貴族階級が無意識のうちに行っていたように、生物学の法則に沿って計画的に進める。

自身もかつては養鶏場を営んでいたヒムラーは、ダレの畜産業を用いた比喩を全面的に肯定し、〝動物および家畜で成功した交配手法を人間にも応用すること〟は可能だとするダレの原則を取り入れた。

しかしヒムラーは、まったく新しい世代を創出するというこの試みを親衛隊内部のみに限って行うことにしていた。彼は、兄弟愛に貫かれた虎の子の組織のメンバーが厳密な基準から外れて〝番《つが》う〟ことを許さなかった。この掟を徹底させるべく、一九三二年にヒムラーは十項目からなる婚約と婚姻に関する布告を全親衛隊員に発した。

一．親衛隊は、特別な基準に基づいて北方人種と認められたドイツ男性からなる組織である。

二．国家社会主義のイデオロギーを鑑み、ドイツ国民の未来は正しい血統の選別と健全な継承による人種の保全にかかっているという認識の下、未婚の全親衛隊員を対象にした婚姻認可制度を一九三二年一月一日より開始することとする。

三．この制度は、純粋北方人種のドイツ人による遺伝的に健全な一族を構築することを理想の目標として掲げるものである。

四．婚姻認可証の交付の可否は、人種的健全性と遺伝のみに基づいて判断されるものとする。

五．婚姻を意図する親衛隊員は、すべからく親衛隊帝国指導者の発行する婚姻認可証を取得しなければならない。

六．婚姻認可証の交付を拒否されたにもかかわらず婚姻を強行した隊員は、親衛隊からの追放もしくは婚姻を撤回という選択肢を与えられる。

七．結婚認可証の内容を具体的に説明するべく、親衛隊内に〈人種局〉を置くこととする。

八．人種局は〈シッペンブッフ（家系書）〉の管理業務を行うものであり、結婚認可証が付与されるか婚姻の請願が暗黙のうちに認められたのちに、新たに加わった配偶者側の家系を追加する。

九．人種局を管轄する親衛隊帝国指導者および同局の専任局員は、隊員の人種的情報についての守秘義務を誓わなければならない。

十．この公布によって、親衛隊は意義のある大きな一歩を踏み出すものと考えられる。我々は嘲笑も冷笑も無理解ももののともしない。未来は我々の手中にある！


親衛隊の未来を確たるものとするべく、ヒムラーは結婚を予定している親衛隊員とその婚約者が詳細にわたる質問票に答えなければ祝福を授けないことにした。質問内容は髪と瞳と肌の色と身体的特徴など多岐にわたり、さらには双方の水着姿を撮影した写真も提出しなければならなかった。

この制度の目的がしっかりと理解されない場合に備えて、ヒムラーは親衛隊には新たな世代を育成する義務があるとする根拠を、あけすけにこう述べている。


子どもの少ない結婚は浮気と大差ない。本官は親衛隊員、とくにその指導者には良き見本となることを望む。少なくとも四人の子どもをもうけなければ、それは健全な婚姻関係と呼べるものではない。

その一方でヒムラーは、子どものいない、あるいはもうけることができない親衛隊員への対策も取っていた。それがレーベンスボルン協会だったのだ。設立から九カ月の一九三六年、謎に包まれたこの組織は親衛隊の直轄下に置かれた。するとヒムラーは子どものいない親衛隊の将校たちに対して、レーベンスボルン協会の施設を利用し、少なくともふたりか三人の子どもを得ることを求めた。

子どものいないすべての親衛隊指導者は、先天的疾患を有さない、人種的価値のある子どもを養子にし、我々の哲学の精神を教え込む義務を与えられている。

このヒムラーの言葉に、わたしの全身に怖気が走った。ヒムラーは自分の配下の高官たちに養子を取ることを求めていたのだ。わたしの出自にレーベンスボルン協会がどのように関わっていたのかはまだほとんどわかっていない状態ではあったものの、それでも自分が協会の施設のひとつで育てられたことはわかっていた。親衛隊がレーベンスボルン協会を直接的に管理していたという事実は――つまりごく幼かった頃のわたしをその手で育てていたという事実は――不吉な影を落とした。協会と親衛隊の関係は、単なる官僚的手続きの問題ではなかったのだ。現にレーベンスボルン協会の設立趣旨書には、名目上は慈善団体となっていた組織と黒い制服に身を包んだ親衛隊が深く結びついていたことがあからさまに記されている。

レーベンスボルン協会の運営費は、まずは協会員の会費によってまかなわれることになる。本部付きの親衛隊指導者は、全員協会員になることが義務づけられる。会費は各指導者の年齢および子どもの数に応じて定められる……

二十八歳で子どもがいない場合は高額の会費が課せられる。三十八歳までにはふたり以上の子どもをもうけるべきだが、その目標が達成されなかった場合は、再度高額の会費が課せられる。年齢に応じて適切とされる数の子どもをもうけることができなかった場合は、適正人数から実際の人数を差し引いた分の会費を追加で支払わなければならない。

未婚を貫けば国家と民族の義務を免れることができると考えている者はかなり高額の会費を課せられることになり、結果として独身でいるより結婚したほうがいいと考えるようになるだろう。

わたしのなかでは、愛情と慈しみに包まれた産院のイメージと悪名高い親衛隊がどうしても結びつかなかった。一体どこをどう考えれば、死を象徴する髑髏《どくろ》をトレードマークとする組織が恐怖と疑念ではなく温かみと信頼をもたらすという発想になるというのだろうか？　全員が全員——偏狭で人種に取り憑かれていたヒムラーすらも——そう考えていたのだろうか？　結局のところ、誰もそんなことは気にも留めていなかった。レーベンスボルン協会を自分以外の人間に委ねたとき、ヒムラーはこう記している。

我々の黒い制服を見ると不安を覚える人間がドイツにいることはわかっている。むろん、我々はしっかりと理解している。我々親衛隊は多くの人に好かれることを求められない組織なのだ。

調べれば調べるほど、親衛隊はつまるところ〝氏族〟なのだという思いがさらに強まっていった。純粋人種という聖杯を永遠に追い求めつづける現代のチュートン騎士団というヒムラーの信念に基づいて作られた、閉鎖的で秘密めいた氏族という表現がぴったりとくる。そしてヴェーヴェルスブルク城はその本貫地だった。親衛隊帝国指導者の指示の下、城は彼の妄想に沿って改装された。それぞれの部屋には〈聖杯〉や〈アーサー王〉といった神話にちなんだ名前がつけられ、ふたつの特別な地下室が新たに設けられた。

ふたつの地下室のうち、より深いところにある一室は〈Obergruppenführersaal《オーベルグルッペンフューラーザール》（上級集団指導者たちの間）〉と呼ばれ、十二人の親衛隊最高幹部のための部屋とされた。部屋の中央で〈永遠のかがり火〉が焚かれ、アーチ状の天井に鉤十字《ハーケンクロイツ》が彫り込まれたこの空間でヒムラーは自らが考案した神秘的な儀式を執り行った。その儀式で称賛されていたのは――そしておそらく崇拝されていたのは――〝死〟だった。

同時に、親衛隊はレーベンスボルン協会の産院で誕生した新しい生命の養育と保護にあたった。第三帝国が炎のなかに消えてしまってから半世紀以上が経ってもなお、この死と生が並立する状態は狂気の所業のように思えた。

それでもヒトラーとヒムラーを筆頭とした、新世代の支配人種を創造するというナチスが自らに課した使命を推し進める者たちは、その使命の成功は〝確実で揺るぎない〟ものだと完全に信じていると公言していた。開戦から二年後、ヒトラーはこんな声明を発した。


今後百年ほどのうちに、ドイツの精鋭たちはその全員が親衛隊による人種選別によってのみ生み出されることになると、わたしは固く信じている。


ちょうどその頃、元開業医でレーベンスボルン協会の主任医官だったグレゴール・エープナーは「レーベンスボルン計画により、三十年後には六百の連隊が追加されるだろう」と豪語している。

わたしはこのエープナーの予測を計算してみた。大抵の場合、連隊は五百から七百人の兵員を抱えていた。レーベンスボルン協会の産院で生まれた子どもたちだけで構成される六百の連隊が新たに追加されるということは、一番少なく見積もっても三十万人の子どもが必要になる。

ということは、わたしのようにレーベンスボルン計画によってもたらされた子どもが、ドイツ全土で何十万人もいたということになる。本当だろうか？　もしそうだとしたら、そうした兄弟姉妹がいたと聞いたことがないのはどうしてなのだろう？　それに何よりも、彼らはどこにいるのだろうか？

10章　希望

若いときは何を望むかは気をつけるべきだ。その望みは中年になって手に入れることになるのだから。

ヨハン・ヴォルフガング・フォン・ゲーテ

行き止まりになってしまった自分の出自を探る旅の突破口を、わたしはずっと待ち望んでいた。

電話が鳴り、受話器の向こう側のドイツ赤十字の人間が自分の本当の家族を捜すことに興味はないかと尋ねてきたときから、わたしはそのこと以外はほとんど考えられなくなってしまった。しかし連邦公文書館と政府機関に手紙を書いても返事が来ないまま時はのろのろと過ぎ、何週間が何カ月になっていった。そのあいだに、ナチスの醜悪な人種思想にどっぷりとはまっていった挙げ句、掘り下げ過ぎてしまったことに気づいた。過去を振り返ってみると、わたしの人生は秘密という暗い影に覆われているように思えた。どれだけ仕事に励んでも、療法院にやってくる障害のあるかわいそうな子どもたちの治療にどれほど専念しても、自分が何者なのかがわからないという悲しみから逃れることはできなかった。わたしは待ち焦がれ、願い、そして夢を見るようになった。

あの赤十字からの電話は、わたしにかけられていた呪いを解いてくれた。それ以来、浅い眠りのなかで夢のなかにだけ存在する過去の断片を見ることもなくなった。信頼性のある確かな情報がもたらされる可能性が、わたしの目を覚まさせてくれたのだ。だからこそわたしは、その情報をより一層渇望した。

「何を望むかは気をつけるべきだ」ドイツで最も有名な詩人で作家で政治家だった人間はそう警告している。わたしはこの警句に耳を傾けるべきだったのかもしれない。

その手紙は二〇〇〇年の十月に届いた。差出人は、スロヴェニア第二の都市でシュタイエルスカ地方の中心地マリボルの公文書館のヨゼ・ゴリツニク氏だった。この公文書館は古い教会記録簿の宝庫だという評判は調べてみてわかった。スロヴェニア政府からはなしのつぶてだったので、教会の記録にあたってみることにしたのだ。重要な情報が得られるのは望み薄だとわかっていながらも、ひょっとしたらという思いだけでわたしは手紙をしたためた。しかしその思い込みはまちがっていた。ゴリツェニク氏の手紙には、わたしの家族の記録を見つけたと書かれていたのだ。

エリカ・マトコさんの父親はザゴリェ・オプ・サヴィ出身のヨハン・マトコ氏です。母親のほうはクロアチアの出身です。ヨハン・マトコ氏はザウアーブルンに暮らすガラス職人でした。

ザウアーブルンはオーストリアではなくスロヴェニアにあったのだ——正確に言えば旧ユーゴスラヴィアに。あまりの嬉しさに、わたしは我知らずいきなり歌い出すという、まったくもってわたしらしくないことをしてしまった。歓喜と安堵と興奮が入り交じった歌を、わたしは心の底から歌った。それでも、ザウアーブルンという場所を見つける作業が残っていること、そして現在ではその名前では呼ばれてはいない可能性が高いことはわかっていた。ユーゴスラヴィアでの共産主義の終焉は東欧諸国のどこよりも遅く訪れたが、訪れたのちに内戦が勃発した。

一九四〇年代にチトーがまとめ上げたユーゴスラヴィア連邦人民共和国で、セルビアはクロアチアやボスニアやモンテネグロといった他の連邦諸国との戦いを繰り広げた。その流血と破壊の年月を覆っていた煙が晴れると、新しい国家が灰燼《かいじん》のなかから誕生した。多くのことが変わり、その変化が都市や町の名前を変えた。

しかしゴリツニク氏の手紙には、ヨハン・マトコがガラス職人だったという手がかりが示されていた。ガラス製造が盛んな地域を調べれば、そこにザウアーブルンという地名が見つかり、現在名もわかるかもしれない。さらにラッキーなことに、手紙にはマトコ家の人々の生年月日が記された教会記録簿のコピーが添えられていた。その記録簿によれば、ヨハンは一九〇四年十二月十二日に生まれていた。十一歳年下の妻ヘレナ・ハロシャンは一九一五年八月八日にクロアチアで生まれた。

わたしはふたたびスロヴェニア政府に手紙を書き、マリボルからもたらされた情報を加えたかたちで調査要請を繰り返した。それでもわたしは、一番確実な手段はドイツ赤十字に連絡を取ることだと判断した。結局のところ、赤十字からの電話に焚きつけられて自分の出自を調べることになったわけなのだし、マトコ家とザウアーブルンを見つけ出す手がかりを与えてくれる人間がいるとすれば、それは赤十字の人間にちがいないと思ったからだ。どんどん書きつづける手紙に、わたしはさらに新たな一通を加えた。そして旧ユーゴスラヴィアのガラス製造業について調べてみた。

ガラス製品はシュタイエルスカ地方で三百年以上の歴史のある特産品だということがわかった。この地では一七〇〇年代から宝石と見紛うほど美しいクリスタルガラスが生み出されている。

この伝統工芸品の中心地はロガーシュカ・スラティナ市で、そのかつての名称はロヒチュ・ザウアーブルンだった。わたしはエリカ・マトコが生まれた場所を特定した。自分の生地をとうとう見つけたのだ。

そのときのわたしの胸の内を言葉で言い表すことはできない。何十年も経たのちに、とうとう自分の出身地と産みの親の名前がわかったときの心の昂《たか》ぶりは、言葉なんかでは表現できない。手を伸ばせば、今すぐにでも触れることができるような気がした。

気をつけろとゲーテは言った。たしかにそのとおりだった。

現実を突きつけられ、わたしの浮かれ気分はたった二、三週間で消し飛ばされてしまった。赤十字から返って来た手紙には、ナチスに捕らえられたか殺されたかした人々の記録のなかにマトコという名前のユーゴスラヴィア人についての情報はないと書かれていた。それどころか、旧ユーゴスラヴィアを構成していた国々の公文書館を調べることは不可能で、このまま調査を続けても十中八九、エリカ・マトコの両親はすでに死亡し、しかもそれがありきたりな死ではないことが判明するだけだと釘を刺された。言わんとすることは明らかだった――わたしの両親のことが記された記録が見つかったとしても、ふたりはヒトラーがユーゴスラヴィアに侵攻したのちにナチスに殺されたと考えられ、殺された時点ですべての痕跡は消されてしまった可能性が極めて高い。つまりそういうことなのだ。

郵便はがき

料金受取人払郵便

新宿局承認

1993

差出有効期限
2021年9月
30日まで

切手をはら
ずにお出し
下さい

160-8791

343

（受取人）
東京都新宿区
新宿一-二五-一三

原書房

読者係 行

1608791343 7

図書注文書（当社刊行物のご注文にご利用下さい）

書名	本体価格	申込数

お名前　　注文日　　年　　月

ご連絡先電話番号　□自　宅　（　　　）
（必ずご記入ください）　□勤務先　（　　　）

ご指定書店（地区　　　）（お買つけの書店名をご記入下さい）　帳

書店名　　書店（　　　店）　合

5730
わたしはナチスに盗まれた子ども

イングリッド・フォン・エールハーフェン、ティム・テイト 著

愛読者カード

より良い出版の参考のために、以下のアンケートにご協力をお願いします。＊但し、後あなたの個人情報（住所・氏名・電話・メールなど）を使って、原書房のご案内なを送って欲しくないという方は、右の□に×印を付けてください。 □

リガナ
名前 男・女（ 歳）

住所 〒 -

市 町
郡 村
TEL （ ）
e-mail @

職業 1会社員 2自営業 3公務員 4教育関係
5学生 6主婦 7その他（ ）

買い求めのポイント
1テーマに興味があった 2内容がおもしろそうだった
3タイトル 4表紙デザイン 5著者 6帯の文句
7広告を見て（新聞名・雑誌名 ）
8書評を読んで（新聞名・雑誌名 ）
9その他（ ）

好きな本のジャンル
1ミステリー・エンターテインメント
2その他の小説・エッセイ 3ノンフィクション
4人文・歴史 その他（5天声人語 6軍事 7 ）

購読新聞雑誌

書への感想、また読んでみたい作家、テーマなどございましたらお聞かせください。

しかし一番辛かった手紙は赤十字からのものではなかった。二〇〇一年の二月に届いた手紙は、自分の家族を見つけるというわたしの夢を打ち砕いた。最初に情報提供を依頼する手紙を書いて以来、スロヴェニア政府がすぐに返事を寄こしてくれたことも有益な情報をもたらしてくれたこともなかった。そしてようやく届けられた実のある内容の手紙に、わたしは腹を殴られたような気分になった。

ロガーシュカ・スラティナ市の行政当局からの回答をお知らせ申し上げます。たしかに一九四一年十一月十一日生まれのエリカ・マトコの記録は存在しますが、その女性は現在もスロヴェニア国内で暮らしているとのことです。つまり残念ながら、イングリット・フォン・エールハーフェンの誕生当時の名前はエリカ・マトコではないということです。

人間は何発のパンチに耐えられるものなのだろうか？　何発までなら立っていられるものだろうか？　体に受ける痛みだけの話ではない。繰り返し襲ってくる失望を何回味わえば、どれだけ傷つけられたら、人間の心はひび割れて砕け散ってしまうのだろうか？　そんなことを書いているわたしは、その答えを身をもって知っている。自分の苦しみなど、わたしの両親と同世代の人々全員が味わってきた苦痛に比べたらそれほどでもないことはわかっている。それでも、与えられた希望におずおずと手を伸ばして掴んだと思ったら、眼の前でもぎ取られてしまうことは、この世で一番残酷な罠《わな》であり、それこそ命取りになりかねない苦しみなのだ。

わたしは手紙を手にしたままアパートメントの机の前に座っていた。これまで見てきた夢も抱いてきた希望も眼の前で霧散してしまった。断わっておくけれども、わたしは自己憐憫《れんびん》に浸っていたわけではない。悲しみに暮れることで逆に心を落ち着かせるという、よくある対処法を取ったわけでもない。このとき初めて、わたしは自分は何者でもない無の存在だという事実に向き合わざるを得なくなったのだ。自分がイングリット・フォン・エールハーフェンではないことは、もう何十年も前にわかっていた。その心の傷を癒やしてくれていたのが、本当の自分はエリカ・マトコだという〝事実〟だった。いや、実際には何十年ものあいだわたしの身近にあった書類に記されていた、本当の自分に関する情報だった。それなのにわたしは、イングリットでもなければエリカでもないと宣告されてしまった。わたしの存在はまったくの無だとされてしまったのだ。

衝撃が徐々に鎮まっていくと、わたしは自分の出自を探る旅に出てしまった代償を、時間をかけてじっくりと考えてみた。波乱だらけのわたしの調査が自分自身に与えた影響に眼を向けてみると、わたしは感情のローラーコースターにまるまる一年間乗りつづけていたことがわかった。あるときは天にも昇るような気分になったかと思いきや、次の瞬間には一気に落ち込んでしまう、その繰り返しだった。本当にそんなことをする必要があるのだろうか？　それどころか、そもそもそんな価値があることなのだろうか？　わたしは胸の内につぶやいた。なんだかんだ言っても、わたしはずっとイングリット・フォン・エールハーフェンとして生きてきて、仕事は上々でおおむね幸せに暮らしてきたではないか。しかも自分がイングリットだと証明してくれるドイツ政府発行の証明書だってある。ずっと幼い頃、わたしはエリカ・マトコと呼ばれていたのかもしれないし、そうではなかったのかもしれない。しかし実際問題、それがどうしたというのだ？　エリカのこととその両親のこと、そしてわたしはどこの国の出身なのかという謎を解いたところで、それで本当に心が晴れるものだろうか？

心が晴れることなんかない。わたしはそう判断した。そして手紙と書類を全部ファイルに収めて、抽斗《ひきだし》のなかに入れた。少なくともしばらくのあいだはこのことは考えずにおこう。そういうことにした。バート・アーロルゼンにある〈国際追跡サービス《ITS》〉の公文書館が、エリカ・マトコとレーベンスボルンに関する文書をやはり保管していたと知らせてきた手紙すらも、ほかの手紙や書類と一緒にファイルに入れてそのまま放っておいた。

過ぎ去る月日が重なり、まるまる一年が経過した。わたしは仕事に没頭し、かねてから学んでいたフルートの練習で気分転換を図っていた。わたしはクラシック音楽の調べと旋律に夢中になり、以前にも増して練習に励むようになっていた。

その封筒がわたしの家のドアマットの上に落ちたとき、〈エリカ・マトコ〉というラベルを貼ったフォルダーをしまい込んでから一年と半年が経っていた。その手紙の差出人が別の人間からだったら、おそらくほかの手紙の仲間入りをしていただろう。しかし封筒に記されていた名前はゲオルク・リリエンタールだった。中身は招待状だった――レーベンスボルン協会に育てられた子どもたちが初めて集うことになったので、あなたも参加しませんか？

参加しませんかと言われても……正直言って、わたしはためらっていた。結局のところ、自分の出自を探る旅はまったくの空振りに終わってしまった。道筋を何度もまちがえ、どう見ても乗り越えることができなさそうな壁がひとつならず立ちはだかり、しかもその壁の先には何もないことが判明していた。そんな旅をもう一度スタートさせることなど、わたしにできるのだろうか？　そんなことをすれば、せっかく閉じかけていた心の傷がまた開きかねない。それでもまた旅に出るというのか？　危険を承知で旅に出る決意を固めたとしても、そのレーベンスボルン協会に育てられた子どもたちの集いに参加しなければならない義務が、わたしにあるのだろうか？

わたしはしまい込んだままだったレーベンスボルンのファイルを抽斗から引っ張り出した。わからないことだらけのナチスの過去の文書と、それとは正反対にあからさまな事実を記した現在の書簡のことを誰かに話すことなど、本当にできるのだろうか？　前回の旅の光景が心のなかで何度も何度も再生され、わたしは懊悩《おうのう》した。

ほかに道はない。このまま抽斗にしまい込んで、なかったことにすることはもうできない。結局そう観念した。父の家政婦だったエミーおばさんから自分がヘルマンとギーゼラの本当の子どもではないと教えてもらって以来、自分がどこの誰なのかという謎はわたしの人生の一部となっていた。この謎は五十年以上の歳月のあいだわたしの感情を抑え込み、たぶん自分の立ち居振る舞いを決定づけてきた。この謎から逃れることは絶対にできない。集会には参加しなければならない。わたしは覚悟を決めた。

二〇〇二年十月、わたしは安全な隠れ家から出て、危険と苦痛が確実に待ち受けている二度目の過去への旅に出立した。車に荷物を詰み込み、オスナブリュックから南に二百六十キロメートル離れた集会が開かれる町へ向かった。自分の過去を知る時が来たのだ。

11章　痕跡

わたしたちは完全無欠の存在ではありません。ほかの人たちと同じように病気になることもあれば障害を抱えることだってあるんです。
〈レーベンスボルンの子ども〉のひとり、ルートヒルト・ゴルガス

ハダマールはケルンとフランクフルトのあいだにある小さな町で、ライン川東岸を走る、低い山々が連なるヴェスターヴァルト山脈の南端に位置する。

ハダマールで有名なものと言えば、司法と社会の両面で評判の高い精神病理学の研究機関と、〈T４作戦《ティーファ・アクツィオン》〉というナチスの安楽死政策の犠牲者たちを追悼する記念碑だ。一九四一年から四五年にかけて、何千人もの障害者たちや〝社会的に好ましくない〟とされた老若男女がこの町に送られ、断種手術を施されるか処刑されたことを、ゲオルク・リリエンタール博士をはじめとした歴史学者たちが突き止めた。

〈T４作戦〉の根本にあったのは、純血人種の思想とドイツの研究者たちが発展させた優生学だ。公式には一九四一年に作戦は終了したはずだったが、実際はドイツが無条件降伏した一九四五年まで継

続した。合計一万五千人近くのドイツ市民が作戦のための施設に送られ、ガス室で〝処分〟された。そんな施設のひとつがあった町で、わたしは〈レーベンスボルンの子ども〉たちと会うことになった。

当たり前の話だけれども、〈レーベンスボルンの子ども〉たちはもう子どもではなかった。部屋で車座になって座る二十人の男女は、全員わたしと同様に引退を目前にした六十代だった。席についたとき、わたしは極度に緊張していた。自己紹介が順番に行われていった。自分の番がまわってくると、わたしは前もって準備しておいた、たった一行の台詞を口にした。「わたしはイングリット・フォン・エールハーフェンです。自分のことは、名前以外はまったく知りません」するとわたしの眼から滂沱《ぼうだ》の涙が流れ落ちた。

そんなわたしに、〈レーベンスボルンの子ども〉たちは優しく親身に接してくれた。わたしよりもずっと突っ込んだ調査をしてきた彼らもわたしと同じ目に遭っていたので、不安に押しつぶされていたわたしの気持ちをしっかりとわかってくれていた。彼らの話を聞いているうちに、レーベンスボルン計画が無慈悲で残虐なものだったことがだんだんとわかってきた。それぞれの打ち明け話に強いショックを受けたが、それでも事実を知ったことでいくらか気が楽になった。

ルートヒルト・ゴルガスは、レーベンスボルン協会の施設で生まれたり育てられたりした人々を見つけ出して連絡を取り合おうとした〈レーベンスボルンの子ども〉のひとりだ。背が高く眼は青く短髪のブロンドのルートヒルトは、わたしと同世代の女性だ。そしてわたしと同様に理学療法士で、これもわたしと同じように母親の日記がきっかけで自分の出自について知った。わたしはすぐにルートヒルトが好きになり、彼女がいることで心強く感じられた。

ルートヒルトの話は、レーベンスボルンのことを知るうえで大いに役に立った。彼女は父親が四十九歳のときに生まれた。第一次世界大戦当時はドイツ陸軍の中尉だった彼女の父親は、一九一六年のヴェルダンの戦いで榴散弾の破片を胸と背中に大量に浴びるという重傷を負った。

一九三〇年代からナチ党を熱心に支持するようになったルートヒルトの父親は、第二次世界大戦が始まった頃には化学工業界の有力者になっていた。そんな時期に、十代の息子がいた既婚の彼はライプツィヒ商工会議所の職員で十八歳年下のルートヒルトの母親と出逢い、関係を持った。一九四一年のクリスマス直前、彼女が妊娠したことがわかった。彼女が置かれた状況は、ヒムラーのレーベンスボルン協会のもともとの目的にまさしくうってつけだった——両親は共に亡くなっていて、未婚で、婚外子を身ごもっていて、したがって一族の不名誉とされて社会の偏見の眼にさらされるおそれがあった。そして何よりも、彼女も父親も人種の純血性を必要な世代までさかのぼって証明することができき、おまけに父親のほうはナチ党員だった。一九四二年の夏、ふたりはライプツィヒから百七十キロメートル離れたヴェルニゲローデという小さな町に向かった。ザクセンの風光明媚なハルツ山地にあるこの町を、ヒムラーは古代ドイツの中心地と見なし、レーベンスボルン協会の産院を建てていた。そこでルートヒルトはその年の八月に生まれた。

ルートヒルトが生まれた産院は〈ハイム・ハルツ〉という、ドイツ国内と占領地に建てられた二十五カ所のレーベンスボルン協会の施設のひとつだった。協会の施設はドイツ国内に九カ所、オーストリアに二カ所、ノルウェーに十一カ所、そしてベルギーとルクセンブルクとフランスに一カ所ずつあった。施設はヒトラーの政敵や裕福なユダヤ人の家屋敷を接収したものが多かった。ミュンヘンの協会本部にしても、もともとは反ナチス運動を展開して亡命した作家のトーマス・マンの屋敷だった。

何カ所かの施設には、絶滅収容所送りになった人々から押収した家財道具と、ヒムラーの貴重な純血人種の子どもを安全にこの世にもたらすための最新鋭の医療機器が置かれていた。

一九三九年、レーベンスボルン協会の主任医官だったグレゴール・エープナーは、計画の成功を詳細に記した報告書をヒムラーに提出した。協会の施設での出産を希望する妊婦は千三百人に達し、人種面と遺伝面の診査でその半分に絞り込み、最終的に六百五十三人が入所を認められた。この当時のドイツ全体の新生児死亡率は六パーセントだったが、協会の施設での出産ではその半分だった。

協会施設での分娩は合併症もほとんどなく、安産が続出しています。それもこれも、人種選別と選別した女性の質の高さのおかげです。

しかしこの成功のコストは高かった。エープナーの報告書には、母親ひとり当たりにかかった費用として四百ライヒスマルクというかなり高額な金額が記されていた。それでもエープナーはこう言い切っている。「それで正しい血統の子どもを千人得ることができるのであれば、大した出費ではありません」

何よりもまず重視されたのは〝血〟だった。レーベンスボルン計画の目的とは、新たな世代の創出と保護、つまり全世界に拡大するヒトラーの千年帝国を統べる支配人種を、人種選別によって生み出すことにあった。〈Schenkt dem Führer ein Kind《シェンクト・デム・フューラー・アイン・キント》（総統に子どもを捧げよ）〉という、協会の施設で出産する女性の義務を端的に説明するスローガンすら作られた。

レーベンスボルン協会の施設に入所した母親たちの身体的健全性を最重視していたヒムラーは、彼女らの政治思想面の健全性についても目を配り、指導することにしていた。さらにナチスに傾倒した状態で退院させるべく、入所中は週に一回の思想教育の講義への参加を母親たちに義務づけた。講義ではプロパガンダ映画の鑑賞、ラジオ講座の聴講、『わが闘争』の講読、党歌の合唱などが行われた。

産院の看護師たちも監視の対象とされ、入所している母親たちに関する詳細な調査票の記入を義務づけられた。

〈RF調査票〉（RFは親衛隊帝国指導者《Reichsführer》の頭文字）と呼ばれたその調査票には、母親の入所中の一挙手一投足だけでなく、臆することなく分娩に臨んだかどうかであるとか国家社会主義が掲げる理想に感銘を受けているかどうかなども記録された。RF調査票はすべてベルリンに送られ、ヒムラー自らがチェックした。

こうした措置は、きめ細かさと厳密さを宗《むね》とする官僚機構がもたらしたものではなかった。戦争の只中にあり、絶滅収容所での大量殺戮とヨーロッパ全土に散らばるナチスのありとあらゆる恐怖機関の監督業務をひとりで担っていても、ヒムラーは調査票のすべてに眼を通し、さらには施設で出産した母親がまた戻ってきて次の子どもを産めるかどうか確認するほどの熱の入れようを見せていた。

事実、ヒムラーはレーベンスボルン協会の施設の日常のすべてを差配し、取るに足らないことから普通では考えられない奇妙奇天烈なことまで、とにかくあらゆる点にこだわりを見せた。副官の親衛隊連隊指導者（大佐）ルドルフ・ブラントに命じて、母親の鼻の形を記録するよう指示する手紙を書かせたことすらあった。

親衛隊帝国指導者の命により、ギリシア人特有の形状もしくはその傾向が見られる母親および父親をすべて記録する専用の索引カードを作成せよ。この形状の鼻の見本例については調査票番号L6008のフラウ〈I・A〉を参照のこと。

ヒムラーの細かい指示は、新世代の超人種を身ごもった母親への食事にまで及んだ。施設の料理人たちには野菜の正しい蒸し方を、所長には母親たちに粥《ポリッジ》を食べさせる指導といった指示を次から次へと出した――英国貴族の人種的に見事な特徴を形成する決定的要素はポリッジにあると、どうやらヒムラーは信じていたと見える。さらにはタラの肝油を毎日服用するよう指導すべしともしていたが、これについては母親たちはかなりうんざりさせられた。ヒムラーは施設を定期的に訪れ、母親と新生児の状態を自らチェックした。自分の誕生日に生まれた子どもの代父となり、自分と子どもの両方の名前を刻印した銀杯を贈った。これほどまで徹底した関与ぶりをヒムラーは見せていた。

レーベンスボルン協会の施設で繰り広げられていた奇妙な日常に、わたしは戸惑いを覚えた。帝国第二位の地位にあった男が、一体どうやって二十五カ所もあった施設ひとつひとつの日常を管理していたのだろうか？　そこまでする理由は一体何だったのだろう？

しかしそうした異様さはすぐに脇に追いやられてしまった。その日にハダマールに集った〈レーベンスボルンの子ども〉たちによって語られた数々の物語は、協会の施設のさらに暗く禍々しい側面をさらけ出した。そして物語の中心にあったのは、やはり親衛隊だった。

ルートヒルトは自分たちが経験した、ヒトラーと親衛隊にその身を捧げることを誓わせる疑似宗教的な儀式について話してくれた。

〈Namensgebung《ナーメンスギーボン》（命名式）〉と呼ばれるその儀式はキリスト教の洗礼式を悪趣味に模倣したものだった。ハーケンクロイツの旗が掛けられた祭壇の中央には、ヒトラーの胸像もしくは写真が恭しく置かれた。施設の職員と黒い制服に身を包んだ親衛隊員が並ぶ前で、母親は子どもを立派な国家社会主義者に育てることを誓わされる。そして赤ん坊は親衛隊員の手に預けられ、〝祝福〟の言葉を授けられる。祝福の言葉は施設ごとにそれぞれ異なったが、言わんとすることはどれも同じだった。

我々は万物の神を信じる
そしてドイツの大地から芽吹く、
若きドイツの血の使命を信じる
我々は人種を、血の継承者を、
そして神に選ばれし総統《フューラー》を信じる

そして赤ん坊の頭上で親衛隊の短剣が掲げられ、高級将校が血の絆で結ばれた親衛隊への正式加入を告げる言葉を唱える。

我々は汝を、我々の結社をかたちづくる肉体の一部として受け入れる。汝は我々の庇護の下に育まれ、汝の名には名誉を、汝の血のつながりには誇りを、汝の血統には決して絶えることのない栄光をもたらす。

ルートヒルトたちの話に、わたしは怖気をふるった。自分よりも大切な我が子を、親衛隊のような組織の手に委ねる母親がいるものだろうか？　そんな恐ろしい所業ができる親がいたら、その顔を拝んでみたいものだ。わたしもそんな儀式に加わったのだろうか？　そんな疑問も湧いてきた。集会の冒頭で語ったとおり、自分の出自についてわかっていたことと言えばコーレン・ザーリスの協会の施設にいたということだけだった。わたしもナチスへの忠誠を誓わされたのだろうか？

さらなる驚愕の事実が明らかにされた。ヒムラーがレーベンスボルン協会を設立した目的は新世代の純血アーリア人の育成だったことは、当然わたしだってわかっていた。しかし支配人種たる純血アーリア人からあらゆる身体的欠陥を取り除くために協会がやっていた〝あること〟までは知らなかった。

その〝あること〟が行われていた場所は〈Kinderfachabteilung《キンダーハッファブタイロン》（小児棟）〉と呼ばれていた。何の変哲もない普通の建物のような名前だが、実際にはそうではなかった——発育遅延や重度の病気や精神疾患を抱えた子どもたちを処分する、〈T４作戦〉の安楽死施設だったのだ。

ユルゲン・ヴァイゼは一九四一年六月五日にバート・ポルツィン（現在のポーランド領ポウツィ

ン・ズドルイ）にあった協会の施設〈ハイム・ポンメルン〉で生まれた。協会長で親衛隊帝国指導者個人幕僚本部のマックス・ゾルマンは、ユルゲンをベルリン近郊のブランデンブルクにあった〈小児棟〉に移送するよう指示した。そこでユルゲンは鎮静剤を投与されたうえで意図的に放置され、食事も与えられなかった。一九四二年二月六日、生後八カ月のユルゲンは死亡した。

障害を抱えていたために、人種の純血性と強化の名の下に殺された子どもはユルゲン・ヴァイゼだけではなかった。〈レーベンスボルンの子ども〉たちの集会があった二〇〇二年の時点で、この事実についての調査はまだ始まったばかりだった。ここでもやはりナチス時代の文書を保管するさまざまな公文書館の非協力的な姿勢がネックとなっていた。それでもその数年前にブランデンブルクの〈小児棟〉の存在が発覚し、そこで百四十七人の子どもたちが処分されたという確たる証拠が見つかった。そのなかにはレーベンスボルン協会の施設から送られてきた子どもも、人数まではわからないが含まれていたのだ。

障害のある子どもの療育に人生を捧げてきたわたしには受け入れがたい事実だった。到底理解できる話ではなかった。わたしの努力の甲斐があって喜ぶ子どもたちやその両親の姿なら何度も眼にしてきた。障害を克服しようと頑張るユルゲンのような幼子に救いの手を差し伸べる仕事を、わたしは愛していた。そんなかけがえのない命をいとも簡単に奪ってしまう血も涙もない官僚とは、一体どんな人間なのだろうか？　調べ上げたい人物リストに、わたしはマックス・ゾルマンの名前をつけ加えた。

こうしたわたしの反応は、今から見れば奇矯で少々馬鹿げたもののように思えるかもしれない。今や常識となっていることだけれども、ナチスはアウシュヴィッツやベルゲン・ベルゼンといった収容所で何百万人ものユダヤ人を平然と、容赦なく殺した。であれば、一般の眼に触れないように秘密裏に生まれた子どもの一部を殺すことなど、ヒムラーもヒトラーも気にするはずもないではないか？しかしナチスの歪んだイデオロギーに照らし合わせれば、そうした子どもたちは特別な存在だったはずだ。徹底的に調べ上げられ評価された末に、純血の支配人種を生み出すにふさわしいと判断された男女を両親とする、レーベンスボルン協会の施設のみで生まれた子どもたちなのだから。この事実を、わたしはどうしても呑み込むことができなかった。

わたしは〈レーベンスボルンの子ども〉たちのひとりひとりを見まわし、真の超人種を生み出そうとしたヒムラーの計画の痕跡を見つけようとしてみた。普通の人々よりも背が高くて健康的に見えるだろうか？

わたしの無言の疑問にルートヒルトが答えてくれた。彼女は眼鏡を取り、両眼をこするとこう言った。「わたしたちは完全無欠の存在ではありません。ほかの人たちと同じように病気になることもあれば障害を抱えることだってあるんです」

だとしたら、一体全体レーベンスボルン計画とは何だったのだろうか？ナチス国家とその支配下にあった劣等国の〝貴族階級〟を構成する、強靭で完全無欠の超人種アーリア人を生み出すという壮大な夢をヒムラーは思い描いていた。それなのにわたしが見まわしたところ、この場にいる男女はいたって普通の人々で、取り立てて目立つ特徴はなかった。

それでも彼ら〈レーベンスボルンの子ども〉たちは、そのほぼ全員がふたつの際立った心の特徴を持ち合わせていた——深い心の傷と、眼に見えてわかる恥の意識だ。深い心の傷のほうは、わたしにも容易に共感できる問題から生じたものだ。秘密の計画によって生み出された彼らは、自分たちの誕生にまつわる真実を口にすることができない苦しみを抱きながら生きてきたのだ。

レーベンスボルンの秘密は最初から徹底的に守られていた。協会の施設の医師や看護師たちには守秘義務が課せられ、〝妊娠が結婚前であろうが結婚後であろうが、妊婦たちの名誉を尊重する〟ことが求められた。一九三九年六月、ヒムラーは施設で生まれた婚外子の身元を保護する指示書を出した。

> 帝国内務大臣とレーベンスボルン協会間の合意により、協会の施設で生まれた非嫡出子の出自の秘密を無期限に保護することになった。そうした子どもたちに対し、帝国当局はアーリア人証明書を発行するものとする。これはレーベンスボルンの子どもたちが長じて学校に入学し、ヒトラー・ユーゲントおよび高等教育機関に加わる際に、ごく些細な問題も生じないようにするための措置である。

この決定により、〈レーベンスボルンの子ども〉たちの出生以降の全記録は守秘義務というヴェールで覆われてしまった。レーベンスボルン協会は専用の〈家族簿登録所〉を設け、協会の施設で生まれた子どもたちの出生の秘密を完璧に守った。家族簿（ドイツの戸籍のようなもの）には母親の名前が記載されることもあったが、父親の名前のほうは大抵の場合は意図的に省略された。

そうした手を加えられた家族簿にしても、その多くが失われてしまった。大戦末期に連合軍が施設の近くまで進軍してくると、職員たちは協会に関する書類の大半を廃棄した。その結果、〈レーベンスボルンの子ども〉の大多数は自分の本当の父親を知らないまま育ち、母親が秘密を打ち明けないかぎり生涯知ることはなかった。

なかでも里子に出された子どもたちは大きな影響を受けた。ルートヒルトのように実の母親に育てられた場合でも、母親から秘密を聞き出すことはほぼ不可能だった。母親たちの多くはレーベンスボルン協会の施設に入所していた当時のことについては言葉を濁し、話をすることすらきっぱりと拒む者もいた。

そうした母親たちの胸の内を、わたしはわかっていた。レーベンスボルンの物語に自分がどのように当てはまるのかはまだわかっていなかったけれども、自分の両親の秘密を守っていた壁のことならよくわかっていた。リリエンタール博士が言ったように、わたしが生まれてからの情報のほとんどをギーゼラが隠していたことはまちがいなかった。

ギーゼラを含めた〈レーベンスボルンの子ども〉の母親たちは、どうして自分の子どもの出生にまつわる秘密を隠していたのだろうか？　その理由は、ハダマールに集った〈レーベンスボルンの子ども〉たちに顕著に見られたふたつ目の心の特徴を生み出したものと同じだった。恥というものは非常に強い感情だ。そして戦後のドイツに、親衛隊のような悪名高い恐怖機関に関わっていたという恥を素直に告白できるような空気はなかった。

〈レーベンスボルンの子ども〉たちのなかのある男性は、自分の人生を台無しにしてしまった罪悪感と恥の意識を率直に語ってくれた。彼の話はレーベンスボルン計画のもうひとつの側面を見せてくれた——ハネス・ドリンガーはバイエルンで子ども時代を過ごした。彼が自分の両親だと思っていた夫婦は小さなホテルを経営していた。学校に通うようになると、彼は自分が拾い子だという噂を耳にした。その噂が本当なのかどうか尋ねてみても両親は答えようとはせず、それでもしつこく訊きつづけていると折檻され、二度とその話はするなと言われた。

ハネスが本当のことを知ったのは五十歳のときのことだった。ヘルマンとギーゼラは本当の親ではないとエミーおばさんから聞かされたわたしと同じように、彼も実家のホテルの元従業員から、その今わの際の言葉として自分が養子だということを知らされたのだった。それだけでも愕然とする事実なのに、彼がバイエルンに連れてこられた経緯はさらに衝撃的な内容だった。

ノルウェーはヒトラーの軍隊が占領した国々のなかで最も北に位置する。一九四〇年四月に国防軍に占領されて以降、ノルウェーではナチスの傀儡《かいらい》政権による統治が終戦まで続いた。かねてよりヒムラーは、金髪碧眼《へきがん》の割合が多いノルウェー人のことを実質的にはアーリア人種だと見なしていた。ヒムラーとその部下たちは、親衛隊員および国防軍の兵士とノルウェー女性の私通を積極的に奨励し、レーベンスボルン協会の施設を何カ所も建てた。そしてそこで生まれた子どもを帝国本土に移送し、ふさわしい夫婦と養子縁組させせたり里子に出したりしたのだ。

この協力関係の余波は長く続き、しかも過酷なものだった。終戦間際のドイツでは、協会の施設の職員たちが必死になって関係書類を燃やした。しかし親衛隊はノルウェーの施設の書類をどうすることもできなかった。その結果、何千人もの〈レーベンスボルンの子ども〉とその母親たちの身元が公になってしまい、同胞たちの怒りに直面させられた。学校で、そして家の近所で、そうした母子は嫌がらせを受けた。ドイツ兵と寝た女性は逮捕され、三千から五千人が捕虜収容所に送られた。ノルウェー最大の精神科病院の院長は、ドイツ人と関係を結んだ女性は〝精神面に欠陥があり〟、その子どもの八割には知的障害が見られると公言した。

自分がそうした子どもであることをハネスは突き止めた。自らの出自について調べ始めた彼は、自分の本当の名前はオット・アッカマンで、一九四二年九月にオスロ近郊にあったレーベンスボルン協会の施設で生まれたことを知った。彼はその産院から荷物のようにドイツ国内に送られ、最初はベルリンに近いクロスターハイデの施設で、その次はわたしと同じコーレン・ザーリスの〈ハイム・ゾンネンヴィーゼ〉で育てられた。

その後は現在はポーランド領になっている場所にあった施設に送られ、そこでようやくバイエルンの養父母に引き取られた。かくも長く複雑な自分の過去をたどる旅は何年も続いた。しかしようやく自分の実の母親を探り当てた時点で、母親はすでに亡くなっていた。国防軍の兵士だった父親は終戦直前に戦死していた。養父母も故人になっていた。

ハネスはさまざまな意味でわたしたち世代の典型的なドイツ人だった。皮肉なことに、彼は実際にはドイツ人ではなかったのだが……ハネスは長じたのちに地元の公務員になり、どんなことでも規則どおりにしなければ気が済まない人間になった。そんな彼は連邦政府に、本当の自分はオット・アッカマンというノルウェー人だと正直に申告し、身元証明書の変更を願い出た。しかし悲しいかな、連邦政府はハネスを無国籍者だと宣告した。そして無国籍者が公務員になることは法律で禁じられていた。二年という長く困難な年月を経たのちにようやくドイツの市民権を得ることはできたが、その一方で本当の名前を名乗ることは諦めざるを得なかった。

ハネスの身の上話に、わたしは胸ふたがる思いに沈んだ。コーレン・ザーリスの施設で育てられたことといい、無国籍者にされたことといい、わたしの物語とそっくりだったからだ。しかし彼の物語のほうがわたしの物語よりももっと悲惨なもののように思えた。自分の出自についてほとんど知らないことのほうが、却って幸せだと言えるのかもしれない。むしろ感謝すべきことなのかもしれない。わたしはだんだんとそう感じるようになっていた。

その一方で、自分はどこの誰なのかという謎はずっとわたしの上にのしかかったままだということもわかっていた。レーベンスボルン計画と協会の施設の日常については多くのことを知ることができた。それでもその物語に自分がどう関わっていたのかについてはわからずじまいだった。ギーゼラの部屋で見つけた書類には、わたしは〈ゲルマン化〉と呼ばれるものの一環として里子に出されたと記されていた。ルートヒルトの話にもハネスの話にも、この謎めいた言葉を明らかにするヒントはなかった。

別の〈レーベンスボルンの子ども〉が立ち上がり、自分について語り始めた。このとき初めて、わたしはヒムラーの身の毛がよだつ実験がもたらした最悪の恐怖が何となくわかってきた――そこにわたしがどうやって加わったのかについても、徐々に明らかになっていった。

フォルカー・ハイニッケはわたしより半年年上の大柄で身なりのいい男性で、ハンブルクとロンドンで海運仲介業で財を成していた。何不自由のない暮らしを送る彼もまた、レーベンスボルン協会の施設で育てられたことを知ってしまったせいで深く心を悩ませてきた。彼は一九四三年に養子に出された。

わたしの一番古い記憶のなかのわたしは、三十人の子どもたちと一緒にある部屋にいます。その部屋にあの人たちがやって来ると、わたしたちは一列に並ばされたことを憶えています。そう、新しい飼い主に選ばれる仔犬のような感じです。その人たちはわたしの親になる人たちでした。その人たちは帰っていって、翌日にまたやって来ました。わたしの〝母親〟は女の子が欲しかったみたいですが、〝父親〟のほうは、ゆくゆくは家業を継がせることになるので男の子を求めていました。わたしは彼の膝の上に頭を預けました――わたしはふたりの息子になることになったのです。

フォルカーの新しい家族は裕福で、強い人脈を持っていた。アダルベルトとミナのハイニッケ夫妻は狂信的なナチス支持者で、ハンブルクで経営していた海運会社は順風満帆だった。しかしアダルベルトには聴覚障害があり、レーベンスボルン協会の厳格な基準では、まさしく〝虎の子〟の子どもたちを養子に迎えるどころか、その里親になることも許されないはずだった。

ところがアダルベルトはハインリヒ・ヒムラーの友人だった。ヒトラーの個人秘書でナチス政権の最高実力者の一人だったマルティン・ボルマンもハイニッケ邸をよく訪れていた。

当時の多くのドイツ人家庭と同様に、ハイニッケ家では雌鶏を何羽も飼っていた。元養鶏業者だったヒムラーは、鶏の品種改良の原則は人種改良にも応用できると固く信じていた。ハイニッケ家を訪れて同家の鶏を見せられたときに、その自説をアダルベルトに話していてもおかしくない。鶏を見終えたときには、ヒムラーはフォルカーとの養子縁組をあっさりと認めてしまったのかもしれない。

フォルカーは幸せな子ども時代を過ごした。連合軍がドイツ本土に猛攻撃を仕掛けている最中に、対空砲火とサーチライトをかいくぐってハンブルク上空に侵入してくるイギリス空軍の爆撃機を眼にしたときのことで彼が憶えていることと言えば、戦争は心がわくわくするものだという思いだけだった。一家の財力のおかげで飢えに苦しむこともなかった。自分が養子だということを知ったのは戦後になってからのことだった。

遊び仲間だった近所の子がこう言ったんです。「おまえ、もらわれっ子なんだってな。ママとパパのほんとうの子どもじゃないんだってな」でもその頃のわたしには、それがどういうことなのかまったくわかりませんでした。

ハイニッケ家の人々は、彼がどこから連れてこられてどうやって養子になったのか、フォルカーには絶対教えなかった。アダルベルトが引退してフォルカーが跡を継ぐと、家業の海運仲介業は順調に成長していった。

フォルカーの両親は共に一九七五年に亡くなった。父親の書類を整理していると、彼はそのなかに見たこともない公文書の束を見つけた。そこには、自分がオーバーシュレジエン地方のオーダーベルクで生まれたと記されていた。オーバーシュレジエンはヒトラーの帝国に併合されていたが、戦後はチェコスロヴァキア共和国とポーランド共和国に戻された。彼の実の両親は共に亡くなっていて、結果としてフォルカーは養子に出されたとも記されていた。のちにこの情報は嘘だとわかる。

この発見に導かれ、フォルカーは自分の出自を調べ始めた。彼はドイツ赤十字やドイツを占領していたイギリスとアメリカの当局をはじめとして、三十以上の機関と教会当局に接触した。自分の過去という難解なジグソーパズルを、フォルカーは一ピースずつはめて完成させていった。しかし当時のポーランドは鉄のカーテンの向こう側にあり、その公文書館と連絡を取ることは、たとえ裕福なフォルカーであっても至難の業だった。真実が判明したのは共産主義が崩壊し、東欧諸国の立て直しが始まった一九八九年のことだった。


一九四一年になると、純血人種の子どもを何万人も生み出すというヒムラーの大願は急速に萎《しぼ》んでいった。その一因は厳格に過ぎる選別基準にあった。レーベンスボルン協会の施設での出産を望んでも、半分以上の妊婦が入所を拒否されていたのだ。

親衛隊にしても帝国指導者の期待に応えることはできなかった。最低でも四人の子どもをもうけよという命令を順守することができず、出生率はずっと一・五あたりをうろうろしていた。協会の主任医官グレゴール・エープナーが唱えた、〈レーベンスボルンの子ども〉たちで構成される六百の連隊を編成するという予言が成就するのは――それが成就され得るものだとしても――まだまだずっと先のことだった。

それでもナチスの指導者たちは、千年帝国を存続させるためには未来の戦士たちの力が必要不可欠だということを理解していた。ヒトラーは全面的な世界戦争ののちに征服した地を永久に占領しつづけるという夢物語を抱きつづけていた。しかし開戦から二年が経過した一九四一年の時点で、一週あたり数千人ものドイツ兵の命が奪われていた。レーベンスボルン協会の施設で純血アーリア人種の子どもをせっせと作り出しても、この人的欠損を埋めることなどできるはずもなかった。そこでヒムラーは新たな策を講じることにした――侵略した各国に展開している親衛隊に対して、現地の〝人種的価値がある〟子どもたちを拉致する秘密命令を発したのだ。

このフォルカーの話を、わたしはにわかには信じることができなかった。たしかに親衛隊帝国指導者は邪悪で冷酷な人間だったが、それでも子どもの大規模な拉致を命令できるものだろうか？　が、フォルカーの話は本当だった。自分の戦略が正しいことを親衛隊の将校たちに訴えかけたヒムラーの非公式の演説の音声記録が残っていたのだ――

そうした人々のなかに我々と同じ良質な血統の者がいれば、我々はその者たちを受け入れる。そうした子どもたちを場合によっては拉致し、帝国本土で我々の手で育てることとする。

このヒムラーの計画には〈ゲルマン化〉という名前がつけられていた――ギーゼラの部屋で見つけた書類のなかに出てきた、意味がまったくわからなかった言葉だ。この言葉の実際の意味がようやくわかりかけてきた。

フォルカーの悲劇は、二歳の彼がドイツ人に見えたことにあった。金髪碧眼の彼は、どこからどう見ても純血アーリア人種の男児に見えたのだ。そんなフォルカーは親衛隊員によって両親の手から奪われ、医療施設で徹底的な人種検査を受けさせられた。

頭や身長や体重や、とにかく体のあちこちを計測されました。医師たちはわたしに〝ユダヤ人的な特徴〟はないと判断しました。こうした検査をパスすると、わたしは〈ゲルマン化〉が可能だとされて、ドイツ本土にあったレーベンスボルン協会の施設に送られたのです。

フォルカーは最初にバート・ポルツィンの施設に送られ、そこで短期間過ごしたのちに、ギーゼラの書類にあったコーレン・ザーリスの〈ハイム・ゾンネンヴィーゼ〉に移された。フォルカーがこの施設に送られた正確な年月日はわからないが、それでも彼が調べたところによると、わたしたちは同じ時期にそこにいたのはまちがいないみたいだった。自分には仲間がいた——この事実にわたしの気持ちは昂ぶり、心の奥底に沈んでいる記憶を必死になって掘り起こそうとしてみた。が、いくら頑張ってもその施設のことをひとつも思い出すことはできなかった。ごく幼い時期を共に過ごしたかもしれない人間が手を伸ばせば触れることができるところにいるのに、そのときの記憶の欠片《かけら》すらも頭のなかからひねり出すことができずにいることが、心底苛立たしかった。

わたしとフォルカーの物語の類似点はほかにもあった。彼が見つけた書類によれば、彼はコーレン・ザーリスでハイニッケ夫妻に引き取られたことになっていた。ヘルマンとギーゼラもそこでわたしを引き取ったことはわかっていた。つまりわたしも、フォルカーが言うところの〝飼い犬〟のように並ばされて、里親になるかもしれない夫婦たちに品定めされたのだろうか？

フォルカーの調査によって、ドイツ国外で拉致されてレーベンスボルン協会の施設に送られた子どもたちには、まったく新しい名前と身元が与えられたことが明らかになった。そして用意周到に用意された偽の書類で、ドイツ人の孤児か、もしくは人種的にはアーリア人とされる〝在外ドイツ人〟を意味する〈Volksdeutsche《フォルクスドイチェ》（民族ドイツ人）〉の子どもとされた。この〈民族ドイツ人〉という言葉もギーゼラの部屋で見つけた書類に出てきた。そのなかでレーベンスボルン協会がわたしのことをそう表現していたのだ。

さまざまな手がかりがつながっていった。わたしは〝Volksdeutsches mädchen《フォルクスドイチェス・メッチェン》（民族ドイツ人の女子）〟のエリカ・マトコとして生まれ、どこかのザウアーブルンからコーレン・ザーリスの施設に連れてこられて〈ゲルマン化〉され、それからフォン・エールハーフェン夫妻に預けられて〝本当の〟ドイツ人女子として育てられた、ということになる。わたしは〈総統に子どもを捧げよ〉のスローガンの下にドイツ人にされた子どもだった。つまりヒトラーの子どものひとりだったのだ。

自分が冷血で狡猾な計画の一部だったことを知り、わたしは恐怖に震えた。それでも、本当の自分は誰なのかという謎については、長い年月の果てにようやくその答えに近づきつつあった。

残る最大の謎は、わたしはエリカ・マトコなのかどうかだった（もしくは幼い頃はエリカ・マトコだったのか）。スロヴェニア政府からの返事を読むかぎり、どうやらそうではないみたいだった。にもかかわらず、何とかして見つけることができたわずかな書類には、そのすべてにわたしはエリカ・マトコだと記されていた。

この謎のヒントはフォルカー・ハイニッケの話のなかにあった。自分の出自を調べていく過程で、彼はレーベンスボルン協会の書類には本当の名前が記されていない可能性が高く、出生地にしても嘘が書かれているのだろうと考えるようになった。どうやら協会の本部は、帝国の占領地から盗んできた子どもたちの本来の身元を万難を排してでも消し去ろうとしていた節があった。

フォルカーはニュルンベルク戦争犯罪裁判関連の公文書のなかに、クリミア半島で拉致されたアレクザンダー・リタウという子どもについての記録を見つけた。生年月日をはじめとしたさまざまな日付と送致されたレーベンスボルン協会の施設も一致していたので、この子どもがフォルカーである可能性は極めて高かった。わたしも同じような運命にさらされたのだろうか？

結局フォルカーも、わたしと同じように官僚主義の鉄壁に撥《は》ね返されてしまった。彼の推理を証明する書類も反証する書類も、バート・アーロルゼンの〈国際追跡サービス《ITS》〉が保管しているファイルのどこかにあるのは十中八九、まちがいなかった。しかしＩＴＳの公文書はまだ全面公開されていなかった。真実にこんなに近づいたのに、それでもまだはるか彼方にあることが本当に辛いとフォルカーは語った。

わたしが心から望んでいるのは、実の両親の墓を見つけることです。両親の身に起こったことに思いを巡らせて悲しみに暮れたり怒りに燃えたりなんかはしたくはありません。本当のわたしは、どこの誰なんでしょうか？　そのどこの誰かのままだったら、わたしはどんな人生を送っていたんでしょうか？　知りたいのはただそれだけなんです。

自分の本当の両親は誰で、どこに埋葬されているんでしょうか？　その答えを教えてくれるかもしれない情報を、わたしは探しつづけなければなりません。答えを見つけることで、わたしは息子としての義務を果たしたことになります。それで本当の両親を敬ったことになるんです。

フォルカーの話に突き動かされ、わたしも決心した。調査を続け、いつの日にか自分の本当の家族を見つけ出そう。かくも恐ろしい実験を経験した〈レーベンスボルンの子ども〉の仲間たちと出会って新たな力を得たわたしは、自分の出自の調査を再開することにした。どこから、どうやって手をつければいいのかもわかっていた――ニュルンベルクだ。

オスナブリュックに帰る前に話をしなければならない人がいた。その日の集会にいた〈レーベンスボルンの子ども〉たち以外の人間のなかのひとりの、ヨゼフ・フォックスという男性だった。わたしはフォックス氏のことは知らなかったが、戦中と戦後の混乱期に離ればなれになった家族に関する書類と情報を収集する腕は天下一品だという評判の人物らしかった。その実績から、マスコミはフォックス氏のことを〈家族捜索人〉と呼んでいた。

わたしはフォックス氏と手短に話をし、自分の身の上を説明した。公文書館で情報を得ようとしたときに遭遇した苦難を説明し、自分がザンクト・ザウアーブルン出身のエリカ・マトコだと記されている書類のこと、その内容をオーストリアとスロヴェニアの両方の政府にきっぱり否定されたことを話した。

フォックス氏はわたしの話に耳を傾け、メモを取った。そして話が終わると、わたしに協力すると言ってくれた。もちろんありがたい話ではあったが、正直に本心を言えば、わたしは〈家族捜索人〉が見つけてくれるかもしれない情報のことよりもニュルンベルクでの調査のことのほうに気を取られていた。しかしそのときのわたしは、それからの年月のうちにこのフォックス氏がどれほど重要な存在になるのか、まったくわかっていなかった。

12章 ニュルンベルク

ゲルマン化を目的としたドイツ国外の子どもたちの拉致については、レーベンスボルン協会が中心的役割を担っていた……チェコスロヴァキアとポーランドとユーゴスラヴィアとノルウェーから、おびただしい数の子どもたちが両親の元から連れ去られた。

ニュルンベルク戦争犯罪裁判における事案番号8の訴追状

二〇〇三年の春、わたしは自宅から四百キロメートル南東にあるニュルンベルクに向かった。ニュルンベルクは国家社会主義という闇の中心地だった。一九二七年から三八年までのあいだ、ヒトラーはこの市《まち》で松明《たいまつ》の灯りが乱舞する壮大な党大会を開催した。ハーケンクロイツの旗の海の下でひしめく何万人もの支持者たちが〈勝利万歳《ジーク・ハイル》!〉と絶叫する模様はすべてフィルムに収められ、大仰なプロパガンダ映画に仕立て上げられた。そして三五年の党大会において特別召集された国会で、ホロコーストの始まりを告げる、人種に関するふたつの法律からなる〈ニュルンベルク法〉が制定された。

ナチ党の指導者たちにとって、ドイツの中心部に位置するニュルンベルクは、第三帝国とヒムラーの想像の産物にしか過ぎない超人種アーリア人を結びつける、神秘性を帯びた象徴だった。そして堅固に要塞化された都市でもあり、迫りくる連合軍に最後まで抗《あらが》い、終戦の数週間前についに陥落した。徹底的な爆撃で中心部の中世の街並みの九十パーセントが破壊されていたが、最終的に連合軍の手に落ちたのは四日にわたる熾烈な市街戦が展開されたあとのことだった。

連合軍主要国のアメリカとイギリスとソ連は、かなり以前からナチスの指導者たちの公開裁判を画策していた。一九四三年十月、三国は共同で〈ヨーロッパの被占領諸国におけるドイツの残虐行為に関する宣言〉を出した。この宣言は、ナチスが敗北すれば〝地球の最果てまで追跡して正義の鉄槌を下す〟という、連合軍側のあからさまな警告だった。

それからの一年半のあいだに、連合軍は勝利に向かって一歩ずつ進軍していった。その一方で三国から招集された弁護士と政治家たちは、ヒトラーとその部下たちを戦争を起こした罪と人道に対する犯罪行為で訴追することが可能な、画期的な法律原理を構築していった。そして戦争が終わった時点で残っていた彼ら法律家の課題は、公判をどこで開くのかということだけだった。

ライプツィヒとルクセンブルクが候補に挙がったが、すぐに却下された。ソ連は〝ファシストの陰謀家たちの本拠地〟だったベルリンが象徴として相応《ふさわ》しいと考えていたが、破壊の程度が凄まじく開催は不可能だった。結局、ふたつの大きな要因に基づいてニュルンベルクが選ばれた。ひとつ目の要因は、ナチスのプロパガンダ装置の一部だったこの市《まち》は、今後の見せしめとなる法の裁きを下す場所としてうってつけだという点だった。しかしふたつ目の要因のほうが重要度は高かった——ニュルンベルク司法館は充分な広さがあり、しかもほぼ無傷で残っていて、おまけに地下に大きな勾留房があったからだ。

死を免れた第三帝国の指導者たちは一九四五年十一月にニュルンベルク司法館に送致され、地下房に勾留された。ヒトラー本人は瓦礫と化したベルリンが炎に包まれるなか、総統地下壕《フューラーブンカー》で自ら命を絶って法の手からまんまと逃れた。ヒムラーも卑怯者の道を選び、連合軍に捕まると青酸カリのカプセルを呑み込んだ。しかし国家元帥ヘルマン・ゲーリングと副総統ルドルフ・ヘスをはじめとした二十三人は、ナチス政権が犯した罪で国際軍事裁判に召喚された。フランスとイギリスとアメリカとソ連からなる四人の判事は、裁判開始から十一カ月後に判決を下した。十二人の被告が死刑を宣告され、七人が禁固十年から終身刑に至る実刑判決を受け、三人が無罪となり、ひとりが身体的な理由により訴追されなかった。一九四六年十月十六日、司法館に隣接する刑務所の体育館で死刑が執行された。

そうした陰鬱でおぞましい建物群に、わたしは二〇〇三年のある春の日の朝に向かっていた。ニュルンベルクへの旅の目的は、かの有名な裁判について調べることではなかった。ましてやこの建物のなかで行われたさまざまなことを称賛することでもなかった。

当初、連合国は長期間にわたって共同で裁判を執り行っていくことにしていたのだが、冷戦が顕在化して東西関係が冷えきってしまったために続行は不可能になった。そこでアメリカは、本筋の裁判がまだ進行している段階で、最初の二十三人に次ぐナチス戦犯たちを裁く〈ニュルンベルク継続裁判〉の開始を一方的に決めた。

結果として十二件の個別法廷が開かれ、一九四六年から四九年にかけて総計百八十三人が訴追された。そのなかにレーベンスボルン計画の指導者たちも含まれていた。

ハダマールから戻って数日のうちに、わたしはニュルンベルク裁判関連の文書を保管している役所に宛てて手紙を書いた。ドイツの公文書館との苦い経験があったので、早い返事は期待していなかった。それでもその返事の内容はわたしに嬉しい驚きをもたらした――レーベンスボルン計画関連の書類は丸々箱一個分もあるのですが、お調べになりますか？

その大量の書類はニュルンベルク継続裁判の八番目の公判に関するものだった。正式には〈アメリカ合衆国対ウルリヒ・グライフェルトおよびその他〉、一般に〈ＲｕＳＨＡ裁判〉と呼ばれるその公判は、親衛隊の〝人種的純血性〟の保護と維持にあたり、レーベンスボルン計画を管理した〈親衛隊《R》人種《u》ならびに《S》移住《H》本部《A》〉の上級職だった将校たちが被告となった。

わたしは一九四七年七月七日に提出された訴追状から調べてみた。ぎっしりとタイプ打ちされた十四ページにわたる訴追状には、〈人道に対する罪〉と〈戦争犯罪〉、そして犯罪組織と認定されていた〝親衛隊の一員だったこと〟という三つの見出し別に、被告たちの罪状が仔細に記されていた。わたしは心が冷え冷えとする内容の容赦ない訴追文の前文から読み始めた。

> 被告全員は、一九三九年九月から一九四五年四月まで人道に対する罪を実行してきた……かかる計画の目的とは、ドイツ国民ならびに〈アーリア人種〉と呼ばれるものの強化であり……〈親衛隊《R》人種《u》ならびに《S》移住《H》本部《A》〉の任務の中心は人種検査にあった。人種検査はＲｕＳＨＡの幹部もしくは〝人種検査官〟と呼ばれる専門職員が遂行し……拉致した児童たちのうち、ゲル

マン化に適合した子らは……ゲルマン化を目的としてドイツ国外で拉致した児童たちに関しては、おもにレーベンスボルン協会がその管理にあたった。

慄然《りつぜん》とする言葉の羅列だった。わたしの面倒を見た――〝面倒を見た〟という表現が適切だとすれば、だが――組織の本質が、冷たい法律用語で延々と記されていた。その先には計画の目的と活動していた国々についての記述が続いていた。

〝人種的価値がある〟外国人児童の大規模な拉致計画が開始された。本計画には敵国人口の弱体化とドイツ人口の増強というふたつの目的が設定されていた。被占領国に対する報復と威嚇という側面もあった。

戦争期間中において、チェコスロヴァキアおよびポーランドおよびユーゴスラヴィアおよびノルウェーにおいて大量の児童をその両親もしくは保護者から奪い去り、おのおのの児童の有する〝人種的価値〟に応じて分類した。

わたしは子どもの拉致が行われた国々をメモに書き留めた。ギーゼラが隠していた書類には、わたしは〈ゲルマン化〉されるために帝国本土に連れてこられたという旨が記されていた。どうやらわたしの出身地は、チェコスロヴァキアかポーランドかユーゴスラヴィアかノルウェーかのいずれかららしい。なんとなくノルウェーではないような気がした。ＲｕＳＨＡ裁判のフォルダーのなかに、もっと確かな手がかりがあるかもしれない。わたしはそう思った。
次の書類を調べようとしたそのとき、ふいに被告のリストが眼に留まった。ニュルンベルクで被告席に引き出された、レーベンスボルン協会の四人の幹部の——男が三人と女がひとり——階級と役職が記されていた。

マックス・ゾルマン——親衛隊連隊指導者（大佐）、レーベンスボルン協会協会長

グレゴール・エープナー——親衛隊上級指導者（上級大佐）、レーベンスボルン協会本部医療局局長

インゲ・フィアメッツ——レーベンスボルン協会A局副局長

四人目の名前にわたしの眼は留まった。

グンター・テッシュ——親衛隊大隊指導者（少佐）、レーベンスボルン協会本部法務局局長

知っている名前だった。わたしをヘルマンとギーゼラのフォン・エールハーフェン夫妻に預ける契約が記された書類に、テッシュ親衛隊少佐の署名があった。わたしの里子契約に関わった人物が、ヒ

トラーが占領した国々から子どもを拉致してくるという犯罪計画に関与していたとして訴追されていたのだ。この発見に心がざわついた。

わたしは前に置かれた書類箱に眼を戻した。啞然とするほど大きな箱だった。RuSHA裁判は五十七日間かかり、二千点近くの証拠物件や書類が精査され、検察側と被告側を合わせて百十六人の証人が召喚された。公判記録にいたっては驚きの四千七百八十ページだった。ニュルンベルクでの調査は三日を予定していたが、果たしてそれで終わるだろうか。わたしは不安になってきた。

主任検察官のテルフォード・テイラーという米軍弁護士の准将が訴追内容の背景を説明している。ハダマールで聞いた話どおり、レーベンスボルン協会による子どもの拉致とゲルマン化は、ナチスが〝劣等人種〟と見なしていた人々を根絶やしにする計画に必要不可欠な要素だったのだ。

> 第三帝国が侵略戦争を開始したことにより、こうした不道徳な指針を実行に移すことが可能となった。かくして一九四〇年の中頃には、極めて具体的な計画が発動される運びとなった。その点については、ヒムラーの筆による『東方在住のアーリア人種の人々に対する措置についての覚書』なる最高機密文書に示されており……

未知の文書が出てきた。それもそのはずで、テイラー准将の説明によれば、『東方在住のアーリア人種の人々に対する措置についての覚書』はまさしく最高機密文書で複写は厳禁、閲覧にしてもヒトラーのごく少数の中枢幹部かナチ党の最高幹部のみに限られていたという。テイラーはニュルンベルク裁判の公判記録を持ち出し、ヒムラーが〝ユダヤ人の完全根絶〟を望んでいたことが記された部分を引用したうえで、人種検査官によって純血アーリア人種だと判定された子どもたちを拉致するヒムラーの計画が書かれた部分を読み上げている。

そうした良質な血統を受け継いでいる児童の両親は、子どもを提供する選択を迫られることになる――そうすればその両親たちはもう子どもをもうけようとはしないだろうから、東方の劣等人種たちが指導者階級を得るという危険はなくなるであろう。その指導者階級は人種的に我々アーリア人種と同等であり、したがって我々にとっては危険な存在である。この措置によって、そうした脅威は排除されるのだ……

我々と同じ血が流れている子どもの存在が確認された場合、その子どもはドイツの学校に送られ、ドイツで永続的に留まりつづけることを両親は通知されることになる。

ナチスに最初に征服されたポーランドは、ヒムラーの拉致計画の実験場になった。法廷では、ヒムラーが計画の詳細を明確に指示した一九四一年六月十八日付の書簡が証拠として提示された。

極めて優れた人種的特徴を有するポーランド人の児童が確認された場合、我々の手で拘引し、児童用の特別施設および養護施設で教育すべきだと本官は考えている。ちなみに、そうした施設はあまり大き過ぎてはならない。

優良人種と判定された児童たちの家系図については受け入れから半年以内に作成すべし。併せて、そうした児童は受け入れから一年以内に子どものいない優良人種の家庭との養子もしくは里子縁組を考えなければならない。

この書簡から半年後、ヒムラーは新たな指示を出し、拉致の実践方法と〝人種的価値が高い〟と思われる子どもを〝劣等人種〟の両親から切り離す方法を詳しく説明した。そうした親たちは、ナチスによる占領に激しく抵抗するようになるとヒムラーはにらんでいた。

政治的に重大な罪に問われた者は、再定住措置の対象にはならない。（ヒムラーは子どもの大量拉致計画のことを婉曲的に〝再定住措置〟と表現していた）

そうした政治犯については、その名簿を親衛隊の高級将校および警察幹部が現地の国家警察（つまりゲシュタポ）本部に提出し、強制収容所への送致対象とする……送致された場合、その政治犯たちの子どもは両親から分離しなければならない……

親衛隊の高級将校および警察幹部は、再定住措置を受ける子どものゲルマン化が両親による有害な影響によって損なわれないように特別な注意を払わなければならない。

そのような有害な影響が確認され、国家警察の強制的措置による排除が不可能である場合、対象の子どもを被保護者として受け入れる用意のある家族を準備することとする。その家族は政治面においても思想面においても問題がなく、無条件にその子どもに内在する良質な血統を愛し、実の子ども同様に接することが求められる。

つまりこれがレーベンスボルン計画の青写真だった。無慈悲で倒錯した命令を読んで、わたしは動揺した。しかしその先にはもっとひどいことが記されていた。公判記録のなかのヒムラーの指示書には、ナチスが設定した〝人種的価値〟の基準に達しなかった、あるポーランド人家族を待ち受けていた運命が書かれていたのだ。

ブルンヒルダ・ムシェインスキを保護拘置とする。その四歳と七歳の子どもについては断種を施した上でしかるべき養父母に引き取らせる。

インゲボルク・フォン・アヴェナリウスについても保護拘置とする。その子ども二名についても断種を施した上でしかるべき養父母に引き取らせる。

この恐るべき企みを正当化するお粗末な理由も記されていた。公判では、ヒムラーが一九四三年十月に行った演説の写しが提示された。

外国人、とくに一部のスラブ諸国の人間を扱う際において、ドイツ人の視点を捨て去るべきだと本官は考える。そうした人間には理解不能な、ドイツ人としてはごく当たり前な思考様式や論理的判断も当てはめてはならない。しかし彼らのあるがままを受け入れなければならない。

そうした交雑民族のなかにも、人種的にそれなりに優良な者はまちがいなく、常に存在する。しかるに、そうした優良者の子どもを引き取り、本来の環境から引き離すことは我々に課せられた義務だと本官は考えている。必要であれば拉致や強奪も辞さない。要は、活用し得る良質な血統を取り込みドイツ国民とするか、さもなくばその血統を根絶やしにするかなのだ。

かくして、ナチスの信じる〝優秀なアーリア人的特質〟に適合した金髪碧眼のポーランド人の子どもたちは家族から強奪され、一時収容キャンプに送られた。経験を積んだ人種検査官たちが何千人もの子どもを計測し、触診し、評価した。検査官の評価は揺るがしがたい最終判断とされた。ＲｕＳＨＡが出した裁定にはこう明記されている。

検査官による人種判定は、いかなる部署も変更してはならない。専門家である検査官による判断は医師の診断と同様のものと見なす。

幸運な子どもたちは——それを幸運と呼べるならばだが——レーベンスボルン協会に引き渡された。書類箱のなかには、家族の元から連れ去られ帝国全土に散らばるレーベンスボルン協会の施設に送られた子どもたちの名前がぎっしりとタイプで記された名簿の束があった。わたしは眼を閉じて想像してみた——駅を埋め尽くす、付き添いの大人がいない何千人もの子どもたち。家畜のようにトラックや客車に詰め込まれる子どもたち。みんな泣いていたのだろうか？　道中は誰が面倒を見ていたのだろうか？

　と、奇妙なことが起こった。ある記憶の断片が甦ったのだ。初めての経験だったが、それでもその記憶は何となく本物のように思えた――ごくごく幼いわたしは、ほかの子たちと一緒に列車の床に座っている。わたしたちは与えられた一枚の毛布を互いに引っ張って自分が包まろうとする。引っ張り合いに負けたわたしは、列車が長く暗いトンネルに入ると寒くてたまらなくなる。東方からの列車に、わたしは乗っていたのだろうか？　ポーランドで起こったことを読んだせいで、六十年も心の奥底で眠っていた記憶が呼び覚まされたのだろうか？　そんなことがあるのだろうか？

　現にニュルンベルク継続裁判の書類を読んでいくうちに、不安と動揺はいや増すばかりだった。心のなかで展開される法廷では、審理はポーランドからチェコスロヴァキアにあった小さな村に移っていった。

　一九四七年、十五歳のマリエ・ドレザロヴァは証言台に立ち、自分の身に起こった出来事について証言した。その五年前の四二年六月十日の朝、プラハ近郊のリディツェという農村に十台のトラックがなだれ込んできた。トラックには親衛隊員とゲシュタポたちが乗っていた。

　その二週間前、ヒムラーの腹心で帝国が占領したチェコスロヴァキアの統治を任されていた親衛隊上級集団指導者（大将）のラインハルト・ハイドリヒがパルチザンに暗殺された。

　ヒトラーは大々的な報復措置を求めた。そのなかでもリディツェ村は、ハイドリヒを殺害したパルチザンたちとのつながりが疑われたことから特別に襲撃が指示された。

武装した兵士たちがトラックから跳び降り、村の全住民を一カ所に集めた。マリエの父親を含めた百七十三人の成人男性は納屋の壁際に並ばされて射殺された。兵士たちは男たちの亡骸《なきがら》を果樹園に十体ずつ並べ、村全体を焼き払った。

臨月の妊婦を含めた二百人近い村の女性たちはラーフェンスブリュック強制収容所に送られた。百八十四人の子どもたちは母親から引き離され、バスに押し込められてポーランドのウッチにあった元織物工場に送られた。ヒムラーの部下たちの命令により、子どもたちには食事が与えられず、冷たい地面の上に毛布なしで寝させられた。

そしてRuSHAの人種検査官がやって来て、アーリア人種としての資質を示す特徴がないか全員を調べた。結局百三人が〝不合格〟になり、そのなかの七十四人がただちにゲシュタポに引き渡され、ヘウムノの絶滅収容所に送られた。彼らは特別に作られたガス・トラックの荷室に入れられ、排気ガスで殺された。ゲルマン化に適した子どもは七人しか選ばれなかった。マリエ・ドレザロヴァはそのひとりだった。

マリエが送られたレーベンスボルン協会の施設にはさまざまな国の子どもたちがいた。彼女はドイツ語を強制的に学ばされ、チェコ語を話しているところを見つかったら罰を受けた。そのうち協会は里子を迎えることを許された家族にマリエを渡した。里親たちは優しく、里子に迎えた記念として二着のドレスを買い与えた。そうやってマリエはだんだんと自分がどこから来たのか忘れていった。

戦争が終わると、虐殺と強制収容所を生き抜いたわずかばかりのリディツェ村の女性たちは、行方がわからなくなった子どもたちを捜し始めた。それから一年後、ニュルンベルクで証言をする直前に、マリエは死の床にあった母親との再会を果たした。が、母が横たわるベッドの傍らに立ったとき、マリエは自分の母国語をまったく思い出せなかった。

以上がマリエ・ドレザロヴァがニュルンベルクで判事に語ったすべてだ。彼女の証言を読みながら、わたしは自分と彼女を置き換えてみた。わたしもマリエのように、ヒムラーの兵隊たちが焼き討ちにした村から連れてこられたのだろうか？　髪がブロンドっぽくて眼は青みがかっていたおかげで〝人種的価値が高い〟とされ、絶滅収容所行きを免れた幸運なひとりだったのだろうか？　もしそうなら、一体わたしはどこで拉致されたのだろうか？　そしてマリエのように、いつの日にか自分の本当の母親に、彼女が亡くなる前に再会できるのだろうか？

そしてわたしは名簿を見つけた。

それはぼろぼろになった灰色の紙の束で、一九四四年にレーベンスボルン協会の職員が作成したものだった。六十年近くも前にタイプ打ちされた文字はかなり薄くなってしまっていたが、何とか読み取ることはできた。名簿は四列構成になっていて、左端の列には名前がアルファベット順に記されていた。その隣の列には生年月日があり、そのどれもが一九四〇年代の初めの日付だった。どう見ても子どもの登録簿のようなものだった。三列目の見出しは〈譲渡先〉とあり、最後の列はその日付だった。合計で四百七十三人の子どもたちが登録されていた。半分ぐらい眼を通したところで、こんな記載を見つけた。

マトコ、エリカ

11・11・41
ヘルマン・フォン・エールハーフェン大佐、ミュンヘン市ゲンツ通り五番地
3・6・44

わたしの名前があった——しかも本来の名前が。この記入が嘘いつわりではないことはまちがいなかった。そう確信できたのは、これがちゃんとした公判記録だからというばかりでなく、ヘルマンの家の住所とわたしが引き取られた日付が正しかったからだ。わたしは名簿を手にしたまま椅子の上で身じろぎひとつしなかった。興奮を覚えなかったことに我ながら驚いた。あなたがエリカ・マトコであるはずがない、その女性は今もスロヴェニア国内で暮らしているのだからと同国政府に手紙で告げられて以来、わたしは喪失感につきまとわれ、本当の自分というものがわからなくなってしまっていた。ところが字が薄れかかったレーベンスボルン協会の名簿を眼にして、本当の自分を取り戻したような気がした。わたしはエリカ・マトコなんだ——もしくはその名前で呼ばれていたんだ。ふたたびそう思えるようになった。

それでも彼女は、というよりもわたしは、一体どこから連れてこられたのだろうか？　その答えは名簿に添付されていた二通の宣誓供述書のなかにあった。それはニュルンベルク継続裁判の検察官に尋問された、レーベンスボルン協会のふたりの元職員の供述を記したものだった。ひとり目はマリア＝マルタ・ハインツ・ヴィセデという協会本部で働いていた女性だった。一九四八年八月九日、彼女は証拠となる文書を示し、一部の子どもたちの身元を明らかにした。エリカ・マトコはそのなかにい

た。

眼の前にある名簿のなかの、これからあげる名前の子どもたちはユーゴスラヴィア人だとわかっていました……エリカ・マトコ……

この子どもたちはすでに協会からドイツ人家庭に譲渡されていたので、書類に書かれていたことぐらいしかわかりません。書類に書かれていることからわかるように、こうした子どもたちは〈山賊《バンディート》の子どもたち〉と呼ばれていて、協会がドイツ民族対策本部《VoMi》から引き取ってきていました……わたしが憶えているかぎりでは、協会はバイロイトにあったＶｏＭｉの収容キャンプから子どもたちを引き取っていました。

わたしの心臓は早鐘を打った。まちがいなくわたしはこの〈ドイツ民族対策本部《VoMi》〉という組織の手でユーゴスラヴィアから連れてこられてレーベンスボルン協会に引き渡されたのだ。そうはっきりと書類には記されていた。

少し調べてみると、ヒムラーが支配していた複雑に絡み合う組織群のひとつが浮かび上がってきた。ＶｏＭｉは、ナチス・ドイツ国外で暮らす〈民族ドイツ人《フォルクスドイチェ》〉の利益の保護を表向きの目的として戦前に設立された。しかしヒトラーの軍隊がポーランドとチェコスロヴァキアとユーゴスラヴィアを侵略すると、ＶｏＭｉは五十万人のドイツ国民を募って占領地に移住させ、同時に現住者たちを追放したり投獄したりするようになった。要するに、ＶｏＭｉは現在で言うところの〈民族浄化〉の先駆者だったのだ。そしてＶｏＭｉが関わっていたということは、わたしの本当の家族のその後に暗い影を投げかけていた。

わたしの家族はどんな人たちだったのだろうか？　その手がかりは――しかも心躍るような手がかりだった――ヴィセデの宣誓供述書にあった。そのなかで、わたしを含めたユーゴスラヴィアの子どもたちは〈山賊の子どもたち《バンディーテンキンダー》〉と表現されていた。ナチスでは〈山賊《バンディート》〉とはパルチザンの闘士を指す隠語だった。心の底から誇らしい気持ちがこみ上げてくるように感じた。わたしの父たちはナチスの占領軍と戦う反逆者だったのだ。勇敢な人たちだったにちがいない。正直言って、わたしが父たちの立場だったら、たぶんヒトラーの軍隊と戦う勇気などなかったのではないだろうか。

二通目の宣誓供述書は、エミリエ・イーデルマンというレーベンスボルン協会の元事務員のものだった。彼女は一九三九年から協会の消滅まで勤務し、子どもたちが里親に引き取られるまでの世話を担当していた。彼女も一九四八年四月三日にアメリカ軍による尋問で、ユーゴスラヴィアで拉致した子どもたちのことを語っていた。そしてわたしが協会の養護施設に入るに至った過程の失われたピースを埋めてくれた。彼女の証言によれば、ドイツ占領地の南東部から拉致してきた子どもたちは〈Südost-kinder《スードオスト・キンダー》〉（南東の子どもたち）〉と呼ばれていた。

わたしは念のため書類を読み直してみた。しかし結局のところ答えは明白だった――一九四二年から四三年にかけてユーゴスラヴィアで拉致されて帝国本土でゲルマン化された、少なくとも二十五人の（勇敢なパルチザンの闘士たちの）幼い子どもたちがいた。そしてわたしがそのひとりだったのは疑いようのない事実だった。

わたしはドイツ南部のヴェルデンフェルザーラント地方にあったＶｏＭｉの収容キャンプに送られ、それからコーレン・ザーリスで育てられ、そして最終的に〝ミュンヘンのフォン・エールハーフェン家〟に譲渡された。

わたしは少しだけ呆気に取られた。わたしは荷物か何かのようにあちこちたらい回しにされた挙げ句、表向きは産院兼養護施設を運営する人道団体を騙り、それとは裏腹に実際にはドイツ国外から盗んできた子どもたちを管理してきた組織に送られたのだ。

最後にひとつだけ疑問が残った――裁判にかけられたレーベンスボルン協会の幹部たちには、最終的にどんな罰が科せられたのだろうか？

ＲｕＳＨＡの幹部たちは有罪とされ、長期刑を宣告された。が、レーベンスボルン協会の四人の幹部たちについては、人道に対する罪でも戦争犯罪についても無罪とされた。マックス・ゾルマンとグレゴール・エープナーとグンター・テッシュの三人の男性被告についてはそもそも親衛隊員だったこと自体ですでに有罪だったのだが、女性のインゲ・フィアメッツは隊員ではなかったので判決後は一日たりとも監獄で過ごすことはなかった。証拠ならずらりと揃っていたにもかかわらず、判事たちは信じがたい判断を下した――レーベンスボルン協会は〝福祉団体〟以外の何物でもないとしたのだ。

怒りがこみ上げてきた。わたしは判事たちと同じ証拠を確認して、しかもハダマールで出会った、同じ境遇を生き抜いた仲間たちの身の上話も聞いていた。事実を知ってしまったわたしは、自分がどうやってレーベンスボルン協会の手中に落ちたのか突き止めてやると、以前にも増して心に誓った。

現地政府がどう考えていようと、わたしはまちがいなく現在のスロヴェニア出身だ。問題があるとすれば、それをどうやって証明すればいいのかということと、証明した結果、何がわかるのかということだけだった。

13章　ロガーシュカ・スラティナ

わたしの子ども時代のことについてご存じのことがおありなら、お答え願えたら幸甚です……好奇心からこの手紙を書いているわけではありません。

二〇〇三年二月十六日、エリカ・マトコに宛てた手紙

ドイツには〈マトコ〉姓を名乗る人々が大勢いることがわかった。わたしはそのひとりひとりに宛てて手紙を書き、わたしの生い立ちかヘルマンとギーゼラのフォン・エールハーフェン夫妻について何か知らないか尋ねた。〝下手な鉄砲も数撃ちゃ当たる〟的戦術にしか過ぎないことは自分でもわかっていたし、返事も期待していたわけではなかった。ところが驚いたことに、ぽつりぽつりとではあるが返事がきたのだ。どの手紙も連絡をくれたことを感謝し、わたしの調査の成功を祈ってはいたが、手がかりはひとつもなかった。

一方、〈家族捜索人〉のほうは精力的に活動していた。ドイツの〈マトコ〉たちに宛てた手紙の残念な結果のことなど気にも留めず、地理面での捜索範囲をどんどん拡げていった。しかも彼はまったくの善意から手伝ってくれていたのだ。

ヨゼフ・フォックス氏がいなければ、わたしは自分の過去の真実に絶対にたどり着けなかっただろう。フォックス氏は元陸軍将校で、一九八〇年代にNATO軍に転属された。

NATO軍時代にノルウェーに駐留していたときのことだ。フォックス氏は、ドイツ兵の子どもとしてこの国で生まれた子どもたちの話に初めて触れた。そしてレーベンスボルン計画で生まれた子どもたちの窮状も知った。彼らの苦しみと、その人生を滅茶苦茶にしてしまった恥の意識に心を動かされ、フォックス氏はそうした子どもたちの本当の家族を捜し出す仕事を引き受けた。

フォックス氏の仕事は出だしから壁にぶち当たった。レーベンスボルン協会が大部分の父親の名前を隠蔽していたからだ。まだインターネットやオンライン記録がなかった時代、家系調査は入手可能な手がかりが少なかった。しかし皮肉なことにこの時期の困難が、調査の行き詰まりを打開する独自の手法を生み出した。フォックス氏は各地に人脈を築き、利用したのだ。氏によれば、タクシーの運転手が情報源としてはうってつけだということだ。そうしたコネを通じて、一般には知られていない公文書館や図書館が保管している古い新聞を掘り起こし、時には墓地を訪れて墓石に刻まれた名前を調べることもあったという。そうやってフォックス氏は謎を解く腕に徐々に磨きをかけていった。

わたしと出会った時点で、フォックス氏は一千件以上の捜索をこなしていて（そのすべてが〈レーベンスボルンの子ども〉に関するものというわけではないが）、その大部分のケースで家族の消息をたどることができていた。氏の捜索範囲はドイツ全土はもとより、遠くアメリカやオーストラリアにまで及んでいた。ボンのオフィスはおびただしい数のファイルで埋め尽くされ、そのひとつひとつが書類でぱんぱんに膨らんでいた。こうした捜索活動はすべてボランティアで、自分がかけた時間に対して一ユーロも受け取っていなかった。陸軍を退役してから久しく、国家恩給で暮らしていたフォックス氏は、わたしのような人々の心の苦しみを和らげるということだけを報酬にしてその身を捧げてくれているのだ。氏にはどれほど感謝してもしきれない。

一番見込みがありそうな〈マトコ〉を見つけたのも、やはりフォックス氏だった。氏は自身の人脈のなかのひとりの女性と連絡を取った。その女性の母親は、戦時中にユーゴスラヴィアから徴用されて強制労働をさせられていた。彼女の協力で、フォックス氏は現在もロガーシュカ・スラティナで暮らしている何人かの〈マトコ〉たちの詳細な連絡先を摑んだ。

その〈マトコ〉たちはどうやら親戚同士らしかった。わたしと同世代の人も少し年上の人もいたが、それ以外は明らかに三十歳ぐらいは年下だった。一番期待が持てそうな人の名前は〈エリカ〉だった。フォックス氏はその〈エリカ〉の住所を探り当て、彼女の親戚と思しきマリア・マトコという女性の電話番号も見つけた。わたしたちは話し合い、氏がマリアに電話をし、わたしが〈エリカ〉に手紙を書いて送ることにした。

わたしはコンピューターの前に腰を下ろし、どう書くべきなのかあれこれ考えた。簡単に書ける手紙ではなかった。わたしはこの〈エリカ〉を名乗る女性のことを何も知らず、彼女が暮らしている国についてもまったく不案内だった。考え抜いた末に、何もかも包み隠さず話し、自分の過去をどうしても知りたい旨を心から訴えることにした。そうすれば彼女の琴線に触れ、返事を寄こしてくれるのではないか。わたしはそう踏んだ。ドイツにいる縁もゆかりもない〈マトコ〉たちに宛てていきなり手紙を送ったときも、何の助けにもなれないことがわかっているのにわざわざ返事を寄こしてくれた人たちが大勢いた。だからわたしと同じ名前で、わたしの出身地に暮らすこの彼女も、助けを求めるわたしの言葉に心を動かされるだろう。そう自分に言い聞かせた。

二〇〇三年二月十六日

エリカ・マトコさま

拝啓

はじめまして。わたしは、極めて個人的な問題であなたの手をお借りしたいと思い、この手紙を書いています。当然わたしはスロヴェニア語を話せませんし、あなたにしてもドイツ語がおわかりになるとは思っていません。それでも、どなたか親切な方にこの手紙を翻訳していただければと願っています。

わたしは何年ものあいだ、自分の産みの親を捜してきました。そしてその調査の過程で、理解に苦しむことにいくつか直面しました。そのせいでわたしは不安に駆られ、心を乱しました。それでも調べつづけなければなりませんでした。

わたしの養父母は、〈レーベンスボルン協会〉という組織が運営していた〈ハイム・ゾンネンヴィーゼ〉という養護施設からわたしを引き取りました。その施設でわたしは二通の予防接種証明書を発行されましたが、そこにはわたしの名前は〈エリカ・マトコ〉と書かれていて、出身地は〈ザンクト・ザウアーブルン〉になっていました。幼い頃のわたしのことがわかる書類は、その証明書だけです。その養護施設に入った経緯もわかりません。養父母は何も教えてくれませんでした。

十年前まで、わたしは自分が〈レーベンスボルンの子ども〉だったことを知りませんでした。そのことを教えてくれたドイツ赤十字も、わたしの本当の身元を調べることはできませんでした。わたしは、〈レーベンスボルン協会〉について研究していて、その著書も出しているゲオルク・リリエンタール博士に協力を求めました。

リリエンタール博士は、たぶんわたしはナチスに拉致された子どもたちのひとりで、しかもユーゴスラヴィアで生まれたのではないかと考えています。

そうやって自分の過去を調べていくうちに、わたしはあなたを見つけました。好奇心からこの手紙を書いているわけではありません。わたしはただ、ユーゴスラヴィアの同じ街に生まれた〈エリカ・マトコ〉がふたりいるという謎がどうして生じたのか知りたいだけなのです。もしかしてあなたも〈レーベンスボルン協会〉の養護施設にいらしたのでしょうか？　それとも、ずっとロガーシュカ・スラティナで暮らしていらっしゃるのでしょうか？

わたしの子ども時代のことについてご存じのことがおありなら、お答え願えたら幸甚です。

敬具
ドイツ連邦共和国オスナブリュック市
イングリット・フォン・エールハーフェン拝

これ以上わたしに言えることもできることもなかった。この文面のどこかがもうひとりの〈エリカ・マトコ〉の胸に響くことを祈りつつ、わたしは手紙を投函した。

一方、フォックス氏のほうは進展を見せていた。マリア・マトコと連絡を取ることに成功したのだ。スロヴェニア語が話せない氏は、通訳を通してドイツ語を話せない彼女と電話で話し、しかもその会話は弾んだ。どうやら彼女はわたしと同じぐらいの年齢で、ずっとロガーシュカ・スラティナで暮らしていたみたいだった。

フォックス氏が聞いた話では、マリアは戦時中に反ナチスのパルチザン活動に関わっていたマトコ家の女家長だということだった。彼女は細かい内容はもう忘れてしまったが、ナチスは一家のひとりを処刑し、三人の子どもをさらっていったことだけは憶えているという。

わたしが捜していたマトコ家のいかにもありそうな歴史に、手を触れることができそうなほどに近づいたような気がした。しかしもっと明るい見通しを与えてくれたことがあった。マリアはもうひとりの〈エリカ〉のことをよく知っていたのだ。

が、わたしにもたらされた情報はそれでおしまいだった。フォックス氏はわたしに会うようマリアを説得し、そのときはエリカも連れてきてほしいと頼んでみたという。その話を聞いた途端、わたしは不安になった。今すぐにでもスロヴェニアに行きたくてたまらなかったものの、そこで待ち受けているかもしれない事態が怖くもあった。そのマトコ家が〝別の〟マトコ家で、結局すべてが無駄骨だとしたら？　そんなことになったら、わたしの心は打ちのめされてしまうだろう。もっとひどいことだってあり得る。マリアとエリカがわたしの親戚筋だったとしても、もしかしたらふたりは何らかの理由でわたしに敵意を抱いているかもしれないし、快く思っていないかもしれない。そう考えると落ち着かない気分になった。

そんなわたしの気持ちなど〈家族捜索人〉は一顧だにしなかった。フォックス氏に強く説得され、結局わたしは現地に足を運ぶことにしてしまった。まずはミュンヘンに行き、そこからスロヴェニアの首都リュブリャナに飛び、そこでタクシーを見つけ、八十キロメートル離れたシュタイエルスカ地方の中心都市ツェリェに行くという段取りがつけられた。

スロヴェニアに行く目的はもうひとつあった。ナチスに拉致されたり国外追放されたりした少数の生き残りの人々が、毎年秋にツェリェで会合を開いていた。そこに参加して、翌日にロガーシュカ・スラティナに向かい、市《まち》のカフェでマリアと会うようフォックス氏は手配していたのだ。さらに言うと、わたしひとりでスロヴェニアに行くわけではなかった。フォックス氏の友人のひとりで、スロヴェニア語を話す男性が通訳として同行してくれることになっていた。

旅立ちの日がだんだん近づいてきた。なのにわたしは、スロヴェニアのこともこの国の歴史もまったくと言っていいほど知らなかった。ユーゴスラヴィアという国が崩壊したのちにどうやって成立したのかも知らなかった。遅まきながら調べてみると、拉致されることもなければレーベンスボルン計画に取り込まれることもなかったら自分が歩むことになったであろう人生が何となく見えてきた。

ユーゴスラヴィアは侵略者ドイツを最初に追い払った国のひとつだ。ヨシップ・チトー指揮下のパルチザン軍は、ヨーロッパでナチスに最も打撃を与えた反抗勢力だった。最初こそは散発的なゲリラ戦を展開していたが、一九四三年の中頃になると大きな勝利を挙げるようになり、ヒトラーの軍隊に少なからぬ損害を与えた。一九四四年の初頭にはドイツ国防軍をセルビアから放逐した。その一年後、全ドイツ軍がユーゴスラヴィアから撤退した。

自国の解放を、ユーゴスラヴィアのパルチザンたちはソ連の手をほとんど借りることなく成し遂げた。解放後に成立したチトー主導の政府は、共産党の一党独裁で反抗勢力に厳しくあたり民主主義も否定する、まごうことなき共産政権だった。にもかかわらずユーゴスラヴィアは戦後から二十五年にわたり、鉄のカーテンの向こう側のソ連の衛星国家のなかで極めて高い独立性を保っていた。一九四八年に独自の社会主義路線を打ち出すと、チトーとモスクワのあいだに溝が生じ、その距離はどんどん拡がっていった。

チトーはクレムリンも西側諸国も同じように自由に批判し、冷戦期にあって西側にも東側にも与しない非同盟運動の提唱者のひとりとなった。

しかしユーゴスラヴィアは、その表面下で絶えることのない緊張関係を抱えていた。新たに成立したユーゴスラヴィア連邦人民共和国を構成していたセルビア、クロアチア、ボスニア＝ヘルツェゴビナ、マケドニア、モンテネグロ、スロヴェニアの六つの共和国は対立を繰り返していた。民族構成も宗教も政治史も大きく異なるこの六カ国を結びつけていたのは、ひとえにチトーという象徴だった。そのチトーが一九八〇年に亡くなると、国全体の崩壊が始まった。

ユーゴスラヴィア内で常に最大の人口を保っていたセルビア人は、第二次世界大戦前のユーゴスラヴィア王国においても最大勢力を誇示していた。チトー亡きあと、セルビアの共産主義者たちの指導者だったスロボダン・ミロシェヴィッチは、かつてのセルビア人の優越性を取り戻すべく動いた。他の共和国、とくにスロヴェニアとクロアチアはミロシェヴィッチの権力掌握術を激しく非難した。

一九八九年、コソボ社会主義自治州でのアルバニア系炭鉱労働者たちのストライキが発端となり、一触即発の緊張状態が生じた。スロヴェニアとクロアチアの支持を得て、ストライキはコソボ共和国の設立を求めるデモ活動に発展していった。この事態にセルビアの指導部は激怒し、デモに警察軍を差し向け、その後は連邦軍を派遣して秩序を回復させた。

一九九〇年一月、〈ユーゴスラヴィア共産主義者同盟〉の臨時大会が開かれた。一党独裁国家のユーゴスラヴィアでは、この同盟が全共和国の上に位置する最高意思決定機関だった。この大会では国家の未来像を巡ってスロヴェニアとセルビアが対立し、紛糾した挙げ句に同盟そのものが解散してしまった。これがユーゴスラヴィアの悲惨な未来の始まりだった。

同盟の解体はただちに国家の危機をもたらした。危うい民族主義に煽られ、東欧諸国で広がっていた共産主義の崩壊に焚きつけられるかたちで、五つの共和国は独立とセルビア人による支配の終了を求めた。かくして戦争のお膳立ては整った。

それから起こった出来事は戦後ヨーロッパ最悪の紛争だった――人道に対する罪がふたたび犯されたのだ。勃発からの十年間のうちに少なくとも十四万人の命が奪われたが、その一方で何十万もの人々が――ひょっとしたら何百万人かもしれない――民族浄化と武器としてのレイプと強制収容所と集中爆撃の餌食になった。

こうした〝汚い戦争〟の戦端はスロヴェニアで切られた。一九九〇年十二月の国民投票で、八十八パーセントの国民が崩壊した連邦共和国からの完全独立に賛成した。独立を宣言すれば、セルビア人主導のユーゴスラヴィア人民軍が侵攻してくることは誰の眼にも明らかだった。

スロヴェニア政府は旧式化していた防衛軍を内密にゲリラ軍に再編制し、装備も訓練も充実させていた。ヒトラーの軍隊を国から放逐したパルチザン軍が実質的に復活した。

しかしユーゴスラヴィア人民軍は装備にしても兵力にしてもはるかに強大だった。それをわかっていたスロヴェニア政府は〝非対称戦術〟の構えをとった——橋を爆破し、村や町で小規模な近接戦闘を繰り広げるというパルチザンの戦い方に立ち戻ることにしたのだ。

同時に、スロヴェニア政府はヨーロッパ連合《EU》とアメリカ合衆国に支援を求めた。しかしいくつかの小国よりも、それをまとめた連邦共和国のほうが対処しやすいと考えていたEUとアメリカに、スロヴェニアの独立を承認する心づもりはなかった。両陣営のスロヴェニア支援の拒否はセルビアを勢いづかせ、本格的な内戦の勃発を不可避なものにしてしまった。

一九九一年六月二十七日、首都リュブリャナから南西に七十五キロメートル離れたディヴァーチャでユーゴスラヴィア人民軍の最初の銃弾が放たれた。同日午後、スロヴェニア軍の兵士たちがユーゴスラヴィア軍のヘリコプターを二機撃墜した。戦線はリュブリャナに向かって進んでいったが、その後は東に転じてツェリエとロガーシュカ・スラティナを目指した。開戦から九日後の七月六日に停戦が宣告され、スロヴェニアは独立を勝ち取った。が、その代償は六十二人の死者と三百人を超える負傷者だった。

紛争が長引いたクロアチアやボスニアやコソボとはちがい、スロヴェニアの独立戦争は短期間で終わった。ナチスを追放して以来、ようやくスロヴェニアは自由を得た。ほんのわずかだが、わたしは言いようのない誇りを覚えた。

二〇〇三年の九月末、わたしはミュンヘンに向かった。ヨゼフ・フォックス氏の段取りでは、ミュンヘンで氏の友人の通訳と落ち合い、ふたりでリュブリャナに飛ぶことになっていた。ところが搭乗時間になっても通訳の男性は姿を見せなかった。わたしは仕方なくひとりで機上の人となった。スロヴェニアで待ち受けていることを考えると、それだけでもう不安で仕方なかったし、しかもドイツ語しか話せないので無力で無防備な気分にもなっていた。幸いなことに通訳の男性は何とか航空会社と連絡を取ってくれて、わたしの搭乗機のフライトアテンダントに伝言を託してくれた。交通渋滞に巻き込まれてしまったが、次の便を捕まえるのでリュブリャナで落ち合おうとのことだった。

わたしはリュブリャナの空港でずっと待ちつづけた。が、通訳は来なかった。自分の携帯電話は通じず、ドイツ語を話せそうな人はひとりも見つからず、この国の公衆電話の使い方もわからなかった。そんなわたしにできることと言えば、空港のロビーの椅子にただただ座りつづけ、通訳が来るのを祈ることだけだった。

ようやく通訳が到着したとき、わたしはちょっと怒っていた。しかしそんな気持ちにかかずらっている暇はなかった。子どものときにナチスに拉致された人たちの集会は、その夜にツェリェの小学校で開かれることになっていたのだから。ドイツ占領時代はツィリと呼ばれていたツェリェはパルチザン活動の中心地であり、ナチスによる報復措置が行われた市《まち》でもあった。

田園地帯を走る車の窓から、わたしは自分の出生地だとわかっている場所の風景を胸に刻み込もうとした。約七十年振りに眼にする光景で何かしらの記憶が呼び覚まされるかもしれないと思っていたが、残念ながら何も思い出せなかった。

その集会にはどんな人たちがやって来るのだろうか。その人たちの話は、わたしの過去の真実の解明に役立つものなのだろうか。わたしにはほとんど、いや、まったく見当がつかなかった。だからこそわたしは、拉致された子どもたちが集うのはこの夜のツェリェが初めてではなく、それどころかもう何回も開かれていると聞いて驚いた。彼らは一九六二年から互いの消息を尋ね始め、自分たちの話を（当時の）ユーゴスラヴィアの人々に伝えようと決意したのだ。

その夜に出会った人たちは、全員わたしより十歳から十五歳年上の八十代の男女だった。その人たちはナチスの拉致から生還した子どもたちを支援する公的機関の指導的立場にあり、彼らが語ってくれた話は、わたしがこれまで得た情報の隙間を埋めてくれるものだった。

一九四二年だけで、乳児から十八歳までの六百五十四人の子どもたちがナチスによって家族と引き離され、帝国全土の収容キャンプに送られた。年長の子どもたちのうち、過酷な強制労働とゲルマン化を生き延びた子たちの大半は、戦争が終わると家族の元に戻された。わたしがツェリェに来た時点で、そのうち二百人がまだ存命していた。

拉致被害に遭った人たちは、高齢にもかかわらず当時のことを鮮明に憶えていて、自分たちの身に起こったことは決して風化させてはならないと固く心に誓っていた。小学校では、ふたりが立ち上がって話を始めた。わたしは黙って座っていた。通訳を介せば自分の話を聞いてもらえるとは思っていたが、実際にはここで話せるような実のある情報はほとんど持ち合わせていなかった。

そんなわたしでも、その場の注目を集めていた。集会が終わると、三人の参加者が話しかけてきたのだ。三人とも一九四二年の八月にツェリェで拉致され、しかも驚いたことにわたしのことを憶えているというのだ。

　そのなかのひとりのある女性は、十七歳のときに親衛隊の兵士たちに捕まり、この地方から集められた、乳幼児から十八歳までの子どもたちと一緒に小学校に勾留された。母親から引き離されていたので、幼い子の面倒は年長者が見るように命じられていた。温和で情にもろいその老女によれば、赤ん坊たちはひっきりなしに泣いていたという。一番幼い子たちを身ぎれいにしておくように命じられていた彼女は、わたしを沐浴させたときのことをありありと憶えていた。

　そんな話、わたしは信じることができなかった。この地で子どもの一斉拉致が行われたとき、わたしは一歳にもなっていなかったはずだ。そんな幼いわたしと六十年以上の歳月を経た今のわたしが同じ人物だと言い当てることができるはずもない。ところがこの女性は、わたしのことをしっかりと憶えていると言い切った。そんなことがあるのだろうか？

　スロヴェニアに来るまで、わたしは本当の自分は何者なのかわからなかった。スロヴェニアに来たのも、この国と自分を結びつける何かしらの証拠が見つかればと思ったからだった。ところが来てみると、ツェリエでナチスに拉致されたときのわたしのことを憶えている人と出会ってしまった。しかもその女性は赤ん坊のわたしの面倒を見てくれていたのだ。今にして思えば、彼女はわたしが集会に来ると聞かされたおかげでわたしのことを思い出したのではないだろうか。いずれにしても、わたしがこの地とつながりがあることにはちがいなかった。

　次に話しかけてきたのは先ほどの女性と同い年ぐらいの男性だった。十四歳のときに拉致された彼は、一斉拉致の翌日のことをもう少し詳しく語ってくれた。曰く、わたしたちは列車に乗せられ、北に百五十キロメートル離れたオーストリアのフローンライテンという町の収容キャンプに送られたということだった。さらに彼は、そのキャンプでわたしを見たと断言した。そしてわたしがエリカ・マトコという名前だったことも憶えていた。

三人目の女性の話は男性の話を裏づけるものだった。彼女もツェリェで拉致されてフローンライテンに送られ、そしてそこでエリカ・マトコという名前のわたしを見たと言った。

わたしは突如として言葉では言い表せないほどの幸福感に包まれた。長い長い歳月と幾たびもの失望の末に、わたしはかつての自分と出身地についての直接の証拠を手にしたのだ。本当に何とも言えない気分だった。

三人からもっと詳しいことを聞き出したかったが、残念ながら時間がなかった。三人ともわたしのことを知っていて、わたしも拉致された子どもたちのひとりだったということを聞いたところで、もう帰らなければならなかった。一九四二年の八月に起こったこと、そしてわたしが拉致された過程についての解明はもう少し待たなければならなかった。

わたしたちはツェリェからマリボルに移動した。ヨゼフ・フォックス氏は、マリア・マトコと会う前にふたりの〈マトコ〉との面会を手配していた。さらに氏はわたしに殺菌済みの試験管と綿棒を渡してくれていた。〈マトコ〉たちが同意してくれた場合にその唾液を採取して、ドイツに持ち帰って解析に出し、わたしと彼らとのあいだに遺伝的類似性があるかどうか確認してみる段取りもつけられていたのだ。そうすればわたしたちに血のつながりがあるかどうかわかるはずだった。

ひとり目の〈マトコ〉はロガーシュカ・スラティナ近郊の村にいた。村に着いたわたしは、何かを思い出さないかとあたりを見回してみた。何も思い出すことはできなかった。見るからに貧しそうな村だった。会う手はずになっていた女性は八十代の老女で、四十代の息子と一緒に暮らしていた。ふたりともわたしの訪問に戸惑っていたが、母親のほうは唾液のサンプルの提供に同意してくれた。息子は若干冷淡な態度を見せ、サンプルの提供も拒んだ。ふたりからは家族の過去をあまり聞き出すことはできなかった。この親子と血のつながりがあったとしても、たぶんかなり遠い親戚なのだろう。わたしはそう思った。

もうひとりの〈マトコ〉は美容師だった。彼女も唾液のサンプルの提供に快く応じてくれたが、やはりわたしの過去にまつわる情報は聞き出せなかった。

とうとうマリア・マトコと会う時がやって来た。彼女とはロガーシュカ・スラティナ市内の小さなカフェで会うことになっていて、しかももうひとりの〈エリカ〉を連れてきてくれるとフォックス氏に約束していた。しかしカフェに入ると、マリアはひとりで座っていた。わたしは胸を切り裂かれるような失望感に襲われた。

しかし会ってみるとマリアは温和で好意的な女性で、わたしの過去をがんじがらめに縛っている鎖を解き放つカギを持っていた。彼女は七十三歳で、結婚してマトコ家の一員になった。ルドヴィクという名前の夫には姉と妹がいた。姉はターニャといい、妹がエリカだった。ルドヴィクとターニャはすでに鬼籍に入っていたが、エリカは床に臥《ふ》しがちだがまだ存命しているとのことだった。このエリカこそ、わたしが手紙を送った相手だった。その日にカフェに来ることになっていたのだが、マリアによれば彼女はわたしに会いたいとは思っていなかったそうだ。

マリアの話から察するに、マトコ家の人たちは誰ひとりとしてわたしのことを一族の人間だと思っていないのは明らかだった。マリア自身はわたしを快く受け入れてくれてはいたが、それでも本心ではほかの親戚たちと同じように考えているみたいだった。そこまでいくと、わたしまでだんだんとそうではないかと考えるようになっていた。

しかしマリアからさらに詳しい話を聞くと、ふたたび希望が見えてきた——ルドヴィクとターニャとエリカの両親の名前はヨハンとヘレナで、つまり三年前にマリボルの公文書館に教えてもらった名前だったのだ。さらに、パルチザンだったヨハンはナチスによって投獄されていた。この話も、ゲオルク・リリエンタール博士が教えてくれたわたしの過去についての話と一致した。

これまでの数年のあいだに、自分の過去を探ろうとするわたしの試みにはすべて同じパターンをたどっていた。ある新しい情報が見つかると、そのたびにわたしは今度こそ自分がどこの誰なのかがわかると信じ込み、希望に胸をふくらませるのだけれども、そのあとに必ずその希望を打ち砕く手紙や話が舞い込んできて、今度は絶望に胸ふたがれるのだ。で、ロガーシュカ・スラティナでも同じことが繰り返された。高まる期待感に昂揚していたわたしの心は、マリアが二枚の写真を見せてくれた途端、いつものようにあっという間にしぼんでしまった。一枚目の写真は一九六四年当時のヘレナを撮ったものだった。カメラをまっすぐに見据えるヘレナは黒髪でしっかりとした目鼻立ちの、優しく実直そうな女性だった。二枚目のエリカの写真を眼にするなり、わたしはヘレナにそっくりだと思った。つまりヘレナの娘はこちらの〈エリカ〉のほうで、わたしではないということだ。

マリアと別れたとき、わたしは少し意気消沈していた。しかしマリアにもう一度会ってもらえることになったところだけは唯一の救いだった。そのうえ彼女は、ほかのマトコ家の人たちに協力してもらえないか話してみると言ってくれた。

翌日、わたしはマリアのアパートメントを訪れた。彼女は孫娘の世話をしながら一家の歴史をざっくばらんに話してくれた――ルドヴィクとターニャとエリカは両親と暮らしていたが、父親のヨハンはパルチザン活動が理由で逮捕されて強制収容所に放り込まれてしまった。しかし一九四二年の夏に釈放されて、家族の元に戻ってきたという。マリアが知っていることはこれだけだった。

ヨハンの兄のイグナツは弟ほどの幸運には恵まれていなかった。パルチザンだった彼もドイツ軍に逮捕されたが、銃殺刑に処されてしまった。

わたしたちの話にマリアの息子のラファエルが加わった。彼はがっしりとした体格で禿頭の四十代の男性だった。愛想よい態度で接してくれたが、それでもわたしが自分の親戚だとは思っていないことはありありと見て取れた。マトコ家は互いにかばい合う団結力の固い一家なのは一目瞭然だった。

しかしエリカはそうではないように思えた。自分の義理の妹は一度も結婚したことがなく（それでも息子がひとりいた）生まれつき病弱で、仕事にも一度も就いたことがないと、マリアは話してくれた。たしかに一家の絆は強く、エリカとも毎週のように日曜の昼食を共にする間柄みたいだったが、マリアはエリカとはとくに近しいというわけではなさそうだった。

この一家は捜していたマトコ家と驚くほどよく似ているが、結局はわたしとは血のつながりはないのかもしれない。マリアのアパートメントにいるあいだにそんな確信めいたものを感じた。それでも一応はＤＮＡを調べてみることにした。帰る間際にそのことを説明すると、ラファエルは唾液サンプルの提供を快諾してくれた。彼のいとこでターニャの息子のマルコも、多少ためらいながらも同意してくれた。

スロヴェニアツアーの最後の訪問場所はマリボルの博物館だった。ここにはスロヴェニアでのナチスの所業の記憶を留める品々の専用展示室があった。

ナチスは〝山賊《バンディート》〟たちを――イグナツ・マトコのようなパルチザンのことだ――一斉に逮捕して処刑したばかりか、スロヴェニアの本をすべて燃やし、スロヴェニア語の使用を禁止し、話している人間を見つけたら誰彼なしに厳しく罰した。住民を服従させ家畜同様に扱うというヒムラーの占領地政策は、残酷かつ手際よく実施された。

正直に告白すると、博物館で見聞きしたことにことさらに衝撃を受けたわけではなかった。以前のわたしならそうだったかもしれない。しかしこの三年のうちにレーベンスボルン協会とその活動内容を知ってしまったせいで、ナチスの占領地で日常的に行われていた非道な行為が見劣りして見えてしまったのだ。スロヴェニアの四日間でわかった自分の過去のことで頭が一杯だったからでもあった。わたしは、自分がスロヴェニアの歴史とマトコ家の物語にどんなふうに関わっているのかわからないままこの国に来た。新たに判明した相反する情報に接するたびに、わたしは自分がロガーシュカ・スラティナ出身のエリカ・マトコだと確信したり、そうではないと意気消沈したりした。ドイツへの帰途につくべくリュブリャナに戻ったときには、わたしの頭のなかはすっかりこんがらがってしまっていた。

オスナブリュックでの自分の日常と理学療法士の仕事から長く離れてしまった。患者たちはわたしの帰りを待っているだろうし、わたしも仕事をしなければならなかった。もう家に戻る潮時だ。イングリット・フォン・エールハーフェンに戻るんだ。わたしはそう心に決めた。

14章　血

解析結果は、九十三・三パーセントの確率で……

二〇〇三年十月のＤＮＡ検査の結果

人生のジグソーパズルというものがあるならば、どうやって組み上げればいいのだろう？　正しいかたちのピースをどうやって見つけて、そのひとつひとつをどう組み合わせれば、それが自分の人生だとわかる絵柄に仕上がるのだろうか？　そもそもジグソーパズルは、すべてのピースが眼の前に揃っていても、見本になる箱絵があったとしても難しいものだ。組み上げの基礎になる、絵柄がはっきりとわかる四隅のピースがない場合の難度はどれほどのものだろうか。

スロヴェニアから戻ったとき、わたしの生い立ちと子ども時代を描いたパズルはそんな感じだった。ピースなら何十個も見つけていたのだけれども、そのどれもかたちがおかしく、重複するものもあれば矛盾するものもあった。組み上げて一枚の絵にすることなど、とてもではないが不可能なように思えた。

ツェリェの一斉拉致から生還した人々が憶えていたとおり、わたしはエリカ・マトコなのだろうか？　あの人たちは、人生で最も衝撃的な状況下でたまたま見かけた生後九カ月の赤ん坊の面影を六十二歳の老女に認めた。そんなことがあり得るのだろうか？　彼らは自分たちの記憶に自信があるみたいだったが、その内容はマリア・マトコと彼女の息子の反応とは食いちがっていた。ふたりは明らかにわたしのことを親戚だとは思っていなかった。

それに、もうひとりの〈エリカ〉という、決して表に出てこない謎のピースもあった。彼女はわたしの手紙にまだ返事を寄こしてくれなかったし、ロガーシュカ・スラティナでは会おうとしてくれなかった。こんなにかたちが合わないピースだらけのパズルを、一体どうやってちゃんとした絵柄に仕上げろと言うのだろうか？

このパズルの組み立て方は、スロヴェニアから持ち帰った綿棒と試験管のなかに見つかるかもしれない。わたしはそう考えた。〈マトコ〉たちから採取した唾液を分析して得られる遺伝子パターンから、彼らとわたしが血縁関係にあるかどうかを確定することが可能で、その信頼度は血液検査と同じだ。たとえこのやり方が皮肉なものであったとしても、わたしは検査に出すつもりだった。レーベンスボルン計画は、人間の価値を決めるのは〝血〟だとするナチスの信仰をベースにしたものだった。そして血と血統に取り憑かれたヒムラーによって、わたしはユーゴスラヴィアの家族から――それが誰であれ――引き離され、ドイツ人の子どもとして生まれ変わった。この血への妄執はわたしの人生に決定的な影響を与えた。なのにわたしは、これからその〝血〟を使ってレーベンスボルンが紡いだ複雑に絡み合った糸を解きほぐそうとしていた。

唾液の提供はマトコ家の人々に大きな懸念をもたらし、わたしにサンプルを渡すかどうかを巡ってひと悶着あった。とくに一族の若手たちは、科学的検査でわたしが一族の人間かどうか決めることに頑なに反対した。たぶん彼らは、何よりも病弱なエリカに与える心の負担を気にかけていたのだろう。

それ以外の人たちは、検査結果はパズルの決定的なピースになると考えてくれた。長い話し合いの結果、わたしはマトコ家から唾液を検査に出す許可を得た。わたしは検査してくれる研究所を探してみた。

検査は簡単でもなければ安価でもなかった。DNA分析技術が確立されたのはたかだか二十年ほど前の一九八五年のことだ。当時はまだよちよち歩きの段階で、しかも法執行機関の独占領域だった。それから技術は進歩し、商業利用も可能になったが、それでもまだ高額な費用を要した。わたし自身の唾液のサンプルの解析だけでも少なくとも千ユーロ（約十二万円）かかるとのことだった。

スロヴェニアで採取してきた綿棒は、それぞれの〈マトコ〉のDNAを分離するためにすべて処理される。ヒトのDNA配列の九十九・九パーセントはどの人間も同じだが、それでも残り〇・一パーセントの差異で個人個人を特定できる。科学者たちが調べるのは配列のなかの〈遺伝子座〉と呼ばれる部分だ。

ふたりの人間が血縁関係にあれば、それぞれの遺伝子座は非常によく似ている。反対に、生物学的に見て血縁関係にない人間同士の遺伝子座はまったくちがって見える。

わたしは蓄えを切り崩して検査に費やすことにした。それはつまり財布の紐を引き締めなければならないし、当面は休暇旅行にも行けないということだった。それでも、パズルを完成させるにはそれしかないのだからと自分を納得させた。わたしは綿棒を丁寧に梱包し、ミュンヘンの研究所に送った。解析には数カ月かかった。その結果は大きな謎の答えと新たな謎をもたらした。

最初に美容師とロガーシュカ・スラティナ近郊の村の老女の唾液サンプルの解析結果を確認した。予想どおり、ふたりともわたしとの遺伝的関係は一切なかった。わたしはほっと胸をなでおろし、同時にばつの悪さをおぼえた。自分の実の家族が苦しい生活を送っていなければいいとずっと願っていたが、あの老女は暮らしぶりは見ていて気の毒になるほど貧しいものだった。自分の母親があんな貧しい生活をしていたのかもと考え、わたしは心を痛めていた。

次に確認したのはルドヴィクとマリアのあいだの息子のラファエル・マトコの解析結果だった。結果を読むなり、ばつの悪さは混じりっけなしの幸福感に変わった。

解析結果は、イングリット・フォン・エールハーフェンとラファエル・マトコは三親等の血縁関係にあることを示しています……イングリット・フォン・エールハーフェンがラファエル・マトコの叔母である確率は九十三・三パーセントです。

ずっと探し求めてきた証拠を、わたしはようやく手に入れることができたのだ。わたしがラファエルの叔母なのだとしたら、それはつまりわたしはルドヴィクの妹で、ヨハンとヘレナのマトコ夫妻の娘だということになる。ジグソーパズルの決定的なピースが見つかった。わたしは正真正銘のザンクト・ザウアーブルンもしくはロガーシュカ・スラティナ出身のエリカ・マトコなのだ。

この解析結果が持つ意味は、どんな言葉を使っても言い表すことはできない。わたしと同じように、自分がどこの誰なのかまったくわからないという悪夢につきまとわれるという人生を送ったことのない人間には、あのどうしようもないほどの胸の昂ぶりを充分に理解することはできないだろう。六十年分の心の重荷から解放されたような気分だった。

が、わたしの過去を探る旅で再三見られたパターンがここでも認められた。ほかの解析結果がわたしを高みから引きずり下ろし、漠とした不安をもたらした――ラファエルのいとこのマルコ・マトコの唾液サンプルからは、九十八・八パーセントの確率でわたしとの血縁関係はないという正反対の結果が出たのだ。

とにかく辻褄の合わない解析結果だった。わたしはマトコ家の家系図をあらためて見なおし、判明している事実を思い出してみた。ヨハンとヘレナには、ターニャとルドヴィクとエリカという三人の子どもがいた。ルドヴィクの息子がラファエルで、ＤＮＡ解析の結果を見るかぎり、わたしはラファエルの叔母、つまりエリカということになる。しかしもう一方の検査結果は、ターニャの息子のマルコとわたしは血縁関係にないことを示している。ふたつの解析結果は、どんなに頑張って組み合わせようとしてもぴったりとはまることのないパズルのピースだった。わたしがルドヴィクとターニャの妹なのだとしたら、どうしてマルコの叔母という結果が出なかったのだろうか？　マトコ家は秘密に包まれているように思えた。

その謎を解くカギを握っているのは、どう考えてももうひとりの〈エリカ〉だった。少なくとも法的には、彼女はヘレナとヨハンのマトコ夫妻がもうけた三人の子どもの最後の生き残りで、姉のターニャと兄のルドヴィクと一緒に成長していった。しかし彼女はいまだにわたしの手紙を無視しつづけていた。ここまで来ると、真実を求めようとしているわたしを助ける心づもりは彼女にはないと思わざるを得なかった。歯がゆいことこの上ない気分だった。そこまでして邪魔だてする理由が見当もつかなかった。

結局わたしは前向きに考えることにした。自分がエリカ・マトコで（もしくはかつてはそうで）、ヨハンとヘレナの娘で、少なくともルドヴィクの妹だということはまちがいなかった。ターニャとうひとりの〈エリカ〉というふたつのピースがパズルのどこにぴったりとはまるのかは謎のままではあったが。それでも自分の実の両親が誰なのかは確実にわかっていた。そう考えると心の底から安堵をおぼえた。

とは言え、わたしが家族から引き離された様子を描くパズルのほうは完成には程遠い状態にあった。そのすべてのピースがぴったりと収まるまで、それからさらに四年の月日を要した。

15章　純血

根をもつこと、それはおそらく人間の魂のもっとも重要な欲求であると同時に、もっとも無視されている欲求である。

シモーヌ・ヴェイユ『根をもつこと』一九四九年

ヴェルニゲローデはドイツの心臓部たるザクセン地方にある、ハルツ山地の東端に位置する小都市だ。静謐《せいひつ》で風光明媚な市《まち》で、市街地を流れるホルテンメ川沿いにはハーフティンバー造りの家が建ち並び、今でも荷馬車が石畳の道をがたがたと音を立てながら行き交っている。まるでおとぎ話に出てきそうな街並みだ。グリム兄弟は、こうした街を巡って昔話を集めてまわったのだろう。が、そんな心地よい雰囲気とは裏腹な歴史がヴェルニゲローデにはある。市街地を出てすぐのところにある険しい丘の頂上には、ドイツ全土にあったレーベンスボルン協会の施設のひとつ、〈ハイム・ハルツ〉があったのだ。

二〇〇五年の晩夏、わたしは新しい団体の立ち上げに加わるべくヴェルニゲローデに赴いた。その新団体〈Lebensspuren《レーベンスシュプレン》（生命の痕跡）〉はヒムラーの支配人種計画によって生を享けたり育てられたりした子どもたちが初めて団結して設立したものだ。その目的は本当に必要とされている支援の提供と、〈レーベンスボルンの子ども〉たちに対する偏見と蔑視を取り除き、レーベンスボルン協会の養護施設の実態についての国民の理解を促進することにあった。

オスナブリュックからヴェルニゲローデへの道行きは、ドイツ中央部の森林と田園を駆け抜ける二百六十キロメートル以上の長旅だった。車を走らせながら、わたしはここまでの道程に思いをはせた。自分の出自を探る旅に乗り出してから、かれこれもう五年以上経っていた。その長い年月のうちに多くのことを知ったが、それでも実際にそんなに多くのことは突き止めていないことは自分でもわかっていた。

自分が何者なのかを証明してくれたDNAの解析結果を受け取ってから十カ月が経っていたものの、わたしがレーベンスボルンの計画に組み込まれた過程の解明については何も進展していなかった。それどころか、この計画全体についても充分に理解しているとは言えなかった。

レーベンスボルン計画の全容を把握していないのはわたしひとりではなかった。ひと握りの〈レーベンスボルンの子ども〉たちが集まってそれぞれの話を分かち合ったのは、あのハダマールでの集会が初めてだった。わたしたちひとりひとりは大きなパズルの小さなピースで、それを組み合わせても〈レーベンスボルン〉という絵柄は完成しない。隠されたピースを見つけ出すことも〈レーベンスシュプレン〉の目的のひとつだった。

〈レーベンスシュプレン〉という団体名は〈レーベンスボルン〉をもじったものだ。ヒムラーが自分の血への妄執を具現化する組織に〝生命の泉〟という意味の名前をつけたように、わたしたちの団体はその名前に――わたしたちはこの名称で当局に公式に登録した――レーベンスボルン計画を生き抜いた人間がこの計画を解明するという意味を込めたのだ。しかし〈レーベンスシュプレン《Lebensspuren》〉という名称には、わかりづらい言葉遊びがもうひとつ含まれていることにわたしは気づいていた。〝pur〟という音節は〝純粋《pur》〟とも読め、わたしたち〈レーベンスボルンの子ども〉を生み出した〝人種的純血性〟というナチスの固定観念を示しているようにも思えた。

〈レーベンスシュプレン〉の創設理念に合致した文章が会の定款の冒頭で引用された。「根こぎは人間社会にとって他に類をみないもっとも危険な病である。おのずから増殖していくからだ。自身が根こぎにされた者は他者を根こぎにする。根をおろす者は根こぎをしない。根をもつこと、それはおそらく人間の魂のもっとも重要な欲求であると同時に、もっとも無視されている欲求である[*2]」

この一節は、フランスの哲学者で活動家のシモーヌ・ヴェイユの著書『根をもつこと』からの抜粋だ。ヴェイユは一九三〇年代初頭にドイツのファシズムと戦い、スペイン内戦では共和派の義勇兵になった。一九四三年に著した『根をもつこと』は、当時のヨーロッパ社会を蝕《むしば》んでいた社会面と文化面と精神面の停滞感について論じている。この抜粋部分は、わたしたち〈レーベンスボルンの子ども〉の物語を見事に、そして簡潔に物語っている。

わたしは出会った瞬間にグントラム・ヴィーバーを好きになってしまった。恵まれない若者たち向けの文芸講座の講師をしている彼とは同じゲストハウスに泊まり、ふたりとも若者たちを相手にした仕事をしているというところで意気投合した。わたしより二歳年下だけれども、その顔は彼が辛酸をなめつづけてきたことを物語っていた。集会で順繰りに自分の話をしたときのことだ。グントラムは自分の本当の出自を探り当てたときの辛い話を涙を交えつつ語った。話し終えたとき、彼はここから逃げ出したいという衝動にかられた。

彼は表向きはごく普通の戦後ドイツの家庭で育ち、両親と姉と弟と一緒に暮らしていた。しかしその裏にはまったくちがう物語があった――

子どもの頃からもう何だか変だと思っていました。親戚たちはわたしにはどこかよそよそしく接していました。そしてわたしが父と呼んでいた男性が、本当は養父だったことがだんだんとわかってきました。もちろんわたしは自分の本当の父親は誰なのか知りたかったのですが、この話題は我が家では絶対に口にしてはいけない禁句になっていました。

親戚たちに訊いても、母から固く口止めされていたので曖昧な言葉で濁されました。「戦時中だったから」というのが彼らの常套句でした。「とにかく何もかもがとんでもないことになっていたんだよ。それにあの頃は疎遠だったからね。お母さんに訊いてみるといいよ」

グントラムが十三歳のとき、ようやく母親は折れ、この問題を話してくれた。

「いいこと、グントラム」母はそう言いました。「あなたはもう大きくなったんだから、あなたの本当のお父さんのことを教えるわ」そしてわたしの本当の父親の名前と生年月日と、一九三八年に父と結婚したときのことを教えてくれました。その日は快晴の素晴らしい日で、ふたりは馬車に乗って教会に行ったそうです。

戦時中、父はドイツ空軍《ルフトヴァッフェ》でトラック運転手をしていました。前線から遠く離れたところで働いていたのですが、ユーゴスラヴィアで地雷を踏んでしまって亡くなりました。父はどんな殺人行為にも加担していなかったと母は言ってくれました。

でも、そのことを証明する書類も父親の写真もありませんでした。それを母に問い質すと、これ以上のことはもう話したくないと言われました。辛くてもう無理、とのことでした。


あり得ない話ではなかった。グントラムは少々疑わしげだったが、一九五〇年代のドイツの家庭には、こうした微妙な質問はすべきではないという空気が満ちていた。多くの子どもたちは両親の戦時中の嘘の体験談を聞かされ、わたし自身の経験からすると、親たちが訊かれるのを恐れていたのは、自分たちが〝したこと〟ではなく〝しなかったこと〟だった。

自分の本当の父親のことを知りたいという思いと、その本当の父親がどんな人間なのかという不安がグントラムの心を苛《さいな》んだ。自分の疑問を母親にぶちまけたいと思うこともあったが、どうしてもできなかった。父親の写真もなければ書類もなかったので、空軍のトラック運転手だったという話も嘘だと考えるようになった。実際には非戦闘員ではなくてナチスの人間で、だからこそ親や親戚たちは何かを隠しているような様子を見せているのではないかと気に病むようになった。そんなグントラムは鏡で自分の顔立ちを確かめ、学校の図書室にある歴史の本を読み漁って自分の父親かもしれない兵士の写真を調べ、強制収容所の女看守のなかに母親の面影を探すようになった。あるときなどは、グントラムは自分の父親が帝国の宣伝大臣でヒトラーに心底心酔していたヨーゼフ・ゲッベルスだという恐ろしい考えに囚《とら》われてしまった。一年ほどが経った頃、彼はさらにおぞましい事実に行きあたってしまう。

母はクローゼットの右隅にトランクを隠していました。ある日の午後、母が外出中にそのトランクの中身を調べてみることにしました。ものすごい良心の呵責《かしゃく》を感じました。この世でたったひとりの味方の母の信頼を裏切る行為だということはわかっていました。それでもそうするしかなかったんです。

トランクのなかにはグントラムの身元の最初の手がかりが入っていた——小さな銀杯だ。しかも、とてつもなく心をざわつかせる文字が彫り込まれていた。

その頃、わたしたち家族はかなり貧乏でした。大抵の人たちがそうでしたが、母も戦時中に一切合切を失ってしまいました。なので銀製品が家にあるということ自体、ものすごく不自然でした。その銀杯をおそるおそる手に取ってみると、わたしの洗礼名が彫り込まれていました。しかしそのあとに続く姓名は〝ハインリヒ〟になっていました。ひっくり返して見てみると、今度は〝汝の祖父、ハインリヒ・ヒムラーより〟とあったのです。

当然グントラムはこの銀杯のことを母親に問い質したかった。しかしギーゼラがわたしに対してそうだったように、彼の母親も隠しごとばかりだった。それにトランクをひっかきまわしたことを知られたら、とんでもなく怒られることはわかっていた。結局彼は母親には訊かず、不安な謎をそのままにしておいた。

グントラムが〈レーベンスボルン〉という言葉を初めて知ったのは一九六六年のことだった。結婚を控えた姉に出生証明書が必要になったとき、それがないことを知って姉は驚いた。母親に問い質すと、どこにあるのかわからないとはぐらかされた。

しかし出生地に問い合わせてみると、予想だにしなかった答えが返ってきた。グントラムの姉は旧陸軍の将校とのあいだの婚外子だったのだ。彼女の出生記録はしっかりと残っていて、そこには〈レーベンスボルン協会〉の施設で生まれたと記されていた。この発見がきっかけとなり、グントラムも〈レーベンスボルンの子ども〉だということが判明した。ところが彼は、母親からさらに詳しいことを聞き出そうとはしなかった。自分の出生の真実を知ることを避け、アメリカに移り住んだのだ。それからの八年間を大西洋の向こう側で過ごし、そこで自分の家族を作った。自分の過去に対する疑問は心の奥にしまい込んだ。

しかし伴侶が交通事故で亡くなり、グントラムは息子を連れてドイツに戻った。やがて彼は、自分の〝根〟に対する漠とした不安が頭の隅をかすめるようになった。そしてとうとう覚悟を決め、母親に真っ向から尋ねることにした。一九八二年、母親と一緒に長い車の旅に出かけた彼は、路肩に車を停め、母親に話をするよう迫った。「そうすればもう逃げ場はありませんからね」

母は血相を変え、こんな言葉を口にしました。絶対に忘れられない言葉です。まず母はこう言いました。「そのことは話したくないの」そして昔のことをほじくり返さないでと言いました。「あなたが軽蔑されることになるのよ」そうも言いました。それでも最後には、何もかも包み隠さずに事実を手紙に書いて渡すと約束してくれました。わたしはほっとしてその言葉を信じました。今度こそ本当のことを教えてくれると信じて疑いませんでした。

しかし母親はその約束を守らなかった。彼女にとって、その本当のこととはどうしても打ち明けることのできない秘密だった。二年後に母親は亡くなった。息子に絶望と怒りを残したまま、彼女は秘密を墓場まで持っていってしまった。生前彼女はふとした折にこんな言葉をグントラムに漏らした。「母親と子どもの関係というものは力の奪い合いなのよ」グントラムはその争いに敗れたような気がした。

二〇〇一年、五十八歳になったグントラムはようやく自分の本当の父親を見つけ出した。実際には母親が言っていた名誉の戦死を遂げた若い兵士などではなく、現在のポーランド西部で何万人もの人々を死に追いやった親衛隊旅団指導者（少将）だった。その男はポーランドの法廷で戦争犯罪で訴追され死刑が宣告されたが、アルゼンチンに逃亡し、そこで一九七〇年に死んだ。

わたしの本当の父は戦犯だったんです。父は自分のやりたいことを何でもやれる人間でした。そういう生き方ができたのも親衛隊の高官という立場があればこそでした。母は軍の実力者と恋に落ちたということです。

父は安らかに死んでいきました。葬式では昔の仲間たちが墓の傍らに立ち、右腕を掲げてナチス式の敬礼をしたそうです。レイシストはどこまでもレイシストだということです。

グントラムが語る彼の人生には辛辣な皮肉があった。未来の支配人種にふさわしい〝人種的純血性〟を帯びた遺伝子を持つ〈レーベンスボルンの子ども〉である彼は、屈強で自信に満ち溢れた人間に育つはずだった。ところが実際には、六十年以上にわたって低い自己肯定感と孤独、そして不安に苛まれつづけてきた。唯一の心の救いは、自分以外の〈レーベンスボルンの子ども〉たちを見つけることだと彼は言った。

この活動で、わたしは大きな安らぎを得ることができました。それでもこの無力感を振り払うことはまだできていません。あと十年はかかるのではないでしょうか。ドイツ内外にいる〈レーベンスボルンの子ども〉たちに〈レーベンスシュプレン〉のことを知ってもらうことが重要ですし、それが会のためでもあります。

わたしはグントラムの意見に諸手を挙げて賛成した。〈レーベンスシュプレン〉の存在が広く一般に知られるようになれば、レーベンスボルン計画に組み込まれてしまった仲間たちがわたしたちに連絡してきて、もしかしたら癒やしを得られるかもしれない。わたしはそう確信していた。しかし二〇〇五年の時点では、〈レーベンスシュプレン〉にはその準備がまだ整っていなかった。ヴェルニゲローデでの集会にしても公にはしていなかった。わたしたちの過去にはまだ恥の意識がつきまとっていたことがその理由のひとつだった。

〈ヘルガ・カーラウの語る話は、〈レーベンスボルンの子ども〉たちが感じているジレンマを代弁していた。自分たちの出生につきまとっている辛い現実にもがいているわたしたちには、社会からの支援と容認が必要だということを物語る話でもあった。長身で自信に溢れ、ブロンドの髪を派手な赤に染めたヘルガは、ナチス政権がこの世の春を享受していた時代に生まれた。彼女の母親のマルガレータは、戦時中はヒトラーの最側近だったマルティン・ボルマンとヨーゼフ・ゲッベルスの秘書を務めていた。ヘルガの記憶では、その頃の暮らしぶりは特別に恵まれた快適なもので、ぱりっとした軍服に身を包んだ大物風の大人たちが絶えず身近にいたという。

第三帝国の終焉から数十年を経ても、マルガレータは戦時中のことを頑なに話そうとはしなかったし、ましてやヘルガのまだ見ぬ父親のことも一切語らなかった。一九九三年に母親が亡くなって、ようやくヘルガは自分の家族の過去を調べ始めた。そして見つけた事実に彼女は戦慄した。

熱心なナチ党員だったマルガレータ自身も、ヘルガの父親のことをあまりよく知らなかった。ドイツ軍将校だった彼とは一九四〇年六月のフランス占領の祝賀パーティーで出会った。ふたりはひと晩だけの関係を結び、そしてマルガレータは妊娠した。ナチスに傾倒していて人種的に純血で、アーリア人種のドイツ軍人の婚外子を身ごもっていた彼女は、ヒムラーの支配人種計画にうってつけの人材だった。九カ月後、ミュンヘン郊外のシュタインヘーリンクにあったレーベンスボルン協会の施設でヘルガは生まれた。

ヘルガが生まれて三カ月後、マルガレータは施設を出て宣伝省でのゲッベルスの秘書の仕事に戻った。ヘルガは里親に預けられることになった。新しい父親は、ポーランド中央部の都市ウッチに赴任していた親衛隊の高級将校だった。ここで父親は、ヘウムノ強制収容所にいた何千人ものユダヤ人たちのガス室送りの監督補助にあたっていたとヘルガは考えていた。

この世に生を享けてからの四年間、わたしはナチスのエリートに育てられ、教育を受けました。つまりわたしは、人殺したちと深く関わり合っていたんです。

戦争が終わるとヘルガはミュンヘンに戻され、ようやく実の母親の手で育てられることになった。しかしこの地で彼女は、ヒムラーの北方人種へのこだわりがもたらした皮肉な事態に直面する。ミュンヘンを中心としたバイエルンはナチズムが生まれた地ではあるのだが、その住民の大半は黒髪だ。〈レーベンスボルンの子ども〉を最も特徴づける人種的特質のおかげで、ヘルガは目立つ存在になった。

わたしは背が高くてブロンドのアーリア人で、南ドイツ人ではありませんでした。みんなわたしがどこの生まれなのか訊きたがりましたが、わたしは答えることができませんでした。

ヘルガに関する公式書類は〝親衛隊産院〟という謎の施設名と母親の名前のみが記された、訳のわからない出生証明書だけだった。そこに父親の名前はなかった。マルガレータは娘に何も教えようとはしなかった。意図的に本当のことを話さず、父親は兵士で戦死したとだけ伝えていた。マルガレータは、自分がヒトラーの帝国のためにどんな仕事をしていたのかも話そうとはしなかった。この時代のドイツの大抵の大人たちと同じように、彼女もナチスをなかったことにしようとしていた。

そんな母親が一九九三年に亡くなると、ヘルガは調査を開始した。彼女は自分の養父についての詳細な情報と、彼がユダヤ人に対する〈最終的解決〉策を遂行するために犯した罪を記した書類が入ったナチスのファイルを発見した。しかし実の父親のことはどの書類にも書かれていなかった。

一九九四年、一本の電話がヘルガにかかってきた。電話の主の男性は、戦時中にパリにいた国防軍の元将校だった――マルガレータと一夜の火遊びをした男だ。彼は末期がんを患っていて、自分の娘と話がしたかったのだ。ヘルガに喜びと悲しみが同時に押し寄せてきた。ようやく探り当てた実の父親が死の床にあったのだから。彼女はつきっきりで看護にあたり、残された時間を父親と共に過ごすことにした。

ヘルガの父親は戦後に不動産業で大成功を収め、億万長者になっていた。長子である彼女は、それなりの資産を相続することになるはずだった。しかし父親が亡くなると、彼女は自分の出生がもたらしたもうひとつの負の遺産に直面することになった。

父親は遺言書を作成していなかった。葬儀の直後、ヘルガは父親の弁護士から手紙を受け取った。そこには自分は非嫡出子なので法的には何も相続できないと書かれていた。

傷心のヘルガは、慰めを求めて自分が生まれたシュタインヘーリンクのレーベンスボルン協会の施設を訪れた。それでも彼女は自分の出生の事実を受け入れることができず、母親と養父と同じように彼女自身もナチの一員だったと周囲の人間に見られているという思い込みに悩まされつづけた。

わたしは人殺したちの一味とされて生きてきました。〈レーベンスボルンの子ども〉であることは、今でも恥の意識をもたらしているんです。

〈恥〉——この言葉は、新たな支配人種を創出するというヒムラーの企みの一部とされた多くの人々の人生を台無しにした。〈レーベンスボルンの子ども〉として生まれた人たちの話を聞けば聞くほど、計画を強化するために拉致された自分の境遇がましなように思えてならなかった。そしてナチスの支配に戦いを挑んだ勇敢なパルチザンの子どもである〈山賊の子どもたち〉のひとりだったことを誇らしく感じられた。

ギーゼラ・ハイデンライヒは四歳でその〈恥〉を味わわされた。叔父が自分のことを〝親衛隊の不義の子〟と呼んでいるのを耳にしてしまったのだ。ギーゼラは背が高く、どこからどう見てもアーリア人種のバイエルンの女性だ。彼女が家族療法士だというところにわたしは興味をおぼえた。これは〈レーベンスボルンの子ども〉に広く見られる特徴だ。たまたまなのか何らかの意思がはたらいているのかどうかはわからないが、わたしたちは自分たちが抱えている問題に取り組む一方で、自分以外の人間が問題を克服する手助けをする職業を選ぶ傾向にある。

ギーゼラは人生を通じて感じつづけていた戸惑いと、自分の子ども時代を滅茶苦茶にした、縦横に張り巡らされた嘘の数々を克明に語った。彼女の母親はレーベンスボルン協会の元事務員で、占領地から拉致してきた子どもたちの引き取り先を探す仕事に就いていて、ニュルンベルク継続裁判で宣誓供述書を提出したエミリエ・イーデルマンだった。

レーベンスボルン計画に加担した多くの人間と同様に、エミリエもその過去を嘘で覆い隠した。彼女は実の娘のギーゼラに、自分は母親ではなく叔母だと信じ込ませていた。のちに彼女は自分が本当の母親だと認め、ヒムラーの組織で働いているあいだに既婚男性との不倫でギーゼラを身ごもったことを告白した。親衛隊は彼女を占領下にあったノルウェーに送り、オスロ近郊にあった協会の施設で出産させた。数カ月後、エミリエはギーゼラを連れてドイツに戻った。

エミリエは、子どもだったギーゼラに戦時中のことを訊かれても絶対に答えなかった。エミリエが亡くなって、ようやくギーゼラは自分の母親がナチスに深く関わっていたことを知った。彼女はエミリエとホルスト・ワーグナーという男のあいだで交わされたラブレターの束を見つけた。ワーグナーは帝国外務省の〝ユダヤ人問題〟の責任者で、ドイツ内外のユダヤ人の一斉逮捕と国外追放、そして根絶の補助にあたっていた。

エミリエとワーグナーの関係は深まり、ついにふたりは彼をギーゼラの正式な養父にすることまで考えるようになった。帝国が崩壊すると、ワーグナーは米軍に逮捕されてニュルンベルクで裁判にかけられることになったが、脱走して〈ラットライン〉と呼ばれるナチ戦犯の逃走経路を使って南米に逃れた。

衝撃的な事実だったが、結局のところギーゼラの本当の父親のことはわからずじまいだった。それから何年もかけて、彼女は父親がバイエルンのバート・テルツにあった親衛隊士官学校の教官だったことを突き止めた。ギーゼラは父親の行方を捜し始めた。その過程で彼女は、ナチスの犯罪を承知の上で暮らしていけることを知り、彼女自身も驚いた。

父との初対面の場は駅のプラットホームでした。わたしは父の腕のなかに飛び込み、〝やっと父さんを見つけた〟と胸の内に叫びました。その瞬間、わたしは調べてわかっていた父が戦前にやっていたことを、頭のなかからきれいさっぱりと消してしまいました。父にもそのことは一度も訊きませんでした。わたしはそれなりに教養のある人間で、しかもレーベンスボルン計画のことを知っていました。それでも自分の本当の父親との対面を果たしたときに沸き起こってきた感情のおかげで理解できたんです。こうやって終戦直後のドイツ人たちはナチスがやったひどいことにほっかむりを決め込んで、見て見ぬふりをしたんだなと。

ギーゼラの話に、わたしたちは〈レーベンスボルンの子ども〉たちの名誉回復を図る決意を固めた。

それは彼女の話のなかにあった、協会の施設で生まれたノルウェーの子どもたちが戦後に受けた仕打ちがあってのことでもあった――

戦後のノルウェーではドイツ占領軍に対する憎悪の念が根強く、それがギーゼラのようにレーベンスボルン協会の施設で生まれた八千人の子どもたちへの差別につながったという話は、ハダマールでの〈レーベンスボルンの子ども〉たちの集会で聞かされていた。そうした子どもたちの引き取りを、戦後のノルウェー政府はドイツ政府に要請した。しかし廃墟と化し国民が飢えに苦しんでいた当時のドイツにそんな余裕はなかった。結局ノルウェー政府は子どもたちをオーストラリアに移住させようとしたが、失敗に終わった。そして子どもたちの一部を精神科病院や養護施設に隔離した。

ノルウェー人の〈レーベンスボルンの子ども〉への憎悪と迫害の背景には、ナチスに占領されたという国家としての罪悪感と、そのナチスと自国の指導者たちが手を組んだことに対する恥の意識、そして何よりもレーベンスボルン協会の施設は〝親衛隊の種付け場〟だというういいかげんな噂があるとギーゼラは考えていた。三年前、ノルウェー政府は差別と迫害の犠牲になった子どもたちに、ひとり当たり二万四千ユーロ（約二百九十万円）の賠償金をひそかに払った。もうそんな嘘は正さなければならないし、差別も止めなければならないとギーゼラは訴えた。

もう本当のことを話してもいいんじゃないでしょうか。ナチスの赤ん坊だとか親衛隊専用の娼婦だとか長身でブロンドの人造人間だとか、そんな話はもううんざりです。ホロコーストは〝劣等人種〟と呼ばれた人々を皆殺しにしました。レーベンスボルンはそのコインの裏返しで、どんな手段を使ってでもアーリア人種を増産することが目的でした。

これまで調べてきてわかったことは、わたしたち〈レーベンスボルンの子ども〉たちはひとり残らず、自分の出生に強い不安感をおぼえているということです。本当の自分が何者なのかわからない。それがわたしたちなんです。もうこんなことは終わりにしましょう。

彼ら〝純血の〟アーリア人種の子どもたちの話は悲惨で痛ましいものばかりだった。が、それはレーベンスボルンというジグソーパズルの半分でしかない。残りの半分は、ヒムラーの計画で生み出されたのではなく、強制的に〈レーベンスボルンの子ども〉にされた人たちが埋めてくれた。彼らの話はそのシステムを理解するうえで大いに役立った。

バルバラ・パチョルキェヴィチの身に起こったことはその典型だった。バルバラは一九三八年にポーランドのグダンスクに近い港湾都市のグディニャで生まれた。もともとの姓はガイズラーだったが、母親が亡くなり父親も失踪してしまったので、バルバラと妹は父方と母方の祖父母に別々に引き取られた。

戦前、グダンスクはダンツィヒと呼ばれていた。バルバラが四歳のときの一九四二年、青少年福祉局がすべての子どもをダンツィヒの地域支局に連れてくるようにと指示を出した。祖母に連れていかれたバルバラは、そこに留まるよう命じられた。

支局には大勢の子どもたちがいた。そのひとりひとりが頭のサイズや胸囲や胴囲や体重を計測された。それが終わったら顔を三方向から撮影された。身体測定をしていたのはヒムラーの人種検査官たちだった。彼らは人種的に見てゲルマン化に適した子どもたちを探していたのだ。髪がブロンドで北方人種に似ていたバルバラは、あちこちの施設をたらい回しにされた。

施設を移るたびに検査項目はどんどん増えていきました。施設ではポーランド語を話すことを禁じられていました。話したらきついお仕置きが待っていました。わたしたちはみんな泣いていました。

バルバラが語る拉致の過程は、これまで聞いてきた話とよく似ていた。しかしバート・ポルツィン（現在のポウツィン・ズドルイ）のレーベンスボルン協会の施設に送られたときの彼女の経験談は、コーレン・ザーリスの施設にいたわたしがどのように扱われていたのかを新たに教えてくれた。

わたしが実際に憶えているのは、この施設に預けられてからのことです。自分がどこのどんな感じの場所にいて、どんな扱いを受けていたのかはしっかりと頭に残っています。わたしたちさらわれてきた子どもと施設で生まれた子どもは、別々の場所で育てられていました。

わたしを含めた、さらわれてきた子どもたちは全員一階にいました。施設で生まれた赤ん坊たちは二階にいて、わたしたちは二階に上がることができませんでした。職員たちにしてもそうでした。わたしたち担当の職員と、二階の赤ん坊の面倒を見る職員は、それぞれの子どもたちしか世話をしてはいけませんでした。施設にいる子どもたちのあいだには階級があるみたいでした。どう見てもナチスは、ゲルマン化のためにさらってきた子どもよりも二階の赤ん坊たちのほうを大切にしていましたから。

施設ではしょっちゅう検査を受けていました。しょっちゅうどころか毎日だったと思います。わたしたちがいた一階の部屋はとても広くて、半円形のサンルームみたいなものがありました。その施設に行ってみたことがありますが、その部屋は当時のまま残ってました。

部屋の雰囲気はものすごく悪くて、わたしたちはひとりひとり脇の部屋に連れていかれて医者に注射されました。今から考えれば、あれは鎮静剤の注射だったんじゃないでしょうか。わたしたちはあの注射を怖がっていました。部屋ではみんな泣いていて、笑う子なんかひとりもいませんでした。

グントラム・ヴィーバーのような価値の高いアーリア人種の赤ん坊に対してさえ、レーベンスボルン協会の管理者たちは冷酷と言っていいほど厳格に扱った。出産後すぐに母子は引き離され、二十四時間は会うことを許されなかった。その後は四時間ごとに二十分しか母親は我が子に接することができず、しかも抱こうとしたり話しかけようとすると、その場にいる親衛隊員にきつくとがめられた。

年長の子どもたちは四六時中監視され、その行動を記録された。不潔にしていたりおねしょをしたりおならをしたり爪を嚙んだり、そしてさらに年長の子どもについては禁じられている自慰行為をしたりしようものなら、それだけで退所の理由になった。退所になった子らは再教育キャンプに送られ、そこで虐待を受けたり、時によっては強制労働をさせられたりした。

そうした厳しい養育方針は、屈強で無慈悲な支配人種の指導者を生み出すためのものだった。しかし子どもに必要なのは厳格な躾《しつけ》ではなく愛情だ。施設の厳しく四角四面な規則が、ヒムラーの思惑とは正反対の結果を再三もたらしていたことをバルバラ・パチョルキェヴィチははっきりと憶えていた。

自分たちの扱いに対して、子どもたちはおねしょというかたちで反応していました。朝になっておねしょをしたことを知られた子どもはぶたれました。ひとりがおねしょをしても、わたしたち全員がお仕置きを受けました。

厳しい基準と検査をクリアした養父母に〈レーベンスボルンの子ども〉たちを渡し、模範的なアーリア人に育てさせるというヒムラーの計画は、施設で生まれた子どもも拉致した子どもも対象にした。ヒムラーの計画では、ドイツが最終的に勝利を収めたのちに〈レーベンスボルンの子ども〉の男子は親衛隊が運営する〈ナポラ〉という略称で呼ばれていたエリート校〈Nationalpolitische《ナツィオナルポリティシェ・》 Erziehungsanstalt《エンツィオングアンシュタルト》（国家政治教育学校）〉に入れ、運動体育と政治思想を叩き込むことになっていた。女子はヒトラー・ユーゲントの女性版の〈ドイツ女子同盟〉が運営する学校に入れ、主婦と母親になる教育を受けた。

バルバラは、占領地から拉致してきた子どもたちの本当の身元を隠蔽する巧妙な手段も解き明かしていた。

まず最初に、拉致してきた場所を示すものはすべて抹消された。子どもたちは母国語を話すことを禁じられ、子どもを引き取りたいと願い出てきた夫婦には、戦死したドイツ兵の子どもだとあらかじめ言い含めておいた。もちろん計画を遂行していた男たちは——ニュルンベルク継続裁判で訴追され、無罪になったマックス・ゾルマンとグレゴール・エープナーとグンター・テッシュは——それが嘘だとわかっていた。ヒムラーの命令書には、バルバラやわたしのような子どもがポーランドやユーゴスラヴィアで暮らしていた当時の痕跡をひとつ残らず抹消せよと明確に記されていた。

バルバラの養父母のロスマン夫妻はノルトライン＝ヴェストファーレン州のレムゴーという小都市に暮らしていた。夫妻はともに五十代で成人の息子がふたりいたが、どちらも国防軍に招集されていた。娘もひとりいたのだが、九歳のときに猩紅熱《しょうこうねつ》で亡くなっていた。バルバラが調べたかぎりでは、夫妻はどちらもナチ党員ではなかった。ロスマン氏は学校の校長で妻は専業主婦だった。

養父母は善良で優しい人たちで、幼い頃に亡くなった娘の代わりとなる子どもを望んでいた。それでもバルバラは、幼いながらも自分が新しい家族の不自然な存在だということを感づいていた。とくに彼女は、誰だかわからない男が窓を開けて忍び込んできて自分をさらっていくという悪夢を何度も見たときにそう感じた。

わたしの家には気まずい雰囲気がずっとありました。わたしが居間に来ると、父と母は話を止めました。そんなとき、わたしはいつも自分にこう問いかけました。「父さんと母さんが話を止めるのは、わたしの何が悪いからなの？」

その頃ポーランドでは、バルバラの祖母が孫娘を諦めずに捜しつづけていた。戦争が終わると、彼女は赤十字に連絡した。するとバルバラが暮らしている場所を示す書類が見つかった。その後すぐにバルバラは養父母から引き離され、イギリス軍が運営していた子どもの一時収容施設に入れられた。半年後、彼女はポーランド行きの列車に乗せられた。十一歳のバルバラは、それまで一度も自分に本当の両親がいることを知らされていなかった。それどころか、自分がドイツ人ではないことも知らされていなかった。

わたしはすごく怖くて、そして頭がこんがらがっていました。それでもずっとロスマンさんたちが自分の本当の親だと考えていましたし、ポーランドのことなんかまったくわかっていませんでした。ポーランドなんて、わたしには全然関係ないのに。ポーランド語なんか話せないし。そう思ってました。それに、自分に祖母がいることも知りませんでした。何もわからないし何も知らない場所へ行く、怖くて仕方がない旅でした。

拉致された子どもたちが戦後はどうなったのか、わたしはこれまで一度たりとも考えたことがなかった。たぶんフォン・エールハーフェン夫妻はわたしが拉致された状況を隠していたからだろう。自分以外の〈レーベンスボルンの子ども〉たちが行方を突き止められ、記憶から消えてしまった母国に戻されたことを、このとき初めて知った。自分にもし選択肢が与えられていたら、果たしてユーゴスラヴィアに戻ることを選んだだろうか。バルバラの話を聞いて、ふとそんな疑問が頭に浮かんだ。

ポーランドへの旅路はとてつもなく長かったです。列車がループ線で立ち往生することが何度もありました。そうこうしているうちに、突然まわりの人たちが喜びもあらわに「ポーランドだ！　ポーランドだ！」と叫びました。ポーランドに着いても、わたしはちっともうれしくありませんでした。

わたしたちは南部のカトヴィツェにあった赤十字のキャンプに連れていかれました。キャンプは上を下への大騒ぎで、いろんな人たちが走りまわって名前を叫んでいました。祖母に言われて伯父が来ているはずでしたが、わたしは伯父がどんな人なのかも、伯父がポーランド語で呼ばわっている名前もわかりませんでした。「ガイズラー、ロスマン！」という大声でようやく伯父がどの人だかわかりました。そしてその瞬間、わたしは本当の自分をなくしてしまったことに気づきました。

瓦礫と化していた戦後のポーランドは、とにかくいろいろな意味でドイツを憎んでいた。そんな母国に戻されたバルバラは混乱し、そして孤立していた。彼女の伯父とその妻はふたりともナチスの強制労働キャンプで働かされ、一番上の子どもはグディニャで拉致されたが、人種的に価値が高いとは見なされなかった。

あるとき、バルバラはグダンスク近郊のシュトゥットホーフ強制収容所を訪れた。そこで彼女は伯父に命じられて子ども靴の山とガス室を見た。伯父は、八万八千人が殺されたこの収容所でドイツ人がやったことを姪にわからせたかったのだ。しかしバルバラはまだ自分のことをドイツ人だと思っていた。そんな彼女には、伯父が何を言っているのか皆目見当がつかなかった。

わたしは、ドイツ人は善人ばかりだと思ってました。だって、そう言われて育ってきたんですから。学校ではもっとひどいことをされました。みんな校庭でヒトラーを悪者にしたゲームをして遊んでいたんですが、わたしはドイツ人だったのでいつもヒトラー役をやらされました。でも気にしませんでした。実際、無知なわたしはヒトラーは自分の伯父さんだと誇らしげに叫んでいました。

わたしは、とんでもないまちがいが起こって、自分が誰かと勘ちがいされたんだとずっと考えていました。だからわたしみたいなドイツ人のいい子がこんな変な場所にいるんだと思ってました。

静かに、そして気品ある物腰でバルバラ・パチョルキェヴィチは語った。彼女の話には〈レーベンスシュプレン〉が掲げるモットーの本当の意味が込められていた。わたしたち〈レーベンスボルンの子ども〉たちは自分たちの〝根〟を見つけ、つながりを持ちたいという願望に囚われつづけていた。シモーヌ・ヴェイユの言うとおりだ。しかしレーベンスボルン協会がわたしたちの本当の自分自身を〝根こぎ〟にし、多くの養父母が秘密の壁を築いていたせいで、その思いを遂げることは叶わなかった。この無力感は、わたしたちの人生の土台を徐々に蝕んでいった。無力感に囚われた自身の経験をバルバラは語り、〈レーベンスシュプレン〉の重要性を訴えた。

充実感をおぼえたことはこれまで一度もありませんでした。本当の自分は誰なのかもわからないし、本当はどこで生まれたのかもおぼえていません。これって、心がものすごく痛むんです。ずっと訊きたいと思っていることがあったのですが、つい最近まで誰に訊けばいいのかわかりませんでした。

でも今は、そのことをわたしは話したいと思います。それで心が痛んでも構いません。わたしが自分の経験を話せば、子どもをさらってきて人種検査にかけるというおぞましい計画のことが忘れ去られることはないでしょう。こんなことは二度とあってはだめなんです。

問題は、レーベンスボルンのことをどうやって世に知らしめるかだった。この日に集まったのはレーベンスボルン計画で生み出され拉致された子どもたちのうちのほんのひと握りで、しかも初めての集会だった。そしてたかだか十人程度のわたしたちのあいだには、すでに意見の相違が見られた。闇から日の当たる場所に出て記者会見をすべきだ、いや、ここはまず協会の施設があったヴェルニゲローデに慰霊碑を建てることに専念すべきだと意見は分かれた。こんな言い争いはこの先何年も続くかもしれない。これは前途多難だ。わたしはそう感じた。

16章　受容

午前六時三十分、一歳から十八歳までの四百三十人ほどの子どもたちが車に乗せられて線路まで連れてこられた。子どもたちは自分で持てる程度の手荷物しか持たされていなかった。朝食としてミルクも砂糖もなしのコーヒーと小さなパンが与えられた。

一九四二年八月のドイツ赤十字の覚え書き

二〇〇七年十月、パズルの最後のピースがはまった。

それまでの二年間、わたしは多忙だった。理学療法士の仕事はまだ続けていて（もっとも引退を考えるようにはなっていたが）、空いた時間は〈レーベンスシュプレン〉に費やしていた。わたしたちは二〇〇六年に自分たちの存在を公表した。ふたたびヴェルニゲローデで開かれた、四十人あまりの〈レーベンスボルンの子ども〉たちが参加した二回目の集会に、ドイツ内外のジャーナリストを招いたのだ。わたしたちについての記事が主要各紙に載るようになり、ＢＢＣは〈ヒトラーの子どもたち〉と呼び、わたしたちの物語を全世界に配信した。グントラム・ヴィーバーとギーゼラ・ハイデンライヒ、そしてわたしは、次から次へと繰り出される質問に答えた。そしてヒムラーが企んだ支配人種を作り出す実験の真の姿を広く一般に知らしめるためには、包み隠さずすべてを話すことが必要不可欠だとあらためて実感した。

知名度を得たことは正解だった。徐々にではあるものの、レーベンスボルンのことをおおっぴらに話せる空気ができてきたし、話せば話すほど、自分も〈レーベンスボルンの子ども〉なのではないかという気がしていた人たちからの問い合わせが〈レーベンスシュプレン〉にさらに舞い込んでくるようになった。翌年には六十人以上がヴェルニゲローデに集った。

そうした〈レーベンスシュプレン〉の公明正大なところが、情報の提供をいくら求めてもそのたびに拒みつづけてきた公文書館の心を動かしたのかもしれない。そうだったら喜ばしいことなのだけれども、たぶんそんな単純なことで応じたわけではなかったのだろう。しかし理由はどうであれ、それまで何の手助けもしてくれなかった機関がようやく情報を公開するようになった。そのなかでも最も大きな意味を持っていたのはバート・アーロルゼンの〈国際追跡サービス《ＩＴＳ》〉だった。

かねてよりＩＴＳは、膨大な量の文書の全面公開を拒みつづけていると非難されていた。その批判に対して、ドイツ政府を後ろ盾にしていたＩＴＳは、連邦法では文書の作成から百年を経てからでないと公開できないことになっていると反論した。これは理論的には辻褄の合わないことだった。ＩＴＳは複数の国家からの資金提供により成り立っていて、管理体制も多国籍になっている。したがって厳密に言えばドイツの国内法は適用されない。ＩＴＳの秘密主義の裏には、ドイツ国内ではホロコーストの情報を公開したくはないという本音が垣間見えるという辛辣な声もあった。

その推測を裏づけるかのように、ＩＴＳの国際委員会を構成する十一カ国の政府は、ナチス関連の公文書館を世界全土で設立するという提案書に二〇〇〇年の一月に署名している。二〇〇六年三月、アメリカのホロコースト記念博物館はＩＴＳと赤十字国際委員会《ＩＣＲＣ》をこう非難した。

ＩＴＳとＩＣＲＣは協力を執拗に拒みつづけている……そして情報公開も拒んでいる。

この公式批判から二カ月後、ＩＴＳは保管している文書を二〇〇七年の秋に公開すると発表した。わたしは七年間、ＩＴＳに保管文書の閲覧を請求してきた。わたし自身とわたしの家族に関する文書は存在するという返事はあったが、その内容の〝精査〟には時間がかかると言われた。そして時は流れて二〇〇三年には、逆にわたしが収集した情報を尋ねる手紙が送られてきた。

請求がようやく認められて送られてきた書類は、わたしの本当の家族とギーゼラ・フォン・エールハーフェンについて実に多くのことを教えてくれた。わたしが最初に読んだのは、ヨハン・マトコの身に起こったことを記した書類だった。パルチザンだったヨハンが逮捕された日付と、オーストリアのマウトハウゼン強制収容所に収容された日付があった。まめな仕事ぶりで知られたナチスは、やはり政治犯のリストにもヨハンの名前を書き込んでいた。どうしてこんな書類をＩＴＳは七年も見せてくれなかったのだろう。不思議で仕方がなかった。

次に確認したのはレーベンスボルンのファイルの書類の断片だった。そこには、イングリット・フォン・エールハーフェンはユーゴスラヴィア出身のエリカ・マトコのことだとあった。レーベンスボルン協会がエリカ・マトコの名前で取得した保険証書のコピーも添付されていた。この書類にしても、

ITSはどうしてもっと早い段階で見せてくれなかったのだろう。わたしはまた理解に苦しんだ。そのせいでオーストリアにザンクト・ザウアーブルンがあると思い込んで探し、貴重な時間を無駄にしてしまった。ITSは、わたしがユーゴスラヴィア出身だということをずっと以前から知っていたのだ。

ところがその次の書類の束はまさしく衝撃的な内容だった。それは、終戦直後に赤十字の支部間で交わされたさまざまな手紙だった。

これらの手紙から、一九四九年にふたつの組織がわたしを捜していたことがわかった。ひとつ目の組織は〈国際カリタス〉だった。国際カリタスはカトリック教会の慈善援助組織で、当時は国連に承認された福祉団体の監督にあたっていた。ナチスの占領地、とくにユーゴスラヴィアで拉致された子どもたちの消息を追っていた国際カリタスは、移送者名簿のなかからわたしの名前を見つけたにちがいなかった。わたしの居場所の特定の協力を求める、ユーゴスラヴィア赤十字宛ての手紙があった。

同時に、難民や強制移住者の追跡と本国への送還を全面的に担っていた赤十字国際委員会もわたしを捜していて、やはりユーゴスラヴィア赤十字にわたしの本当の身元を問い合わせていた。

冷戦がすでに勃発していて、新たな統一国家を作らなければならないという困難な時期にあったにもかかわらず、意外にもユーゴスラヴィア当局は要請に応えた。ナチスが作成した書類そのものは戦火や終戦間際の焼却処分で大半が失われてしまったものの、それでもハンブルクのITSに緊急要請を出すことができた。その手紙には、ハンブルクのアンダーセン家を訪問して、わたしがそこで暮らしているかどうか、そしてわたしがエリカ・マトコかどうか確認してくれるようドイツ赤十字のソーシャルワーカーに依頼する旨が書かれていた。

わたしは一九四九年当時のことを思い起こし、その頃はハンブルクにはいなかったことをすぐに思い出した。西側に脱出した翌日に養護施設に預けられたわたしは、そのときランゲオーク島の〈ノトヘルファー〉で暮らしていた。養母のギーゼラに要請に応えようという気がなければ、向こうもわたしを見つけ出して話を聞くことなどできるはずもなかった。

最後の書類からは、どう贔屓《ひいき》目に見てもギーゼラに協力する気はあまりなかったことが見て取れた。

ドイツ赤十字中央支部　一九五〇年十月二十五日、ハンブルク

宛先：国際追跡サービス児童層捜索部、バート・アーロルゼン
捜索対象：エリカ・マトコ、一九四一年十一月十一日ザンクト・ザウアーブルン生まれ

フォン・エールハーフェン夫人を訪問した。夫妻は目下のところ同居していないため、フォン・エールハーフェン氏から話は聞けなかった。

フォン・エールハーフェン夫人はしばらくのあいだ旅行中で不在だった。しかし件名にある子どもについては、夫人が直接ライプツィヒ近郊のコーレン・ザーリスに赴いて引き取っていることから、彼女が最良の情報を提供してくれるはずだと思われた。

しかしながら、フォン・エールハーフェン夫人が所持していた書類は、コーレン・ザーリス

で得た一通の予防接種証明書のみだった。その写しを本書に同封する。夫人はミュンヘンのレーベンスボルン協会の強い勧めでコーレン・ザーリスを訪れたとのことだった。その地で夫人は、エリカ・マトコはドイツ民族の子どもだと告げられた。

その時点で、ディトマール・ホルツアプフェルはフォン・エールハーフェン夫妻の下で一年半育てられていた。この幼児についてはミュンヘンの孤児院から引き取られた。父親はスターリングラードで戦死している。

結果として、エリカ・マトコは今後も里子としてフォン・エールハーフェン夫人と共に暮らすことになる。養子縁組を結ぶ予定はない。追加情報が見つかれば喜んで提供するとのことだった。夫人自身も子どもの身元を知りたいと願っているので、この件について子どもから訊かれた場合は答える準備があるとのことだ。その一方で、子どもに関する書類を一切所持していないので、子どもについてのさらに詳しい情報は期待できない。

フォン・エールハーフェン母子はソ連占領地域から脱出してきたため、所持品の多くが失われた。夫人の記憶によれば、エリカ・マトコの譲渡証明書をコーレン・ザーリスの孤児院で受け取ったかもしれないとのことだったが、それについても脱出の過程で失われてしまった。

残念ながら、現時点ではこれ以上の情報は提供できない。ザンクト・ザウアーブルンでの情報収集で何かしらの進展があった場合、当方にもご一報いただければ幸甚だ。

わたしの本当の身元の情報はレーベンスボルン協会がすべて処分してしまった以上、ギーゼラの協力なくしてはわたしの実の両親を見つけることも、ましてやその両親の元にわたしを戻すことも不可能だった。その協力が得られないとわかった時点で、各機関はすべての努力を止めてしまった。

　わたしは呆れ果ててしまった。パスポートを発行してもらうためにドイツ政府相手に悪戦苦闘しているあいだですら何も言ってくれなかった。わたしのことで尋ねてきたことなど、ギーゼラは一切教えてくれなかった。わたしの本当の身元を知っているとほのめかすようなことすら言ったこともなかった。しかし最悪だったのは、彼女が赤十字のソーシャルワーカーを欺いていたことだった。わたしをレーベンスボルン協会から引き取った際に渡された〝譲渡証明書〟を、一九四七年にソ連側からの逃亡中になくしたと言っていたが、九〇年代に彼女の部屋を片付けたときにその書類が見つかったではないか。

　それでもわたしは、今でもギーゼラのことを悪く言う気にはなれない。母が亡くなってすでに久しいが、わたしは彼女に愛されたいと心の底でずっと願いつづけていた。しかしそんな気持ちは今は脇に置いておかなければならない。ギーゼラがやったことは〝裏切り〟だと考えるべきなのだ——わざと真実を語らなかったのだから。そんな大昔に誰かが自分を捜していたことを知り、わたしは嬉しくなり、幸せな気分にすらなった。しかしその一方で、自分がかつて母と呼んでいた女性がどうやってわたしの捜索を邪魔だてしていたのかを知り、大いに傷つきもした。

　ＩＴＳが書類を寄こしてきたのと同じ月に、わたしは二度目のスロヴェニア訪問を果たした。日程はツェリェで年に一回開かれる拉致された子どもたちの集会に合わせ、それからロガーシュカ・スラティナでマリア・マトコと彼女の家族と再会することにしていた。しかし今回はドイツのテレビ局のカメラが同行した。そしてレポーターが段取りをつけ、マリボル在住の歴史研究家と一日過ごすことになった。

テレビカメラが回っていたせいなのか、それともスロヴェニア当局の頑張りでさらなる証拠が見つかっていたせいなのかはわからないが、わたしは四年前のとき以上に温かく迎えられ、集会そのものにしても得るものがかなり多かった。ツェリェで起こったことの一部始終と、エリカ・マトコについての真実がようやくわかったのだ。

一九四一年の春のユーゴスラヴィア侵攻で、ドイツ軍は上々の出だしを見せた。侵攻軍はたちまちのうちに全土に展開し、わずか十日ほどでユーゴスラヴィア軍の最高司令部を降伏させた。降伏した四月十七日には早くもゲシュタポがツェリェに入り、反ナチスのパルチザンの逮捕を開始した。三日後にはヒムラーその人が到着し、古くからある〈スターリ・ピスカー〉監獄を視察した。以降、この監獄で何百人ものパルチザン戦闘員たちが拷問され、処刑された。

しかしドイツ軍に急襲されたほかの国々とはちがい、ユーゴスラヴィアは完全には征服されなかった。カリスマ指導者のヨシップ・チトーがレジスタンス活動を展開したのだ。一九四一年七月四日、チトーはナチスの支配に対する決起を促すビラを秘密裏に配布した。


ユーゴスラヴィア人民に告ぐ。セルビア人、クロアチア人、スロヴェニア人、モンテネグロ人、マケドニア人、そしてその他の人々よ、時は来たのだ！　今こそ侵略者と金の亡者と我々人民を殺す者たちに戦いを挑むのだ。いかなる恐怖に直面しても、決して臆してはならない。恐怖に対しては、我々の国に居座るファシストの盗賊どもの急所中の急所への強烈な一撃で応じよ。ファシストの侵略者どもが使用可能なものはすべて破壊せよ。ファシストの盗賊どもの物資を、我々の鉄路を使って輸送させてはならない。労働者も農民も一般市民も若者も、我々の祖国を占領し、さらには世界征服を目論むファシストの盗賊どもとの戦いに立ち上がるのだ。

この檄文を機に、ドイツを相手にした大々的なゲリラ戦が開始された。二カ月後の九月までのあいだに、少なくとも七万人のパルチザンがユーゴスラヴィアに誕生した。チトー率いるパルチザン軍は昔ながらの奇襲戦法を駆使し、ドイツ軍が大掛かりな反撃に出てくると山岳地帯に撤退した。ユーゴスラヴィアを含めた全占領地でのレジスタンス活動に対して、ヒトラーは〈夜《ナッハト》と《ウント》霧《ネーベル》〉と呼ばれる総統命令を発し、ナチスの支配に敢えて逆らおうとする者たちの抹殺を指示した。この命令書は同年十二月七日に各地の前線司令官に送られた。

占領地域において、共産分子およびその他のドイツに敵対する集団は、帝国および各地の占領軍に対する抵抗運動を激化させている。これらによる謀略の増加により危険度は高まっている。かくなるうえは、我々は厳しい措置をもってその抑止にあたらざるを得ない。その手始めとして、まずは以下の指示をすべて適用すべし。

一．占領地域において、帝国および占領軍の安全もしくは即応状態に危害をもたらす犯罪行為に及んだ者には、原則的に死刑をもって適切な処罰とする。

二．前項に示した犯罪行為に及んだ者については、それが被疑者もしくは少なくとも主犯者への死刑宣告が担保され、かつ公判と刑執行が極めて短期間に実施される場合にのみ、占領地域での処分が可能なものとする。以上の条件を満たさない場合、被疑者もしくは少なくとも主犯者は帝国本土に移送することとする。

三．前項の帝国本土に移送される収監者は、特定の軍事的利害関係の求めにより軍事的法的措置が必要とされる場合にのみ、その措置を受けるものとする。そのような収監者を帝国もしくは外国当局が尋問する場合、当局は収監者を逮捕した旨を伝えることはできるが、その後の手続きについての情報は一切伝えてはならない。

四．占領地域の司令官およびその管轄下にある司法当局は、本総統命令の順守に個人的責任を負うものとする。


同日、ヒムラーは配下のゲシュタポと親衛隊に対して以下のような指示を出した。

長期間にわたって熟議が重ねられた結果、帝国本土もしくは占領地域に展開する占領軍に抵抗する犯罪者に対する措置は改めなければならないという総統《フューラー》の意志が示された。総統は、このような犯罪者に対して懲役刑、さらに言えば終身強制労働刑をもって臨めば、それは弱さの証しと見なされるだろうという見解も示された。

そうした犯罪行為に対する効果的かつ持続的な抑止策は、死刑もしくは犯罪者の末路をその家族および地域住民には知らせないという措置のみである。帝国本土への移送はこの目的に適うものである。

どこからどう見ても戦争法の否定だ。占領地の一般市民は、ジュネーヴ諸条約からもそれ以外の規制からも保護されない状態になってしまった。十二月十二日、国防軍最高司令部総長のヴィルヘルム・カイテル元帥は、〈夜と霧〉命令を補強する命令書を帝国の領土全体に展開する国防軍兵士全員に対して発した。

効率的かつ永続的な威嚇は、犯罪者の死刑もしくは犯罪者の末路を犯罪者の親族にわからないようにする措置のどちらかによってのみ達成され得る。

騒擾《そうじょう》を未然に防ぐためには、反逆の兆候がほんの少しでも確認された段階で厳格極まる措置を断行しなければならない。また、問題のある国の人間は往々にして無価値だという点もしかるべく斟酌しなければならない。ひとりのドイツ兵の命が奪われた場合、原則的に五十から百名の共産分子の処刑をもってしてその報復としなければならない。そしてその処刑手段は恐怖を喚起するものでなければならない。

しかし総統命令〈夜と霧〉はユーゴスラヴィアの人々を恐怖に陥れて服従させることはできなかっ

た。チトーのパルチザン軍は人員にしても戦果にしてもさらに増やしていった。一九四二年半ばになると、ヒムラーはさらに大々的なパルチザン掃討作戦を発動させる。六月二十五日には親衛隊上級集団指導者（大将）エルヴィン・レーゼナーが対パルチザン作戦の指揮を任され、反徒たちとの関わりが疑われる家族の処刑もしくは投獄を進めていった。

レーゼナーは六つの作戦を入念に立案し、マリボルを中心とするウンターシュタイアーマルク地方（現在のシュタイエルスカ地方）で展開した。ひとつ目の作戦は一九四二年七月二十二日に実行された。この日、子どもを含めた千人の男女が逮捕され、ツィリ（ツェリエ）に連行された。男たちは家族から引き離され、百人がスターリ・ピスカー監獄の塀際に並ばせられ、そのまま銃殺された。殺害の模様はナチスのカメラマンによって撮影され、パルチザンたちへの警告として使われた。

そのフィルムは地元の写真家の暗室で現像された。その写真家は密かに焼き増しし、戦争が終わるまで隠し持っていた。集会でその写真を手にしたとき、わたしは怖気をふるった。射殺された男たちのなかにイグナツ・マトコがいたはずだった。壁にもたれかかったままこと切れている男だろうか？それとも、次に処刑される男たちに担がれて担架に乗せられている男だろうか？

一斉逮捕された成人男性たちの一部はそのまま人質とされた。その後に予定している作戦で近隣の町や村を屈服させやすくするための措置だった。

残りの成人男性と女性たちは強制収容所に送られ、そこで殺害されたり強制労働をさせられたり、そして餓死させられたりした。子どもたちはオーストリアのフローンライテンの一時収容キャンプへ移送され、人種検査を受けさせられた。アーリア人種らしい特徴を持つ少数の子どもたちはゲルマン化された。それ以外の子どもたちは〝再教育キャンプ〟に入れられ、そこで虐待と飢えと病気に苦しんだ。

ふたつ目の作戦はその翌月に実行された。八月三日にツィリの学校に出頭するよう、近隣の村々のすべての家族に命令が出された。

その日の朝に学校の校庭に集まった何百もの家族のなかにマトコ家もいた。ヨハンとヘレナはターニャとルドヴィク、そしてエリカを連れてきていた。集まった家族は重装備の兵士によって男と女、子どもたちに分けられ、子どもたちは校舎内に連行された。

ここでもまた現場の様子をナチスのカメラマンが撮影していた。ある写真には学校の塀際に並ばされた家族たちが写っていた。別の写真は、兵士たちによって家族が引き離される場面を捉えていた――スカーフを頭にかぶった女性が国防軍の将校に押しとどめられている。その傍らには、小銃を肩に吊った兵士が赤ん坊を抱いた女性の前に立っている。この女性は何かを懇願しているように見える。

三枚目の写真は校舎内を写したものだ。麦藁が敷かれた雑な造りの木枠のなかで、赤ん坊と幼児たちがどこの誰だかわからない女性たちに服を脱がされている。もがいているように見える男児がいるが、その子以外の被写体の顔は虚ろで何の感情もうかがえない。

この三枚の粒子の粗いモノクロ写真は、わたしが家族の手から奪われた日を記録したものだった。それらを見ているうちに、わたしのなかにふたつのまったく異なる感情が湧いてきた。そのどちらも、校庭の人混みか教室の赤ん坊たちのなかのどこかにエリカ・マトコがいたという事実から生じたものだった。

最初におぼえた感情は恐怖だった。メロドラマじみたことは言いたくはないのだけれども、それでも戦慄が全身を駆け抜け、震えが止まらず、まったくの孤独を感じ、傷ついたのはまちがいなかった。その一方で怒りもこみ上げてきた。子どもをこんなふうに扱っていいはずがない。赤ん坊を母親の腕のなかから奪い取り、牛小屋もかくやという場所に押し込んだとき、一体兵士たちは何を考えていたのだろうか？

わたしはそれまでずっと自分の感情を押し殺して生きてきた。喪失感と無力感に呑み込まれてしまわないように、そして自暴自棄になってしまわないように、さまざまな思いを心の奥底に沈めていた。そうやって作った心の防護壁を、この三枚の写真は打ち壊してしまった。わたしはふたたびエリカ・マトコになったのだ。

わたしを含めた子どもたちは二日間教室に留め置かれ、大まかな人種検査を受けた。ブロンドの髪と明るい肌の色と青い眼はアーリア人種の血が流れている証しとされた。茶色の髪と濃い色の肌と黒い眼は価値のないスロヴェニア人の血を引いているとされた。わたしは〝人種的価値が高い〟と判断されたが、ターニャとルドヴィクは弾かれ、校舎から解放されて両親に戻された。

最終的に四百三十人ほどの子どもたちがアーリア人種に判定された。わたしたちは教室から駅に移された。わたしのような赤ん坊は籠に入れられ、年長の子どもたちが運んでくれた。子どもたちの移送の差配にはドイツ赤十字があたった。ドイツ赤十字のトップたちは親衛隊の制服を着て儀式用の短剣を帯びたナチスの信奉者だったが、その配下の職員たちは民間のボランティアだった。そうした職員のひとりのアンナ・ラートという女性が記した覚え書きを、わたしは集会で渡された。

午前六時三十分、一歳から十八歳までの四百三十人ほどの子どもたちが車に乗せられて線路まで連れてこられた。子どもたちは自分で持てる程度の手荷物しか持たされていなかった。朝食としてミルクも砂糖もなしのコーヒーと小さなパンが与えられた。

列車への乗り込みは順調に進んだ。午前十時三十分、発車が一時間遅れるとのアナウンスが流れた。列車の旅は午後二時四十五分まで続いた。その四時間のあいだ、子どもたちは耐えつづけた。その間、赤十字の職員も〈民族社会主義者国民福祉局〉の役人たちも子どもたちに何も食べさせず、水だけを与えた。

フローンライテンに到着するなり、付き添いのドイツ赤十字職員と二歳から五歳までの子どもたちはスーツケースと荷物を抱えて一時収容キャンプまで歩かなければならなかった。子どもたちは半裸で腹を空かせ、おしめが汚れたままの子もいた。着替えを持たされていなかったからだ。子どもたちは泣き叫んでいた。

キャンプにたどり着いても、そこでまた待たされた。食事の準備ができていなかったからだ。それまで子どもたちは中庭か牧草地で待たざるを得なかった。ようやく午後五時になって食堂に通された。十六人の赤十字職員が付き添っていたが、午前四時三十分から働きづめだった彼ら自身もくたくたに疲れ果てていた。しかしそれでも子どもたちの世話をしなければならなかった。キャンプのスタッフたちは、四人を残して全員休暇を取っていたからだ。

ナチスに拉致された〝人種的価値が高い〟子どもたちはこんな扱いを受けていたのだ。ナチスの手に落ちたわたしの人生はこうやって始まった。愛されたいという願望にずっと悩まされつづけてきたのも無理もない話だ。

フローンライテンでもさらに検査は続いた。ヒムラーの人種検査官たちはわたしたちを触診し、体のさまざまな部位を計測して、ありとあらゆる身体的特徴を記録した。そのうえでわたしたちを四段階に分類した。上の二段階に分けられた子たちはレーベンスボルン協会の施設に送られ、下のふたつに入れられた子たちは再教育キャンプ行きを運命づけられた。ユーゴスラヴィアで拉致した子どもたちを査定した人種検査官のなかにインゲ・フィアメッツがいた。ニュルンベルクで裁判にかけられ無罪になった女性職員だ。フィアメッツは〝就学年齢に達していない児童のみを選別すること〟というマニュアルに沿って、わたしたちの検査にあたっていた。

ところが、わたしたち〝人種的価値が高い〟子どもたちを求めていたのはレーベンスボルン協会だけではなかったらしい。これもまたヒムラーが立ち上げた、帝国外に暮らすドイツ民族の〝保護〟を目的とした〈ドイツ民族対策本部《VoMi》〉も、支配人種の将来の指導者となるはずのわたしたちを分けてもらいたがっていた。ニュルンベルク継続裁判での宣誓供述書にはこうある。「そうした子どもたちを巡り、レーベンスボルン協会とＶｏＭｉのあいだに深刻な対立が生じた。しかしフラウ・フィアメッツの尽力により最終的に協会側が勝利を得た」

わたしはこの証拠文書を読み、フィアメッツたちレーベンスボルン協会の幹部たちを無罪としたニュルンベルク継続裁判の判事たちの判断にあらためて憤りをおぼえた。フィアメッツはまさしく文字どおり拉致した子どもたちの管理にあたっていた。ナチスの占領地全体からさらってきた何百人もの子どもたちの行く末を決め、レーベンスボルン計画に取り込んでその本当の身元を抹消したり、再教育キャンプに追い払って死に至らしめたりしていたのだ。そんなことをしていた女が無罪放免になっていいわけがない。

わたしはフローンライテンからバイエルンのレーゲンスブルク近郊にあった一時収容キャンプに送られた。一九四二年の年末、レーベンスボルン協会はそのキャンプにエミリエ・イーデルマンを——ギーゼラ・ハイデンライヒの母親だ——派遣し、さらなる人種選抜検査の監督指揮にあたらせた。エミリエはわたしを充分に価値が高いと判断した。書式に署名がなされ、わたしはコーレン・ザーリスに移送された。

ユーゴスラヴィアで拉致され移送された子どもたちはわたしたちが最後ではなかった。マリボルで見せられた文書には、ウンターシュタイアーマルク地方ではその後も四回の作戦が実施され、さらに数百の家族がツィリに集められ、子どもたちがふるいにかけられて親と引き離された。これらの子どもたちもまたレーベンスボルン協会の施設に行く子と再教育キャンプに送られる子に分けられた。

これらの書類を閲覧させてくれたマリボルの公文書館の職員は、さらにもう一枚の書類も見せてくれた。それは、エリカ・マトコがふたり存在する理由についての謎とその手がかりを同時に示してくれた。

一九四二年八月のある朝、ヨハンとヘレナは三人の子どもを連れてツィリの学校の校庭にやって来た。夫婦が帰宅を許されたことが記された書類には、ふたりは三人の子どもたちを連れて帰ったとある——ターニャとルドヴィクと、そしてエリカという名前の女児だ。姉と兄は両親の元に戻されたことはわかっていたが、この赤ん坊は誰なのだろう？　フローンライテン行きの列車に乗せられたエリカ・マトコが、同時にヨハンとヘレナに連れられてロガーシュカ・スラティナに戻る旅路についていたなどあり得ない。まったく辻褄の合わない記録だが、それでもこれが事実だったことはまちがいなかった。

この不可思議な謎の答えにわたしを導いてくれたのはマリア・マトコだった。マリアはＤＮＡ解析の結果に最初はショックを受けたものの、結局のところわたしが義理の妹だという事実を受け入れてくれた。彼女の支持を得たわたしは、ようやくわたしの身に起こったことを描いたジグソーパズルを完成させることができたのだ。

子どもたちがヨハンとヘレナの元に戻された日、ナチスは監獄でパルチザンの容疑者を処刑した。証言によれば、処刑の一斉射撃の銃声は校庭の外で待つ家族たちにも聞こえたという。処刑された男や女たちの子どもたちは教室に捕らえられていた。その子たちは孤児となってしまった。

おそらくこういうことだったのだろう——ターニャとルドヴィクを戻されたとき、ヘレナは子どもはもうひとりいると訴えたはずだ。彼女の剣幕をなだめるためか、それともどう対処していいのかわからなかったからなのか、ドイツ兵たちは親が処刑されて孤児になってしまった赤ん坊をヘレナに渡した。その子がエリカ・マトコとして育てられたのだ。

心の痛みと怒り、そして当惑がわたしを引き裂いた。自分の腕のなかに戻された赤ん坊が我が子ではないことを、母は気づいていたはずだ。見た目がちがえば匂いもちがうのだから――母親というものは自分の子どもの匂いを何となくわかっているものなのだ。どうして母は、そんなおかしな身代わりの子を受け取ってしまったのだろうか?

わたしはあれこれ考えた挙げ句、説明のつく理由をひとつだけ導き出した。母は恐怖におののくあまり、言い返せなかったのではないだろうか。銃殺隊の銃声が母を恐怖に陥れ、自分自身と夫、そして子どもたちの命が危ないと感じさせた。わたしはそう考えてみた。しかし頭ではそうだったのだと思っていても、心のほうはそんなに簡単に納得できるものではなかった。わたしはほぼ六十年近くにわたって、本当の自分は何者なのかという謎に深く悩まされつづけてきた。そしてここ最近に七年のあいだは長く辛い旅に出ていて、自分の過去にまつわりついている謎と、自分が、エリカ・マトコがどのようにしてイングリット・フォン・エールハーフェンになったのかを解き明かそうとしてきた。

謎はようやく解けた。解けたところで何にもならなかった。

17章　捜索

わたしたちは何をしているのだろうか？　わたしは自問した。一体全体、何をしているのだろうか？

ギッタ・セレニー　連合軍救済復興機関《UNRRA》の元児童福祉担当官

生涯抑えつづけてきた憎悪と心の痛みが一気に噴き出してきた。

自分の物語に関与した全員に対して、わたしは怒りをおぼえた。わたしを拉致する命令を出し、わたしの本当の家族を愛せないようにしたヒトラーとヒムラーに。わたしの本当の身元を隠し、わたしをドイツ人の子どもに作り替えたインゲ・フィアメッツらレーベンスボルン協会の幹部たちに。ナチスがわたしにしたこと、そして純血アーリア人の支配人種という愚にもつかない妄想の犠牲になった人々にしたことが我慢ならなかった。

しかし最も激しい怒りをおぼえたのは、身近にいた人間たちに対してだった。ギーゼラとヘルマンのフォン・エールハーフェン夫妻は、この人でなしな企みに自ら望んで加担していた。あのふたりはレーベンスボルンは眉唾ものの計画だということを知ってしかるべきだったのだ。戦時下のドイツであっても、レーベンスボルン協会は根も葉もない噂を含めて広く知られていた。そんないかがわしい組織から引き取った子どもがどこからやってきたのか、ふたりは疑うべきだった。

さらに言うと、ギーゼラのわたしに対する否定的な心情も理解に苦しむものがあった。我が子を温かで愛情に溢れた環境で育てることに全力を注ごうとする意思があれば、わたしを養護施設に預けるはずがなかった。もっと悪いことに、わたしの出自のことをはぐらかされ、嘘をつかれて誤魔化されたことで真相究明が妨げられてしまった。わたしがどこから連れてこられたのか正直に話してもらっていたら、わたしの人生はどれほど穏やかなものになっていたかわからない。〈レーベンスシュプレン〉の友人たちから聞いた話では、〈レーベンスボルンの子ども〉を引き取った女性たちのなかには子どもの出自を率直に打ち明けた人もいて、そのおかげで不安が和らいだ子どももいたそうだ。どうしてギーゼラはわたしに打ち明けないことにしたのだろうか？

しかし一番心を傷つけられたのは、わたしの本当の家族が取った行動だった。ナチスに渡された赤ん坊をそのまま受け取ってしまったヘレナとヨハンを、わたしは責める気にはなれなかった。身内にパルチザンがいたことが知られている家族が文句を言えるはずもなかったことは理解できるし、しかもそれが同郷の人々が処刑された日だったらなおさらだ。ノックの音がしてドアを開けたら、そこにゲシュタポか親衛隊の将校が立っている――わたしはそんな場面を想像し、それがどれほど恐ろしいことか思いをはせてみた。もうひとりのエリカにしてもそうだ。彼女は母親の温かい愛に守られ、本当ならわたしのものだったはずの人生を歩んだ。まるで荷物のように養護施設を転々とさせられ、てんかん持ちで恐ろしい養父に預けられることはなかった。そんな思いに悩まされつづけたが、どうしてそんな運命の巡り合わせになったのかはわかっていたし、許すこともできた。

わたしが我慢ならなかったのは、ヘレナが戦争が終わってからもずっと嘘をつき続けてきたことだった。母はどうしてわたしを一度も捜してみようという気にならなかったのだろうか？　バルバラ・パチョルキェヴィチの話が示しているように、ナチスに奪われた子どもをなんとしてでも連れ戻そうとした家族はいた——実の娘のわたしがドイツのどこかにいることはわかっていたのに、どうして母さんは平気でいられたの？　わたしを一度も捜そうとはせずに生きていけたの？

わたしは母のヘレナにそう尋ねたくて仕方がなかった。しかし母は一九九四年に亡くなっていた。その時点では、わたしはまだギーゼラが隠し持っていた書類を見つけていなかったし、ましてや自分の〝根〟がスロヴェニアにあることを知る由もなかった。実の母と養母が共謀して、答えを見つけるチャンスをわたしから奪ったのだ。

激情をぶちまける相手がわたしには必要だった。自分がこんな人生を送ってしまった責任を取らせる人間を、わたしは探した。そしてエリカ・マトコに——もうひとりの〈エリカ〉に——白羽の矢を立て、自分の怒りと心の痛みを注いだ。わたしと会おうとしなかったことに、手紙の返事を寄こそうとしなかったことに激怒した。そんな無神経で情のない人間がいることが信じられなかった。彼女にで、自分の人生を盗まれたという思いに、わたしの心は苛まれた。もうひとりの〈エリカ〉はずっと病弱で、そのせいで一度も仕事に就いたことがないとマリアから聞かされていた。仕事をしなくても生きてこられたのは、たぶん鉄のカーテンの向こう側にいたおかげなのだろう。ギーゼラがわたしとディトマールにもたらしてくれた自由を東側の人々は享受していなかったのかもしれないが、その代わりに国の福祉制度で不安のない生活を送ることができた。

自分がどれほど頑張って理学療法士の仕事で身を立ててきたことか。そしてドイツのお役所仕事にどれほどの苦労を味わわされてきたことか。それにひきかえもうひとりの〈エリカ〉は、どうやら政府の援助でのうのうと暮らしていたみたいだった。そう思うとわたしの怒りはいやが上にも増した。

怒れるわたしを友人たちはなだめた。わたしの身元を与えられたのは〈エリカ〉の落ち度じゃない。赤ん坊だった彼女が自分とわたしの人生が入れ替わってしまったことがわかるはずがない。わかっていたとしてもどうにかできたわけじゃない。そんなわたしでもわかる理《ことわり》を友人たちは説いた。

そして戦後のことも考慮に入れなければならなかった。チトー支配下のユーゴスラヴィアで、ヘレナとヨハンがドイツの占領者たちとかかずらったことを明かすことができただろうか？　たぶんできなかっただろう。共産主義者たちは、何らかのかたちでナチスに関与した人間とそうでない人間を必ずしもしっかりと区別できていたわけではなかった。十中八九、〈エリカ〉は自分の出自の真実をまったく知らなかったはずだ。たぶん知っていたのは彼女の両親だけだったのだろう。

わたしからの手紙を読んだときの〈エリカ〉の気持ちを考えてみろという人たちもいた。当時の彼女はもう六十過ぎで、しかも心臓の具合がかなり悪かった。まったく素性がわからない人間がいきなりやって来て、お前は本当はエリカ・マトコじゃないと言われたら、どれほどの衝撃を受けることかきっととんでもなくひどいことになるだろう。彼女の身にもなってみろ。

そんなことを言われても同情などできなかった。ありとあらゆる不当な仕打ちに叩きのめされてきたわたしは、たとえ彼女の人生をひっくり返すことになるとしても、気の毒だとも何とも思えなかった。

この怒りが消えるまでかなりの時間がかかった。月日が重なって何年か経ったところで、ようやくわたしは当時の状況を徐々にではあるがしっかりと分析できるようになっていった。自分が経験したかもしれないもうひとつの物語をつらつらと考えるようになった。ドイツの里親から引き離され、我が家といえばそこしか憶えていない家を去ることになったバルバラの話をまた思い出した。バルバラと一緒にポーランド行きの列車に乗る自分を想像し、彼女の戸惑いをわかろうとしてみた。

ユーゴスラヴィアで拉致された子どもの一部が戦後に家族も元に戻ったことは、ツェリェの集会で聞かされていた。訴訟を起こして子どもを取り戻した例もあった——一九四三年、まだ二歳にもなっていなかったイヴァン・ペトロチェックは親衛隊の分遣隊に拉致された。父親はゲシュタポに射殺され、母親は強制収容所に送られた。イヴァンは〈山賊の子ども〉とされ、レーベンスボルン協会の手でドイツ人家庭に渡された。ところが彼の母親は戦争を生き延び、七年を費やして息子の消息を追った。一九五二年、裁判所はイヴァンをユーゴスラヴィアに送還する命令を出した。十一歳になっていた彼は、拉致されたあとはほぼずっとドイツ人の子どもとして育てられていた。

イヴァンとバルバラの話に、拉致された子どもたちの強制送還の過程と、関わった人々に与えた影響がどうしても気になった。その答えのようなものは二〇一四年に見つかった。

ギッタ・セレニーは著名な調査ジャーナリストで伝記作家だ。ハンガリー貴族を父に、ハンブルク出身の元女優を母に、セレニーは一九二一年にウィーンで生まれた。

十三歳のとき、セレニーはイギリスの寄宿学校に入ることになった。イギリスに向かう列車が途中で遅延したせいで、彼女はニュルンベルクで開かれたナチスの党大会を目撃した。この経験は彼女に一生消えることのない心の傷を残した。学校を卒業するとセレニーはドイツ占領下のフランスに移り、戦災孤児たちの援助にあたった。フランスのレジスタンスたちにも協力した。

終戦後、セレニーはかつての帝国の占領地から追放された何百万もの人々を母国に戻す任務にあたった〈連合国救済復興機関《UNRRA》〉に入り、児童追跡局に配属された。五十三年後、セレニーはUNRRAでの経験をある雑誌で語った。その記事で彼女はポーランドからドイツに連れてこられた少年少女たちの本国送還について触れていたが、それを読んだわたしは、もし自分がユーゴスラヴィアに戻されていたらどうなっていたのか初めて理解した。

送還作業は里親の家を訪ねることから始まる。セレニーが訪ねた家はバイエルンの昔ながらの平屋造りの農家で、窓にはカーテンが掛けられておらず、窓からはふたつの仄《ほの》かな灯りが見え、玄関ドアまで見通すことができた。訪問に先立って、セレニーは地域の役場で住民登録簿を確認していた。その農家には六人が暮らしている旨が記されていた。どちらも四十代半ばの夫婦と夫の年老いた両親、そして幼い息子と娘だった。

自分の訪問と、職務として行う不愉快な質問でひと悶着起こることを、セレニーははっきりとわかっていた。子どもたちを取り巻く家庭環境を確認することは重要で必要不可欠だとはわかっていたが、それでも彼女は里親たちとのやり取りが核心に至る前に子どもたちがベッドに入ってくれればと願っていた。

セレニーはあからさまに冷たい空気で迎え入れられた。家族全員が台所のテーブルの椅子に座っていたが、彼女が入ってきても敢えて誰も腰を上げようとはしなかった。しかし彼女が手を差し出すと、夫も妻も、そしてふたりの子どもも握手した——息子はぎこちなく、娘は元気一杯に。祖父は手を後ろに隠して握手を拒み、いきなりやって来て何の用だとぶっきらぼうな口調で尋ねた。

子どもたちはヨハンとマリーという名前だった。書類上はふたりとも六歳で、ふたりとも眼が青く髪はブロンドだった。ヨハンの髪は大雑把に短く刈られ、一方のマリーはきちんと三つ編みに結われていた。セレニーは、家族と少し話がしたいだけだと説明した。冷え冷えとした雰囲気を和ませるべく、彼女は子どもたちそれぞれにチョコレートバーをあげた。終戦直後の厳しい経済状況下にあったドイツでは高価な贈り物だった。ところがこのプレゼントはさまざまな反発をもたらした。

　少女は顔をぱっと明るくし、「ありがとう《ダンケ》」と言った。わたしは彼女の頭を撫でた。すると妻がぴしゃりと言った。「もう寝なさい《ギート・ズー・ベット》」子どもたちはすっと腰を上げ、言われたとおりにした。

幼い娘は母親に抱きつき、父親の手を取った。息子のほうは慇懃《いんぎん》で、それでいてどこかかしこまった口調で両親にお休みの挨拶をした。そしてセレニーに胡散臭そうな眼を向けると祖母の頬にキスをした。夫はふたりをベッドに連れていき、ぎゅっと抱きしめた。

一九四五年の時点で、ＵＮＲＲＡの児童追跡局に登録されていた〝法的保護者のいない、ドイツ人と同化した子ども〟は八千五百人いた。それから数カ月のうちに、そこに何万人もの名前が追加され、なかには写真と身体的特徴の記述が添えられているものもあった。そのすべてが、ヒムラーの〈ゲルマン化〉計画に沿って拉致された子どもたちの名前だった。マリーとヨハンの名前もそのなかにあった。セレニーはこの信じがたい状況をこう表現した。

赤ん坊や幼児を母親から奪い取る人間などいるものだろうか？　まだまだ幼くて成長過程にある子どもの〝人種的価値〟を見極めることなど、頭のいかれた盲信者であってもできるはずがないではないか。それに何よりも、これほど大量の外国籍の子どもたちがドイツ社会で、おおむねこっそりと隠れて暮らしていけるものだろうか？　そのなかには、自分はどこの誰だったのかという記憶がまがりなりにも残っていた子もいたというのに……

セレニーが聴取を始めると、夫は敵意をあらわにした。彼は、本当の息子はスターリングラード攻防戦で赤軍に殺され、その四年前に娘は交通事故で亡くなったと言った。亡くなったふたりの子どもの身代わりとしてヨハンとマリーを引き取ったのだと夫は説明した。この一家が子どもたちを愛しているのは、どう見てもまちがいなかった。それはこの家を訪ねてみてわかったとセレニーは言い、家族を安心させようとした。しかし同時に、子どもたちの本当の身元について知っていることがあれば洗いざらい明かしてもらわないと困るとも言った。

セレニーが子どもたちの産みの親について尋ねると、妻はふたりとも亡くなったと答えた。しかし誰にそう聞かされたのかについては、かなり曖昧な答えが返ってきた。セレニーはさらに強く迫り、東方では多くの親たちがナチスに奪われた子どもを捜していると説明した。

「東方だと?」祖父がそう言った。そして文字どおり〝忌み言葉〟でも吐くように繰り返した。「東方だと? うちの子たちは〝東方〟となんか何の関係もない。うちの子たちはドイツ人だ。ドイツ人の孤児なんだ。見ればわかることじゃないか」そしてまた繰り返した。「見ればわかることじゃないか」

たしかに誰かがこのふたりをドイツ人だと見なしていた。ツィリの場合と同様に、ポーランドのウッチ周辺の村々の家族は、子どもたちを市《まち》の青少年福祉局に連れてくるように命じられていた。集められた子どもたちは人種検査官が鑑定し、選別された子どもたちはレーベンスボルン協会に送られた。ヨハンとマリーの実の両親はふたりをずっと捜していて、しかも捜索の大きな手がかりとなる写真も持っていた。UNRRAはふたりをポーランドの両親の元に帰す決定を下した。

ほどなくしてセレニーはバイエルンから別の地域に担当を移された。そして一九四六年の夏にふたたびバイエルンの児童センターに配置替えとなった。ヨハンとマリーがまだあの農家にいることを知り、彼女は驚き、そして忸怩《じくじ》たる思いにかられた。幼いふたりには、農家の養父母の元にどんなことをしてでも残ろうとしている様子がありありと見て取れた。ふたりとも眼の下に隈《くま》を作り、肌の色は病気にでもかかったように青白かった。そんなふたりの姿にセレニーは衝撃を受けた。

マリーは親指をくわえて椅子の上で縮こまっていた。眼をつむっていたが、瞼《まぶた》は眼が透けて見えそうなほど青白かった。ヨハンはわたしを見るなり駆け寄ってきて、かすれた声で「お前《デ》なんか《ュ》！　お前《デ》なんか《ュ》！　お前《デ》なんか《ュ》！」と叫び、わたしに拳を叩きつけ、蹴った……

が、セレニーが遭遇したものは児童センターの職員たちにとっては毎度おなじみの光景だった。彼らによれば、ヨハンとマリーの痛々しいありさまは、ドイツ人の家族の元から自分たちが生まれた国に戻される前の子どもたちにありがちなことだという。大抵の子どもたちは、定められた送還日以降は施設で過ごす決まりになっていた。結局のところ、幼い人生のうちに迎える二度目の別離がもたらす心の痛みを和らげ、我が子が戻ってくるのを今か今かと待ち焦がれている実の親たちと再会する心の準備をさせるには、それしかないように思えた。そんな親たちの過度な期待は、それでなくとも深く傷ついている子どもたちの心に極度の負担をかけることが、過去の事例からわかっていた。

配慮に配慮を重ねた、本当に子どものことを考えた措置だったが、ヨハンとマリーの場合はうまくいかなかった。ヨハンはすでに敵意をむき出しにしていたし、マリーは実質的に赤ん坊に戻ってしまっていて、頻繁におねしょをするようになり、食事も瓶に入れたものしか口にしなくなった。

その夜、児童センターの精神科医はマリーに瓶から食事を与えてみるようにセレニーに言った。

マリーは横になったまま身じろぎひとつしなかった。ただただ瓶の飲み口に吸いつき、咽喉《のど》をこくこくさせて飲み込んでいた。マリーが眠りにつくまで、わたしはずっと彼女を抱いていた。でもそれは自分を安心させただけであって、マリー本人はそう感じていなかったと思う。

わたしたちは何をしているのだろうか？　わたしは自問した。一体全体、何をしているのだろうか？

わたしは悟った。これがロガーシュカ・スラティナに戻された場合に自分がたどることになったはずの運命だ。そんなことになっていたら、納得して現実を受け入れていたとは到底思えない。ヨハンとマリーにしても、自分たちが本当の家族だと信じていた人たちから引き離される理由を呑み込むことはできなかったはずだ。ここに至って、ようやくわたしの怒りは消えた。

18章　心の平穏

人種も私のアイデンティティーの一つかもしれない。だがアイデンティティーとは、それだけでは片づけられない、もっと奥の深いものだ。[*3]

バラク・オバマ『マイ・ドリーム――バラク・オバマ自伝』

アイデンティティとは何だろう？　どのようにして形成されるのだろう？　アイデンティティがその人をかたちづくるのだろうか、それともその逆なのだろうか？

哲学で論じられる抽象的なテーマのように思えるかもしれないが、そうではない。自分の過去を探る旅の終点でわたしを待ちうけていたのはこの難問だった。遂にわたしは、自分が何者なのか――もしくは何者だったのか――突き止めた。しかしアイデンティティとは何なのかについてはあまりわかっていなかった。

アイデンティティとは〝自分とは何者なのか？〟という問いかけに対する答えだけにとどまらない。アイデンティティとは人格に関わるものでもある。しかし、わたしはどのようにしてイングリット・フォン・エールハーフェンになったのだろうか？　今のわたしは〈レーベンスボルンの子ども〉としての幼年期によってかたちづくられた存在なのだろうか？　この特異な幼年期がわたしの人生を決めてしまったのだろうか？　わたしが内気なのも、自分に自信が持てないのも、そして自分のことよりも他人、とくに子どものほうをどうしても優先してしまうのも、それもこれもすべて〈レーベンスボルンの子ども〉だったからなのだろうか？　つまり換言すれば、わたしの人生はヒムラーが決めたコースから外れることはできないということなのだろうか？　結局のところ、ヒムラーが目指していたのはそういうことだったのだ。レーベンスボルン計画によって生み出されるか拉致されるかした子どもたちは、同じ人種的特徴を持ったドイツの支配人種を新たに生み出すというヒムラーの野望のための道具になるべき存在だった。

自ら選んだ道を歩んだ結果、今のわたしがあるのだろうか？　それでまちがいないのだろうか？たぶんそうなのだろう。髪と肌の色を決めるのは遺伝的要素なのだろうが、アイデンティティを決める要素には自由意志もまちがいなくあるはずだ。わたしは自分の意志で障害のある子どもたちに生涯を捧げることにしたのだし、自分の意志で結婚をせずに家族を作らないことにした。全部わたしが選んだ道なのだ。レーベンスボルン計画の必然の結果ではない。

自分のアイデンティティがわからないという不安を一度も味わったことのない人間は、こうした実存的な疑問に思い悩むことなどほとんどないだろう。それでも、落胆し絶望に打ちひしがれているとき、それまでの自分の人生を振り返り、あのときああしていたらこんなことにはなっていなかったのにと悔やんだことのない人間がいるものだろうか？

シェイクスピアの『ハムレット』で、オフェーリアはこう言っている。「わたしたち、いまはこうでも明日はどうなることやら」[*4]わたしはこの台詞をどうしても自分に当てはめたくなった。たとえば、一九四二年八月のあの日のツィリでの人種検査ではねられていたら、わたしはエリカ・マトコとしての人生を歩んでいたのだろう。そうだとしたら、やりがいのある仕事に就くことができただろうか？それとも当時のあの国の社会状況のせいで、人生の選択肢は限られていたのだろうか。どうやらもうひとりの〈エリカ〉はそうだったみたいだが。ギーゼラが本当のことを包み隠さず話してくれて、冷戦という障壁が立ちはだかっていなかったら、わたしを産んでくれた両親と再会していたかもしれない。こうしたことは、わたしの人生にどんな意味があったのだろうか？ ナチスがわたしを家族の元に返してくれていたら、もっといい人生を過ごせていただろうか？ それとも皮肉なことに、ナチスはわたしに対して結果的にいいことをしてくれたのだろうか？ わたしは自分に問うてみた。

この漠然とした不安を、年に一回開かれる〈レーベンスボルンの子ども〉たちの集会がさらに増幅させた。最初の集会で感じられた対立感は年を追うごとに高まっていき、言い争いの末にとうとう〈レーベンスシュプレン〉は分裂してしまった 新しい支配人種を生み出すという計画に巻き込まれたせいで人生を台無しにされたわたしたちは、必死になって自分たちの過去と折り合いをつけようとしてきたのに、このありさまだった。互いに支え合う環境作りをするために団結したはずのわたしたちだったが、二〇一四年にその大部分が〈レーベンスシュプレン〉を去るか、もしくは小さなグループを新たに作ってそこに移ったりした。わたしもそのひとりだった。

しかしその年に出た二回の旅行で、わたしはいくばくかの心の平穏を得た。最初にわたしは、レーベンスボルン協会の職員だったアンネリーゼ・ベックに会うべくフランクフルトに赴いた。九十二歳になり視力をほぼ失っていかけていたベック夫人は、訪れたわたしをお茶とシュトーレンでもてなしてくれた。

ベック夫人は、わたしがいた当時にコーレン・ザーリスの施設〈ハイム・ゾンネンヴィーゼ〉で働いていた。夫人はわたしのことを憶えていなかった。〈ハイム・ゾンネンヴィーゼ〉には百五十人の子どもたちがいて、わたしは夫人が担当していた子どもたちのなかにはいなかったからだ。それでも夫人が聞かせてくれた話からこの施設での日常と、この施設で自分がどんな暮らしを送っていたのかについて、実に多くのことを知ることができた。夫人は自分自身と子どもたちの写真を見せてくれた。子どもたちがちゃんとした服を着せられていて、清潔で栄養もしっかりと摂れていることがわかり、わたしはほっとした。戦時下という状況で、しかも施設内には親衛隊がいたが、それでもわたしがいた頃の〈ハイム・ゾンネンヴィーゼ〉はおおむね和やかで快適な環境だったと、夫人は頑なに言い張った。

ベック夫人の元を訪れたことで、わたしは自分の過去を描いたジグソーパズルの最後のピースをはめることができた。わたしには〈ハイム・ゾンネンヴィーゼ〉の記憶はなかった。そこにいた日々を何度も思い出そうとしてみたが、ひとつも頭に浮かんでこなかった。どんなに頑張ってみても、見えてくるのは真っ暗な穴だけだった。しかし夫人の話を聞いたことでその穴は埋まり、わたしの記憶を覆い隠していた壁は崩れ始めた。自分の過去を探る旅は、コーレン・ザーリスに行き、実際に〈ハイム・ゾンネンヴィーゼ〉のなかを歩いてみることで本当に終わる。わたしはそう感じた。それでようやく自分の胸の奥底にある扉の錠を開けることができるはずだ。わたしはそう思った。しかしまだコーレン・ザーリスに行けるだけの心の強さはわたしにはまだなかった。それでも何年かのうちには行けるようになると思ってもいた。

二〇一四年十月、わたしは三たびスロヴェニアに飛んだ。今回は最初にロガーシュカ・スラティナを訪れ、素敵な雰囲気の市民公園に建つ慰霊碑を詣でた。慰霊碑には、一九四一年から四五年までのあいだに射殺された百人以上の男女の名前が刻み込まれていた。わたしは伯父イグナツの名前を見つけ、指でなぞってみた。

それからはマリア・マトコの案内でわたしの生家を見たのちに、丘の頂上にある墓地を訪れた。そこにはわたしの両親と祖母、そして兄と姉が眠っていた。マリアと彼女の姪が墓石の周辺を掃除しているあいだに、わたしはそれぞれの墓に花を供え、ロウソクを灯した。喪失感に圧《お》し潰されるかと思いきや、墓参りにつきもののうら悲しさは別にして、ほとんど何の感情もおぼえなかったことに我ながら驚かされた。

そう感じたのはわたしだけではなかった。その日の午後にマリアのアパートメントに招かれ、マトコ家の人々とスロヴェニアのコーヒーと自家製のブルーベリー酒を飲みながら聞かされた話では、彼らもあの墓地を訪れても悲しいとも何とも思わないということだった。マトコ家の人々は、わたしのことを一族のひとりだと認めてくれていた。そんな彼らの裏表のないもてなしには、温かく打ち解けた雰囲気が感じられた。彼らは両親と兄と姉、そして甥や姪たちの写真をわたしに見せてくれた。ずっと望みつづけてきた家族の愛情と思いやりに触れ、わたしはマトコ家の子どもにでもなったような気分になった。感謝してもしきれないぐらいだったが、同時にわたしは不安で一杯だった。試験直前にいつも感じていた、あの落ち着かない気分に囚われていた。

翌日は登記所に行き、両親の結婚に関する記録を探した。職員が引っ張り出してきた大きな台帳には、市《まち》の住民全員の出生記録が記されていた。そのなかにはわたしが生まれたことも記されていた。ヨハンとヘレナは一九三八年に結婚したこともわかった。しかし姉のターニャと兄のルドヴィクはその数年前に生まれたことになっていた。ここにDNAの謎を解くカギがあった。解析結果は、ルドヴィクの息子のラファエルはわたしの甥だということを、そしてターニャの息子のマルコとわたしは血縁関係にないことを、どちらも明確に示していた。ターニャもルドヴィクも両親が結婚する前に生まれている事実と考え併せると、ふたつの相反するDNA解析の結果が出たのは、ターニャの両親はヨハンとヘレナではないからだという理由が一番説明がつく。どうやらマトコ家にはまだまだ秘密が隠されているようだ。

最後に残った謎はもうひとりの〈エリカ〉だった。彼女はまだ返事を寄こしておらず、マリアの話ではわたしと直接話すこともまだ拒んでいるとのことだった。

もうひとりの〈エリカ〉のことをどうすべきなのか、わたしは時間をかけて真剣に考えてみた。住所はわかっていたので、とりあえず行ってみることにした。彼女はロガーシュカ・スラティナの貧困地区にある、うらぶれたアパートメントハウスの四階に暮らしていた。部屋にいることはわかっていた。〈エリカ〉は階段を下りるのもままならないほど具合が悪いので、日がな一日部屋にいるとマトコ家の人々から聞かされていた。彼女の郵便受けと、名前が記された呼び鈴のボタンがあった。ボタンを押し、招き入れられて上階《うえ》に上がり、謎に包まれた女性をこの眼で確かめてみたかった。彼女を抱きしめ、話をし、いろいろと答えてもらいたかった。そして何よりも、もうひとりの〈自分〉に向き合うことで心の平穏を得たかった。

が、そう考えただけで実際には何もしなかった。この怒りは何も生み出さないばかりか心を蝕んでいく。わたしはアパートメントハウスの外でしばし佇み、そんな思いを深くした。そして自問した。〈エリカ〉は病気がちで体が弱く、しかもわたしと同じようにナチスとレーベンスボルン計画の犠牲者なのだ。そんな女性に自分の要求を押しつける権利が、わたしにあるだろうか。答えはノーだった。理解することだけでなく、許すことも学ばなければならない。わたしは静かに立ち去った。

二日後、わたしはマトコ家の人々と最後の別れをし、オスナブリュックの我が家に戻った。ゆっくりと日常に戻りながら、この十五年のうちに学んだことを思い返してみた。とんでもない長旅をしてきたように思えたが、実際にはその旅の軌跡は巨大な円を描いていて、気づいてみれば旅路の終着点はそもそもの出発点だった。

苦難と苦痛を伴う旅だったが、それでもレーベンスボルンの真実と、その計画に自分がどのようにして囚われてしまったのかがわかって嬉しかったし、今でもそう思っている。ヒムラーの実験で生み出されたり拉致されたりした者同士からなる〝家族〟から慰めも得られた。ハダマールでの最初の集会から数年のあいだに、わたしたち何百人もの〈レーベンスボルンの子ども〉たちは〝本当の自分〟という落とし物を見つけた。

わたしがエリカ・マトコという名前のユーゴスラヴィアの子どもだったことはまちがいない。わたしが自分の家族からさらわれたこともまちがいないし、その家族との再会を果たせたことで救われた気持ちでいる。もちろん、わたしを産んでくれた母に一目でも会うことができたらよかったのにと思っているし、母から愛されたことを少しでも憶えていたらよかったのにとも思っている。そして心底悲しんでもいる。母がどんな人生を歩んできたのか訊けなかったことを。戦争が終わってもわたしのことを捜してくれなかった理由を訊けなかったことを。

それでもわたしは、マトコ家の人々に家族としての親近感を抱いていない。あまりに多くのことがいちどきに起こったからだ。時間と距離の壁があまりにも大き過ぎるからでもある。わたしとあの人たちを隔てているのは言葉だけではない。わたしはスロヴェニア語が理解できないが、それと同時にユーゴスラヴィアで育てられたことの意味も理解することはできない。

実際のところ、わたしが肉親としての情を一番抱いているのは、今は亡き義弟のフーベルトゥス・フォン・エールハーフェンだ。もちろんわたしたちが血縁関係にないことはわかっているが、それでもわたしはフーベルトゥスに〝血のつながり〟を感じている。それはつまり、ナチスの〝血〟のイデオロギーが徹頭徹尾まちがいだったことにほかならない。〝血のつながり〟はそれほど重要ではないのだ。

今ではナチスの〝血〟のイデオロギーのことを馬鹿馬鹿しいジョークにしか過ぎないと笑い飛ばすことができる。そんな当たり前のことがわかるまで、どうしてこんなに時間がかかってしまったのだろう？　わたしは半生を費やして心身のハンディキャップという重荷を背負わされた子どもたちに手を差し伸べてきた。そしてそうした壁を愛と忍耐で乗り越えるところを眼にしてきた。持って生まれた性質は環境や教育で必ず克服することができる。ハンマーで叩いて無理やりかたちを変えてやる必要もないのだ。

わたしは、こそこそと陰に隠れるようにして生きてきた日々を後悔と共に振り返ってみた。望むものと手に入れることができるもののあいだには空白が存在し、嘆きと悲しみと後悔はその空白から生じる。わたしはそう考えている。そういうわたし自身、夢と現実のあいだに広がる絶望という無人の荒野をかくも長きにわたって彷徨《さまよ》いつづけてきた。人間は生まれで決まるのではない。人生のさまざまな局面での選択が、その人をその人たらしめているのだ。そんな肝心要の真理を、わたしは見失っていた。

マハトマ・ガンディーはこう言っている。「己を知る最高の方法は、他者への手助けに没頭することである」と。わたしは半生を費やしてこの言葉を理解した。過去を探る旅はわたしを出発点に連れ戻したが、そもそも旅に出ていなければこのガンディーの言葉の意味を知ることはなかっただろう。今のわたしにはわかる。自分が何者だったのか、そして自分が何者なのかを。エリカ・マトコはユーゴスラヴィアで拉致された〈レーベンスボルンの子ども〉で、レーベンスボルン計画の狂気のなかに消えてしまった。イングリット・フォン・エールハーフェンはドイツ人女性で、さまざまな年代の子どもたちに救いの手を差し伸べ、癒やしを与える理学療法士だ。

わたしの名前はイングリット・フォン・エールハーフェンだ。同時にエリカ・マトコでもある。イングリットはドイツ人で、エリカはユーゴスラヴィア出身だ。わたしはそのどちらでもあった。で、今は？　今のわたしはイングリット・フォン・エールハーフェンだ。昔からそうだった。

19章　そして……

人間は歴史から多くを学ばない。それが歴史の最大の教訓だ。

オルダス・ハクスリー

この本に綴られているのは何十年以上も昔の出来事の顚末《てんまつ》だ。その物語を単なる歴史として読むことは簡単だ。簡単だが、まちがいだ。一九四五年以降、世界規模の大戦争は起こっていない。第三帝国に匹敵する犯罪組織も、迷信的な〝純血性〟の重要性をあからさまに崇拝するイデオロギーも登場していない。ここで肝になるのは〈世界規模〉と〈あからさまに〉という言葉だ。人種や民族のみを基準にして、ある人間が他の人間よりも生得的に優れているとする歪んだ信念は今でも生きている。その信念を原因とする戦争も今でも起こっている。

近隣諸国の人々や他人種や他民族は自分たちより本来的に劣っていると信じて疑わない人間は、東南アジアでも中東でもアフリカでもバルカン半島でも、とにかく世界中にいる。ポスト・ナチス時代の〈劣等人種《ウンターメンシュ》〉とは、尊敬に値せず、食料も土地も、そして命も与える価値のない〝他者〟のことなのだ。

レーベンスボルン計画が荒廃したヨーロッパの瓦礫のなかに消えてしまってからの七十余年のうちに、小規模な地域紛争は世界中で続発している。そうした紛争の大部分が、その根源に人種や民族には優劣があるというヒムラーの信条を抱えている。

本書は一個人の回想録であり、同時に歴史を考察する書でもある。国家や民族、地域、宗教のあいだでかつてないほどの敵対関係が生じ、世界が分裂しつつある時代に書かれた書でもある。そうした無数の敵対関係の一部は、小さいながらも忌まわしい戦争に発展している。ある民族集団が他の集団を、ある信念体系の一派がその信念からすれば劣っていることになる人々を粉砕している。

とくにヨーロッパとその周辺では、かつては鉄のカーテンの向こう側にあった国々の政治家たちが民族主義をもてあそび、人種や歴史的な優越性に基づいた憎悪の炎を煽っている。一九四五年以降、ヨーロッパ大陸がこれほど不気味に分断されたことはない。全世界にしても同じことだ。

歴史の教訓とは、誰も歴史の教訓を学ばないというところだ。実際にその言葉どおりになってきている。

謝辞

わたしの“根”を見つける旅路は長く苦難に満ちたものだった。それでもそのときどきで素晴らしい人たちと出逢い、旅の道連れになってくれた。

とくにわたしは、古くからの親友であるドロテー・シュルターに感謝の言葉を捧げたい。ドロテーは、わたしが自分の出自の探索におずおずと踏み出したときからずっと共にいてくれて、心の面でも気持ちの面でも支えてくれて、わたしの旅路に深く関わってくれた。常にわたしを助け、気にかけてくれたユッタ・シュローダーにも同じように感謝する。

自分の過去を探る旅に導いてくれたゲオルク・リリエンタール博士と、迷っていたわたしを粘り強く説得して、とうとうスロヴェニアに行くことを納得させてくれたヨゼフ・フォックス氏にも感謝しなければならない。

初めて出会った〈レーベンスボルンの子ども〉たちである〈レーベンスシュプレン〉の仲間たちにも感謝する。あなたたちは、自分自身のことが何よりも大切だということをわかっている。

ロガーシュカ・スラティナへの旅につき添ってくれて支えてくれた友人のウーテ・グルンヴァルトとイングリット・ラッツマンとヘルガ・ルーカスに感謝する。わたしを温かく迎え入れてくれたスロヴェニアのわたしの家族たちにも感謝する。

ドロテー・シュミッツ・コスター博士にはひと際大きな借りがある。会った瞬間から、博士はわたしの大きな助けとなってくれた。この本を書くべきだというわたしの思いを強くあと押ししてくれたばかりでなく、執筆に必要不可欠な〈レーベンスボルン〉の情報を惜しみなく提供してくれた。さらに博士は三度目のスロヴェニアへの旅にうってつけの伴侶になってくれた。

この本を書かないかとティムに勧められたとき、わたしは自分の人生をこと細かに振り返ってみた。わからないことだらけで骨の折れる作業だったが、ティムと一緒に自分の記憶を掘り下げていくにつれて、わたしを覆っていた闇がだんだんと薄れていくのがわかった。執筆という会話を通じて、ヘレナとヨハン、そして〈エリカ・マトコ〉と〝話す〟こともできた。わたしは彼らにページの上で〝どうして?〟と尋ねることができた。すべての疑問の答えを求めているわけではなかった。それでも彼らと話をすることで――激しく言い合うことすらあった!――わたしは許すことができた。そして自分の人生をあるがままに愛することができた。

二〇一五年四月、オスナブリュックにて
イングリット・マトコ＝フォン・エールハーフェン

本書は二〇一三年に製作したドキュメンタリーから生まれた。

その数年前に〈レーベンスボルン〉のことを知ったわたしは、その真相に迫るドキュメンタリーの企画をテレビ各局に売り込んだが、ことごとく失敗した。唯一〈チャンネル5〉だけが六十分番組に資金を出してくれた。この企画の重要性を見いだし、あと押ししてくれた同局編成部のサイモン・レイクスには大きな恩を感じている。

イングリットとは番組のリサーチをしている過程で知り合った。彼女は撮影を許可してくれたばかりか、番組の尺の問題で彼女の部分をカットせざるを得なくなってもまったくわたしを責めなかった。〈レーベンスボルン〉の真相と自分の過去を探るという類まれで勇ましい経験を本にして発表すべきだというわたしの提案にも、こころよく耳を傾けてくれた。

ドキュメンタリーにしても本書にしても、ドロテー・シュミッツ・コスター博士の尽力と励ましがなければこの世に出ることはなかった。〈レーベンスボルンの子ども〉の研究については博士の右に出る者はなく、彼らの物語を真摯に綴った博士の著書の数々が重要な役割を果たし（悲しいことにドイツ語版しかないが）、ヒムラーの闇の組織を白日の下にさらすことができた。

〈レーベンスボルン計画〉を生き延びた人々の話の照合と検証には、多くの文献や資料を参照させていただいた。その一部を以下に挙げる。『ナチスの〝品種改良〟』一九四三年十二月十四日〈タイムズ〉紙。『ヒトラーの子どもたち』ジョシュア・ハマー、二〇〇〇年三月二十日〈ニューズウィーク・インターナショナル〉誌。『〝アーリア人種〟の子どもたちにつきまとうナチスの過去』ケイト・ビッセル、二〇〇五年六月十三日〈BBCニュース〉。『六十人のヒトラーの子どもたちとの面会』二〇〇六年十一月五日〈AP通信社〉。『〈レーベンスボルン計画〉で生み出された、アーリア人種の血を継ぐ八人がそれぞれの話を語り合う』マーク・レンドラー、二〇〇六年十一月七日〈ニューヨーク・タイムズ〉。『ナチスの支配人種計画』デイヴィッド・クロスランド、二〇〇七年三月八日〈シュピーゲル〉誌。『ナチスの純血人種へのこだわり』メリッサ・エディ、二〇〇七年四月六日〈AP通信社〉。『親衛隊に拉致された男性、自身の本当の身元を突き止める』二〇〇九年一月六日〈デイリー・テレグラフ〉紙。『ナチスがもたらした悲劇——親衛隊に拉致され、超人種アーリア人にされた一万二千の碧眼の子どもたち』二〇〇九年一月六日〈デイリー・メール〉紙。『盗まれた子どもたち』ギッタ・セレニー、二〇〇九年〈トーク・マガジン〉。『第三帝国のイメージキャラクター』ティトウス・チョーク、二〇一〇年十一月二十二日〈エクスペリーナー〉誌。ナチス占領下のユーゴスラヴィアに関する資料。http://karawankengrenze.at/ferenc/index.php?r=documentshow&id= 249

本書の出版を心から支援してくれたイギリスの出版社〈エリオット&トンプソン〉と、同社の編集者オリヴィア・ベイスに感謝する。彼女の冷静なアドバイスのおかげで、わたしたちの原稿は著しくブラッシュアップされた。

理想の出版エージェントであるアンドリュー・ロウニーにも感謝する。彼の導きと世界中の出版社とのコネのおかげで、本書をフィンランドとイタリア、そしてアメリカの読者にお届けすることができた。

最後にひとつだけ。伴侶のミア・ペンナルの愛と支えがなければ、わたしは本書を書くことはできなかった。生涯をかけて探しつづけていたものを、わたしは幸運にも見つけることができた。わたし《カースム・》の旅《パーシフィオ》は終わった。

二〇一五年四月、ウィルトシャーにて

ティム・テイト

引用文献

＊1　アドルフ・ヒトラー『わが闘争上』平野一郎・将積茂訳、二〇一七年、角川文庫
＊2　シモーヌ・ヴェイユ『根をもつこと』冨原眞弓訳、二〇一〇年、岩波文庫
＊3　バラク・オバマ『マイ・ドリーム――バラク・オバマ自伝』白倉三紀子・木内裕也訳、二〇〇七年、ダイヤモンド社
＊4　ウィリアム・シェイクスピア『ハムレット』（シェイクスピア全集Ⅲ）小田島雄志訳、一九八六年、白水社

訳者あとがき

〝良質な血〟にこだわったナチス・ドイツによる〈レーベンスボルン計画〉の全貌と、この恐ろしくも忌まわしい企みの犠牲になった女性の半生を描いた物語『Hitler's Forgotten Children（忘れ去られたヒトラーの子どもたち）』の全訳をお届けした。ヒトラーが作り上げたドイツ第三帝国の実質的ナンバー・ツーだったハインリヒ・ヒムラーが憑りつかれた〝超人種アーリア人〟という妄想。ヒムラーはその妄想を現実のものとすべく、〝生命の泉〟を意味する〈レーベンスボルン計画〉を立ち上げる。計画では、〝正しい血統〟のドイツ人男女（未婚既婚を問わず）のあいだに生まれた純血アーリア人からなる軍団を作ることになっていた。しかし考えればすぐにわかることなのだが、いくら産めよ殖やせよと発破をかけても、出産まで十カ月もかかるのだから戦死者の穴埋めすらできない。そこでヒムラーは、占領地に暮らす金髪碧眼の幼児たちを勝手にアーリア人種だと判断して、親元から奪って帝国本土に連れ去り、しかるべき基準を満たしたドイツ人夫婦にドイツ人の子どもとして育てさせたのだ。本書の著者かつ語り手であるイングリットもこの計画の毒牙にかかった。しかし戦争が終わってナチスが消滅しても、レーベンスボルンの呪いはイングリットにつきまとう。母からは愛を得られず、それどころか養護施設に預けられてしまう。そのとき彼女が母ギーゼラに宛てた手紙は涙を誘う。彼女を襲う悲劇はとどまるところを知らない。自分が里子だという衝撃の事実を知り、愛しい母（本当は養母だが）とようやく一緒に暮らせることになったと思ったら冷淡に扱われ、国からは無国籍者扱いにされそうになる。そしてふとしたきっかけで、自分は本当は何者なのかを探る旅に出て、その過程でレーベンスボルンの秘密を知る。

本書は、本質的にはイングリットの〝本当の自分探し〟の旅の記録だ。しかしその中身はインドに行くであるとか世界放浪の旅に出るだとかいう、若者がやりそうな自分探しの旅が二泊三日の修学旅行に見えるほど長く辛く、そして残酷なものだ。何しろ、本当の自分をようやく見つけて手を伸ばしたら眼の前でさっと奪われてしまう、その連続なのだから。自分が無力でちっぽけな存在だと思い知らされ、絶望したことのある人は多いだろう。わたしもそうだ。しかしイングリットのように、自分の存在がまったくの〝無〟だと宣告された人はほとんどいないのではないだろうか。彼女は、自分がイングリット・フォン・エールハーフェンではなくて本当はエリカ・マトコなのだと思ったら、そのたったひとつの手がかりさえもくつがえされてしまったのだ。「わたしはイングリット・フォン・エールハーフェンです。自分のことは、名前以外はまったく知りません」自己紹介でこんな言葉を言わざるを得なかった彼女が味わった絶望の深淵は計り知れない。わたしならそのどん底でもだえ苦しんだ挙げ句に生きる活力を失ってしまうだろう。しかしイングリットは同じ境遇の仲間たちを得て、空疎な穴から見事這い上がった。それどころか最終的には、自分を無の存在にしてしまった（ナチス以外の）人々すら赦す。あまり愛していなかった幼い自分と弟のディトマールを危険を顧みずにソ連占領地域から連れ出してくれた養母ギーゼラのことを、イングリットは〝この上もなく勇敢な人〟と呼んだ。しかしそのギーゼラによって失われてしまった本当の自分を取り戻すべく、それこそ〝魂の命〟を落としかねない危険な旅路に敢えて出て生還し、ものの見事に本当の自分を見つけたイングリットも、ギーゼラ以上に勇敢で強い女性だ。

レーベンスボルン計画の日本における認知度は、同じナチスの犯罪行為でもユダヤ人虐殺と比べるとそれほど高くない。それでも皆川博子の『死の泉』（二〇〇一年、早川文庫）をはじめとして、この忌まわしい行為に言及したフィクションはいくつか存在する。が、残念ながら〝親衛隊の種付け場〟という誤ったイメージを前面に出したものが多いように思える。かく言うわたしにしてもレーベンスボルンという言葉を初めて眼にしたのは、さいとうたかおの劇画『ゴルゴ13』のあるエピソードを中学生の頃に読んだときのことだった。ゴルゴ13ことデューク・東郷の出生についてはシリーズのなかでいくつかの説が語られているが、そのエピソードでは、優秀な東洋人を交配させて超高度種族を誕生させるという旧日本軍版の〝レーベンスボルン作戦〟によって生み出された、東郷平八郎の孫とジンギス汗の末裔の女性とのあいだの子どもということになっていた。〈超高度東洋種族創出所〉なる施設のエロティックなシーンは思春期だったわたしの心に刻み込まれ、そのせいでレーベンスボルンの施設はナチスの娼館のようなものだとずっと思い込んでいた。ノンフィクションでは、金髪碧眼であるがゆえに拉致され、レーベンスボルン協会によってドイツ人家庭に養子に出されたポーランド人少年の悲劇を、やはり本書同様に当人が語った『ぼくはナチにさらわれた』（アロイズィ・トヴァルデツキ著、足達和子訳、文庫版二〇一四年、平凡社刊）がある。書籍以外では、フランスにあったレーベンスボルン協会の施設で生まれ、戦後はフランス人として暮らしていた人物の苦悩を描いたGedeon社制作のTVドキュメンタリー『レーベンスボルンの子どもたち』（二〇一七年）がNHKで放送された。戦後に養子として引き取った〈レーベンスボルンの子ども〉を社会の偏見や差別から守って育てていくという、ノルウェーの企業が開発したスマホゲーム『My Child Lebensborn』（日本語版あり）もある。

著者たちについて触れておこう。イングリット・フォン・エールハーフェンについては説明不要だろう。共著者のティム・テイトは一九五六年カルカッタ生まれ。セント・アンドルーズ大学で神学を修めたのちにロー・スクールに進み、ジャーナリストを目指す。週刊誌や日刊紙で経験を積み、BBCラジオの調査番組で児童ポルノや人身売買などを取材する。その後は映像の世界に転身し、さまざまなドキュメンタリー番組や映画を制作して高い評価を受け、アムネスティ・インターナショナルやユネスコなどから表彰されている。書籍も十六冊執筆しており、邦訳としては『なぜ少女ばかりねらったのか』（レイ・ワイアとの共著、栗原百代訳、一九九九年、草思社刊）がある。

最後に、歴史と個人の在り方に新たな光を当てた本書を紹介してくれた原書房の相原結城氏に感謝する。そして毎度のようにわたしのつたない英語をサポートしてくれた、カリフォルニア在住の長年の友人であるW・ブリュースター氏にも感謝する。

◆著者　イングリット・フォン・エールハーフェン Ingrid von Oelhafen
ドイツのオスナブリュック在住。理学療法士。20年以上にわたり、自分自身の出生の秘密とレーベンスボルンの実態を調査。他のレーベンスボルンの生存者と連絡を取りながら、レーベンスボルンが子どもたちの人生に及ぼした影響について、講演活動をしている。

◆著者　ティム・テイト Tim Tate
数々の賞を受賞したドキュメンタリー映画作家、作家。

◆訳者　黒木章人　（くろき・ふみひと）
翻訳家。立命館大学産業社会学部卒。訳書に『独裁者はこんな本を書いていた』『フェルメールと天才科学者』『悪態の科学』『人類史上最強ナノ兵器』（原書房）など、他多数。

わたしはナチスに盗《ぬす》まれた子《こ》ども
隠蔽《いんぺい》された〈レーベンスボルン〉計画《けいかく》

2020年2月27日　第1刷

著者………………イングリット・フォン・エールハーフェン
ティム・テイト
訳者………………黒木章人《くろきふみひと》
ブックデザイン…永井亜矢子（陽々舎）
カバー写真………©Ingrid Matko-von-Oelhafen
©Bundesarchiv
発行者……………成瀬雅人
発行所……………株式会社原書房
〒160-0022 東京都新宿区新宿 1-25-13
電話・代表　03(3354)0685
http://www.harashobo.co.jp/
振替・00150-6-151594
印刷・製本………図書印刷株式会社

ISBN 978-4-562-05730-6 Printed in Japan